大写的

DAXIEDE
HUAXIAJIANSHEREN

华夏建设人

● 王占丰 等著

献给夏方军和华夏集团二十周年庆

团结出版社
UNITY PRESS

图书在版编目（CIP）数据

大写的华夏建设人 / 王占聿等著. -- 北京：团结
出版社，2023.11

ISBN 978-7-5234-0559-8

Ⅰ. ①大… Ⅱ. ①王… Ⅲ. ①报告文学–中国–当代
Ⅳ. ①I25

中国国家版本馆 CIP 数据核字（2023）第 208314 号

出　　版：团结出版社
　　　　　（北京市东城区东皇城根南街 84 号　邮编：100006）
电　　话：（010）65228880　65244790
网　　址：www.tjpress.com
E － mail：zb65244790@vip.163.com
出版策划：力扬文化
经　　销：全国新华书店
印　　刷：四川科德彩色数码科技有限公司

开　　本：170mm×240mm　1/16
印　　张：14.375
字　　数：200 千字
版　　次：2024 年 1 月第 1 版
印　　次：2024 年 1 月第 1 次印刷

书　　号：ISBN 978-7-5234-0559-8
定　　价：75.00 元

编委会

主　编：王占聿

副主编：竹毛舟

编　委：谢汉鸣　叶敬都　王斌斌

　　夏方军，男，汉族，1974 年 2 月生，江苏宿迁人，大学专科学历，高级工程师。宿迁华夏建设（集团）工程有限公司（创始人）董事长。荣获"宿迁市十大青年企业家""宿迁市建筑业优秀企业家""江苏省建筑业优秀企业家""全国建筑业优秀企业家""全国住房和城乡建设系统劳动模范"等荣誉称号。

宿迁华夏建设集团简介

公司前身为宿迁市建筑安装工程有限公司，成立于2003年。2006年组建宿迁华夏建设（集团）工程有限公司，逐步发展成为集建筑施工、房地产开发、商品混凝土和装配式建筑四大产业板块为一体的集团公司（简称华夏集团）。公司位于江苏省宿迁市富民大道300号，拥有国家建筑施工总承包一级资质，房地产开发一级资质，以及市政公用工程、机电安装工程、钢结构工程、装饰装潢工程和园林绿化施工专业承包资质，是宿迁首批通过江苏省建筑业企业技术中心认证的企业。

集团公司在本土建设了一大批重点工程和民生工程，主要项目有京东商城云数据处理中心、可发科技生产厂房，全省规模较大、档次较高的凤凰美地安置小区、苏北最大的霸王举鼎人防工程、苏北一流的运河文化城体育会展中心。2020年，开发建设了宿迁市重点工程吾悦广场商业综合体。此外，还开发建设了市区位置优越的江南水岸、翡翠蓝湾、华夏现代城、棠颂1927、丽都水岸、海棠樾、熙悦上宸和君邑湾等项目。与此同时，集团公司积极拓展外埠市场，远赴浙江、云南、湖北等省份参建一批政府和社会高度关注的重点工程。

近年来，集团积极响应国家"乡村振兴"战略，相继承建了泗阳城北花园、民康东园、时光印象、湖滨新区湖滨人家、洋北镇七里新村、宿豫区大兴周马、泗洪朱湖新行圩等农房改善项目。

科技进步，技术创新。集团注重科技进步和技术创新，深化与中国建筑科学研究院等科研机构的合作，在高层、超高层施工、大跨度钢结构安装、高性能混凝土及特种混凝土研发生产与施工、清水混凝土综合施工、大型公共建筑与工业设施建造、复杂大型超深基础施工等方面形成了较为明显的技术优势，先后在国家级刊物上发表技术论文 500 余篇，多项施工技术处于全国同行业领先地位，获得全国科技创新成果奖 2 项，发明专利 11 项、实用新型专利 43 项、国家级工法 3 项、省级工法 22 项、QC 成果 32 项，科技进步成效显著。

业绩突出，硕果累累。华夏集团所承建的工程 6 次获得"全国 AAA 级安全文明标准化工地"、2 次获得"全国绿色施工示范工程"、51 次获得"江苏省文明施工标准化工地"、6 次获得"江苏省优质工程扬子杯"、29 次获得"宿迁市优质工程项羽杯"；公司先后 7 次获得"宿迁市建筑业综合十强企业"、10 次获得"江苏省建筑业竞争力百强企业"、7 次获得"江苏省建筑业百强企业"，企业综合实力不断增强。董事长夏方军多次荣获"全国住房与城乡建设系统劳动模范""江苏优秀企业家"和"江苏省优秀总工程师"等荣誉称号。

回馈社会，彰显担当。作为宿迁本土建筑龙头企业，集团公司在发展生产提升企业硬实力的同时，在社会主义核心价值观的基础上，构建企业价值观和企业文化，主动履行社会责任，每年上缴国家税金位居宿迁市建筑业前列，平均每年提供农民工就业岗位超万人。多年来，集团积极回馈社会，参与光彩事业、资助办学、灾区重建、修桥修路等公益活动，捐款捐物价值近亿元。2020 年初，参加抗击新冠疫情，闻令而动，主动担当，紧急火速出征，完成宿迁市传染病医院提升改造应急突击任务，为打赢宿迁疫情防控歼灭战提供强大助力，荣获中共江苏省住房和城乡建设行业委员会"先进基层党组织"荣誉称号。

创一流企业，树百年华夏。面对新的发展机遇和新的市场形势，集团公司将紧紧围绕国家政策方向，勇于突破，创新驱动，深化企业结构调整，推行建筑产业化，发展装配式建筑、绿色建筑和智慧建筑等，促进企业转型升级。集团公司将不断探索新发展，加大信息化建设力度，全面实施应用新设备、新工艺、新材料、新技术，切实提升企业核心竞争力，铸就质量第一、信誉第一、口碑第一的品牌形象，逐步实现从高速度向高质量转变，从规模型向效益型转变，走出一条适合自己的发展道路，带领全体员工向实现共同富裕的道路不断迈进！

大写的华夏建设人

我们用青春的激情

追逐成功的梦想

我们用辛勤的汗水

浇铸未来的希望

我们在创业的路上行进

一路披荆斩棘、过关斩将

我们在建设的大潮中闯荡

弄潮急流勇进，何惧惊涛骇浪！

我们是华夏建设人

用高楼抒发情怀

我们是华夏建设人

用大厦创作诗行

我们是华夏建设人

用劳动改变世界

我们是华夏建设人

用创造彰显辉煌！

一年四季，寒来暑往

我们很少和太阳两头相见

我们经常与星月彼此相望

在紧张繁忙的工地

在堆积如山的料场

在机声隆隆的车间

在高空的脚手架上

我们在拼搏，我们在奋斗

我们在用结满老茧的双手

去塑造建设者的形象！

日渐长高的城市

是我们智慧结晶的见证

星罗棋布的小区

是我们描绘大地的印章

建了多少学校，修了多少道路

筑了多少宾馆，盖了多少商场

我们为她挑灯夜战

我们为她汗水流淌

建好了我们就离开了

只留下美好的祝福

只留下深深的怀想！

从故乡，到异乡

从异乡，到故乡

风餐露宿是必有的功课

风雨兼程是习惯的家常

我们走遍长城内外

我们到过北国边疆

楚街、凤凰美地、运河文化城、吾悦广场

是我们在故乡留下的口碑

昆明螺蛳湾国际商贸城

是我们在异乡获得的奖章！

干一项工程，竖一块丰碑，兴一方市场

我们的理念是那样的朴素

我们的誓言是那样的铿锵

我们的施工是那样的精细

我们的愿景是那样的吉祥

我们是华夏建设人

不管走到哪里

都要干得精彩

我们是华夏建设人

不管哪个项目

都要非同凡响！

我们激情无限

我们活力偾张

我们崇尚自由

我们个性张扬

无所畏惧，敢试敢闯，

开拓创新，勇于担当！

探索伴着我们追求成功

创业伴着我们实现梦想

我们是华夏建设人

建设华夏我们任重道远

我们是华夏建设人

铸造辉煌我们斗志昂扬

为了祖国的繁荣昌盛

为了家乡的兴旺富强

我们要做得更好

我们要唱得更响！

内容简介

　　本书为长篇报告文学，共十五章，约二十万字。前五章讲述了夏方军白手起家，指路领航创建了宿迁华夏建设集团。从第六章到第十二章，分别讲述了在夏方军带领下宿迁华夏建设集团的文化力、创造力和原动力。后三章讲述了夏方军如何破解发展难题、积极承担社会责任，以及对未来发展的思考、规划与憧憬。

　　看似寻常最奇崛，成如容易却艰辛。全书客观真实地叙述了在二十世纪九十年代初期，一位苏北农村的贫苦少年不向命运低头，倔强的夏方军勇敢迈出外闯打工的人生第一步，由此开启了艰辛而精彩的创业历程，充分彰显了在改革开放的大潮中，一代企业家艰苦创业、无所畏惧、迎难而上的顽强斗志和对美好生活的渴望与追求！

　　为什么要奋斗？

　　奋斗为了什么？

　　本书全面回答了这个命题。在主人公夏方军这位企业家的身上，浓缩了一个时代的精神与背影，再现了一代创业人的呐喊、希冀与家国情怀！

目　录

第一章　寻踪追梦：少年立志出乡关

在苏北的平原上，有一个古老而又年轻的城市——宿迁，她是一座通江达海、人杰地灵的城市。黄河改道流经宿迁，现已成为黄河故道的风景区，人们在这里休闲、散步、养生、观景。大运河穿城而过，北接京城，政商便捷，南抵长江，通江达海，曾是近代史上交通运输最繁华的城市之一。乾隆皇帝沿着大运河六下江南，曾五次驻跸宿迁。这块土地历史悠久，淳朴善良的人们在这块肥沃的土地上繁衍生息。这里孕育出许多仁人志士、英雄豪杰，他们的爱国情怀和丰功伟业在鼓舞和激励着这里的人们。在宿迁这块土地的历史上，曾发生过多次巨变，特别是 1996 年经国务院批准撤县建市（地级市），一个新兴城市耸立在苏北的大地上。可以说城市繁荣与发展离不开市容改造和基础设施的建设，就在这城市建设的大潮中，涌现出了一批优秀的企业家和企业，他们勇于探索，积极参与城市建设，迎合了市场需求，推动了城市经济的快速发展。夏方军就是随着宿迁城市发展而成长起来的知名企业家，他白手起家创建了宿迁华夏建设集团。

宿迁华夏建设（集团）工程有限公司是一家拥有建筑工程施工总承包一级资质、市政公用工程总承包二级资质，逐步发展成为一家拥有房地产开发一级资质，以及商品混凝土生产、装配式建材等四大板块为一体的大型企业集团。拥有十三家子公司，固定资产近百亿，高峰时公司员工超千人。集团总部十九层办公大楼坐落在市中心城区迎宾大道西侧，每逢金秋时节，楼下桂花飘香，楼顶白云悠扬，艳阳下的华夏集团大楼放射着气势恢宏、雄伟壮观的光芒，仰止之情不由言表。对于宿迁人而言，华夏集团大楼已经成为宿迁建筑行业一处地标性金字招牌，提起华夏，无不翘手称赞。

古人云："服章之美，谓之华；礼仪之大，谓之夏。"以华夏名国家，则彰显疆域辽阔，世道开明，礼仪风雅；以华夏名企业，则寄寓奋发图强，表里俱进，追求卓越；对于夏姓而言，以"华夏"名之，则是胸怀振兴一个家族的美好梦想，是一个人对未来生命价值的超前冀盼，是追求的目标，是奋斗的希望，是一代人的使命，是一代人的担当。

就企业而言，华夏集团从小到大，从弱到强，从单一施工到多业发展，仅仅用了二十年的时间就实现了"华"和"夏"的华丽转身，以精神和物质的双层架构，铸就了宿迁建筑业历史上的一座丰碑。

就集团创始人夏方军而言，个人三十五个年头的砥砺前行，二十个春秋里集团的风雨兼程，实现了当初把公司起名"华夏"时的美好愿望。夏方军十五岁带着二十元钱离家打拼，凭着一双稚嫩的肩膀担负着同龄人难以想象的重荷，躬身亲为，举步维艰，带血的脚印刻下了他艰难的路程，他也从未放弃梦想和希望。十六岁成立一支属于自己的水磨石施工队伍，开拓出一片自己的业务空间；十九岁涉入建筑行业，以吃苦耐劳、诚实守信、质优价廉的声誉赢得事业滚雪球般的发展。十年磨得一剑，剑一出鞘便光芒四射，十年后，二十九岁的夏方军成立宿迁华夏建筑安装工程有限公司，他之所以把公司冠以"华夏"之名，是因为"华夏"二字既蕴含了中华人文之神州气象，又寄寓"华光被夏""天佑夏姓"之小家宏愿。苦心人天不负，有志者事竟成。2006年，三十二岁的夏方军组建了华夏集团，业务拓展到建筑行业的不同领域。事业愈加广阔，其志向就愈加高远。集团建立二十年以来他时刻牢记"华夏"之使命，思想高远且脚踏实地，以只争朝夕的拼搏气势把"华夏"带入蓬勃发展之佳境。

就"夏"字的字义而言，"夏"亦为大屋，通"厦"。狭义来说，"华夏"又可解释为华美的高楼大厦，这正好与夏方军从事建筑行业以来建造的成百上千座楼房广厦不谋而合。

由此看来，集团创始人夏方军与华夏、与高楼大厦有着不解之缘，冥冥之中似乎命中注定他会在建筑行业大有作为。

像华夏集团这样的企业在全国有成千上万，仅宿迁超过其规模的就有百余家，为什么宿迁人对华夏集团情有独钟、赞誉有加？是因为华夏集团是一家没有背景、没有靠山，完全是白手起家、靠双手双肩奋斗的血汗积累财富的守正企业；是因为当家人夏方军带领的团队以常人没有的韧性和刚强，不仅创造了丰富的物质财富和精神财富，而且努力践行"达则兼济天下"、实现"共同富裕"的新时代价值观；是因为夏方军个人的经历就是一部励志的创业活教材，感人肺腑鼓人奋进。

十五年孕育催生了华夏，二十年发展壮大了华夏。从一个人到一万人；从只有初中文化的打工仔到高级工程师、知名企业家、全国优秀建造师；从二十元到近百亿；从一群提笔忘字的泥腿子到文化引领、科技创新的带头人；从一个人想致富到带领大家共同致富，努力实现财富自由……三十五年沧桑巨变啊，其中多少道艰辛磨难！多少座陡峻峥嵘！多少回挣扎徘徊！多少次砥砺前行！回首夏方军追梦的历程，拾级那些沉积在岁月深处已成为华夏集团基石的往事，一枝一叶、一言一行都令人肃然起敬……

1989年中秋时节的一个早晨，天刚蒙蒙亮。宿迁王官集乡万林村四队传出一阵阵狗吠声，村庄头，一条高低不平的土路上隐隐约约晃动出五六个人影，那是一群即将远行到山东泰安的打工族。他们每个人都背着一个塞得鼓鼓的蛇皮袋，蛇皮袋里装着被褥行囊。扛着蛇皮袋走在最后的是一个满脸稚气的少年，他穿着一身哥哥穿过的褪旧的衣服，来自骆马湖穿越万亩树林的秋风摆动着他既肥又大的襟角和裤管，瘦弱的身板却在风中凸显力度。圆月西沉，村落渐远，鸡鸣隐约，那少年忽然停下脚步、放下肩上的蛇皮袋，转身注目凝视即将消失在视野里的村庄，回眸间湿漉漉的目光充满对梦想的执着……长路伸向远方，梦想在远方召唤着他……少年名叫夏方军，那年他十五周岁。

十五周岁既是上学的年龄也是恋家的年龄，城市里的十五岁男孩即使不上学了，那也是留长头发、穿喇叭裤、听流行音乐，过着优哉游哉的日子。然而，迫于贫穷的生活、迫于对奶奶和父母的孝心、迫于对姐姐弟弟的关爱，在上学和打工之间，十五岁的夏方军毅然决然选择了后者，不为别的，仅是为了打工挣钱减轻家庭负担，让弟弟无忧无虑地上学念书。让他自己做梦也没想到的是这一离乡背井的决定开启了他轰轰烈烈的创业之路。

夏方军，1974年出生于王官集乡万林村四队。王官集乡地处宿迁县（1987年12月建县级宿迁市，1996年7月撤县级宿迁市设地级宿迁市）边陲，西、南与徐州睢宁县接壤，东北是烟波浩渺的骆马湖。万林村又蜗居王官集乡西北，因古黄河和京杭大运河南岸有万亩树林而得名。万林村能有今天的万亩树林说起来还得益于已故总书记胡耀邦老人家。那是1960年冬，时任团中央第一书记的胡耀邦到宿迁考察植树造林，听闻王官集公社蔡庄大队正在大造"共青林""三八林""红领巾林"，非常感动，他亲临现场冒严寒和父老乡亲一同挖坑栽树，并对大家说："我们要在古黄河畔骆马湖岸栽上百亩林、千亩林、万亩林，以茂密的森林挡风沙阻洪患，把洪水走廊变成苏北江南。"后来，蔡庄就改叫万林了。万林村四队远离集镇街道、信息闭塞、思想传统，几十户人家近三百口人完全靠土地维持生计。夏方军兄妹四人，全家七口人靠父母亲和年近古稀的奶奶耕种的几亩河滩地。农村三大事，吃、穿、住。吃的问题虽然解决了，可穿衣、住房、孩子上学及其他用项都指望土地的春秋两季收粮，实在是捉襟见肘。对于万林四队的贫穷状况，我们可以从夏方军初一年级时写的《我的家乡》一文可见一斑："我的家乡万林四队真是太穷了，到处是低矮破旧的草房，四处是尘土飞扬的土路。人居住在茅舍里，白天能看到阳光，夜晚能看到星光，裂缝容拳的墙体丝毫挡不住呼啸的北风。每逢雨天，屋外大雨，屋内小雨，屋子里摆满等水的盆，雨滴砸落在盆帮上发出叮叮当当的响声，令人心烦意乱。冬天，老屋很像是一位久病不愈的老爷爷，浑身漏风，在雪雨中发出阵阵咳嗽声，无助的眼神期盼着苍天神灵的保佑。我穿着哥哥、姐姐们穿小了的灰突突的衣服，套着一双用草绳和芦花编制的毛窝鞋，整天吃着照人影子的山芋干稀饭，瘦弱蜡黄的脸蛋像贫穷的日子一样苍白，我无法想象这样的日子何时是个尽头，父亲教育我要好好学习，靠知识能改变命运……那天夜里我抱着书本睡着了，梦见自己考取了省城里的一所大学，学到了满满几蛇皮袋的知识，掌握了满满几蛇皮袋的本领，挣到了几蛇皮袋的大钞票。不仅家里盖上了漂亮的小洋楼过上好日子，而且带领着我们四队的各家各户都盖上了楼房，过上了好日子。全队上下锣鼓喧天鞭炮齐鸣欢欣鼓舞，我的美梦被鞭炮声惊醒，母亲催我起床上学，我的四肢又伸进冰冷的棉袄棉裤，浑身激灵一颤……"

命运弄人。夏方军没有学到满满几蛇皮袋的知识，没有掌握满满几蛇皮袋的本领，却于初三毕业之后扛着满满一蛇皮袋被褥行囊踏上遥远的打工之路。这个一百八十度的人生大转折源自父亲的一个震撼他心灵的背影。

贫穷催生了少年的梦想，谁能为年少的梦想插上飞翔的翅膀？家，是孩子生长的最初营养地；家长，既是孩子挡风避雨的臂膀，更是引导孩子经风沥雨的榜样。夏方军的家是穷家破院，穷家破院却培育了他吃苦耐劳的品行。夏方军的父亲夏恒山是万林村的会计，在农村算个是见多识广有能耐的人。夏恒山一生遵循夏家"八端为表"之遗风（八端，指的是孝悌忠信礼义廉耻），忠厚处事仁义做人在村里有口皆碑，夏恒山教育孩子更是忠厚仁义当先。夏方军从小就被灌输"忠诚宽厚鬼神佑之，仁义值千金"的思想，小小年纪说话做事就有礼有节、板眼分明。夏方军在兄妹四人中排行老三，受父亲的"农村男孩出路有三：当兵求提干，考大学端铁饭碗，拜师学艺挣良心钱"思想影响，从小就迷上了当兵，当上兵了不仅有令人羡慕的军装穿、军帽戴，吃穿不愁，能减免家里冬季扒河打堤的苦差事，不愁找不到媳妇，而且还能威风凛凛为家庭荣光耀祖。直到他哥哥当兵离家后，夏方军突然认识到，自己虽然很羡慕哥哥的一身军装，但那并不能给家里带来好过的日子，也不能减轻奶奶和父母沉重的劳动负担。于是，夏方军把注意力集中到学习上，铆足劲想在学业上能出人头地。一分耕耘一分收获，夏方军小学毕业顺利考取王官集初中。在王官集集镇上初中三年的所见所闻，逐步形成了夏方军对财富的追求梦想。

从村里的小学到乡里的初中，从满眼都是破旧矮小的民房和无边无际的田畴到沿街整齐的商铺楼房和纷至沓来的集市贸易，眼见耳闻乡政府所在地的繁华气象，夏方军在学习的同时，另一扇心灵之窗也被渐次推开，一股异样的激情蠢蠢欲动。

几年的农村土地承包之后，王官集的集市贸易逐日繁衍，特别是1987年成立县级宿迁市之后，王官集乡不仅镇容镇貌焕然一新，而且"建筑劳务输出""水产养殖""塑钢门窗、铝合金门窗""幕墙玻璃装潢""花园酥梨"等独具地方特色的产业雏形逐渐形成。涌现出一批先人一步"吃螃蟹"的人，有的是承包水面养鱼致富的人，有的是带领一支队伍为公家或私人建房铺路致富的人，有的是靠门面房专门经营塑料门窗、不锈钢门窗、铝合金门窗致富的人……这些人不再指望或不完全指望靠土地维持生计，却能比专注于土地、想在土里刨出金子的人更财大气粗。乡政府的东面是隶属于市建设局交由乡政府管理的王官集建筑站，每天都有很多人聚集在门前想争取得到一次离家挣钱的机会。在当地打工一天就能挣到二十斤水稻的钱，这是多么诱人的收入啊！至于那些带队的头头、那些能够揽到盖房铺路工程的能人、那些靠本领制作门窗靠手艺安装门窗的人，他们挣的钱更是多得让人羡慕。这一切就像一粒粒种子在夏方军年幼的心里慢慢地翻身萌发。他每次走过建筑站都要站在那里静观静思，希望自己有一天能从这里出发到更大的城市去挣好多好多钱。

夏方军初一年级时是学习委员，班主任发现他很有领导能力和协调能力，到初二年级时任命他做副班长，那时的校园到处是泥土地面，即使是操场跑道也仅是铺一层细碎石子作硬化。春夏秋三季到处荒草丛生、薜荔蔓延，割过之后没几天又疯长起来。每天，学生们除了上课学习就是割草打扫卫生，劳动委员见任务重、干活烦琐，撂了担子。班主任见夏方军指挥有序，调动有方，办事很有成效，为班主任省了不少心，初三年级时又叫他兼任劳动委员。夏方军所在的班级同学来自全乡十几个村，其中不乏富裕人家的孩子，他们穿着合体漂亮的新衣服，脚上穿着蓝白相间的弹力运动鞋，买文具买零食，显得盛气凌人、高人一等。有的还仗着有钱，欺负衣不蔽体的男同学，有时吓唬女同学为他们刷鞋、完成劳动任务等。夏方军羡慕他们有钱、羡慕他们的穿着，却对他们的"以钱任性，以钱逞强"嗤之以鼻。转眼三年的初中学业已经完成，面对升学考试，夏方军虽然没有考取市重点中学，但考取市职业高中也是一件让人高兴的事。

　　暑假有两个多月的时间，何不利用起来出去打工，为新学期挣点学费钱呢？敢想还要敢干，想到的事情必须穷尽办法去做到。这是年少的夏方军默默在心里为自己立下的誓言。他便跟上一位同乡奔赴几百里之外的山东省泗水县，在工地上搬砖头扛水泥。第一次出远门，第一次到工地打工，虽然感到累一点、苦一点，但一想到打工能挣钱，他感到异常兴奋和满足，他用视野和畅想拥抱着外面的世界，仿佛能感受到外面的世界正张开双臂拥抱他。不幸的是，他泥一身水一身地在工地上干了近四十天，本想带着人生中最丰富的一笔钱，一笔能够让新学期学费不用发愁的钱，不曾想小老板跑路了，留下一群流泪的人和无助的谩骂声。夏方军双手空空，欲哭无泪。同时，坚定自己一定要做一个诚实守信、不欺不骗之人，否则，只能落下无尽的骂名。

　　夏方军重新回到家里，收回萦绕在心头的外面精彩画卷和不愉快的人和事，想着一定要把心思集中在摇摇晃晃的课桌上，以搬砖头扛水泥包的劲头一页一页耕耘着书本。哗哗的翻书声让他联想到工地上喷着水花的水龙头，或许就是水磨地坪的声响。求知的欲望和求财的念想交织为昏暗的灯光下勤学苦练的身影。

　　为了给夏方军筹集职高学费，父母亲把平时省吃俭用好不容易才积攒下来的积蓄全部抖了出来，可是还差了一大截，无奈之际，父亲把目光投向墙角处码放的全家人的口粮上。母亲理解父亲的意思，满面愁容之上绽放出一丝笑意，浑浊的目光之中闪动着一丝希冀。父亲对母亲说："日子可以一天一天地糊弄过去，孩子的学业可一天都不能耽误啊！"母亲说："孩子是母亲的心头肉，你疼，我比你更疼。有土地在，有庄邻在，还能饿着我们？"夏方军愣愣地站在那里，看着父母亲憔悴的面容，心想：哥哥当兵入伍了，姐姐还没有能力为这个家分忧解愁，弟弟还小，作为老三应该让年迈的奶奶享几天清福，该为父母减轻些劳动负担，该让弟弟无忧无虑地上学……现在倒好，却因为自己继续念书，不仅掏空了家里的所有积蓄而且还要卖掉家里的口粮，增加了家里的负担不算，还要让家里人饿着肚子过日子……那一刻，自责犹如一匹饥饿的狼，啃噬着自己稚嫩的心灵。贫穷、自责、担当、梦想汇集成一腔既怒又争的激情撞击着他，模糊的双眼满是迷茫……难道，学校是获取知识的唯一途径吗？难道念完职业高中就能改变贫穷的命运吗？

当穿着大裤衩趿着断裂拖鞋的父亲转脸走向那几袋全家口粮的时候，夏方军突然发现心目中高大伟岸的父亲早已变了模样。他看见父亲被太阳暴晒成紫铜色的臂膀，他看见父亲干瘦的黑黝黝的略有些蜷曲的双腿……父亲弓着腰使足力气抱起粮袋，肩胛隆起，双脚退挪，肋骨凸显……夏方军被父亲的这一背影深深地感动了，两行眼泪簌簌而下。片刻犹豫之后，他两步跨到父亲面前，按下被父亲抱在怀里的粮袋，眼泪汪汪地说："爸，你不用卖口粮了，这职高我不念了。"父亲放下粮袋两眼迷惑地问："不上学了，你想干吗？"夏方军坚定地说："出去打工赚钱。"

母亲走上前来，说道："三呀！你，是不是犯糊涂了吧！你才多大年龄就要去打工？是不是担心家里没有吃的？你放心念书去，家里有你爸和我，没有过不去的坎。"夏方军不假思索地说："妈，你不要多想。我真的不想去念书了，我就是想去打工。你们就别劝我了。"夏方军的奶奶非常疼爱这个孙子，夏方军也最听奶奶的话，在奶奶的劝说下，夏方军勉强拿着父亲凑齐的学费去职业高中去报到。学期开始，学是上了，但夏方军的学费钱始终没有缴。他边上课边在想，三年职高的学费是一笔不菲的钱，我作为男儿不能为家里分忧解困，还要给贫穷的家庭增加负担。即使三年职高毕业了，我的出路又在哪里？于是，他毅然决定出去打工，并找到了班主任说明缘由后向他辞别。

当家里得知夏方军辍学打工的消息后，家人一时间还是难以接受。父亲夏恒山知道三儿子的倔脾气，年纪虽小，可他决定了的事十头牛也拽不回。他明白夏方军心里是怎么想的，同时既为自己有这样的儿子感到自豪，也担心儿子凭的是一时意气，意气的决定总是会后悔的。

晚上，夏恒山把夏方军叫到他奶奶屋里，让他当着三位老人的面说说自己的想法。夏恒山知道奶奶最疼爱这个孙子，夏方军也最爱奶奶，他在奶奶面前从不会说一句谎话。

夏恒山说："方军啊，你妈听你说不念书了，一下午都心神不宁的。当着你奶奶的面，说说吧，为什么？说得有道理父亲支持你，说得没道理，收回心，上学去。"夏方军低着头没有言语，奶奶把夏方军的手拉过来握在自己的手心里，夏方军看见奶奶那双粗皮糙肉的手，心里泛出一阵阵酸楚。

奶奶说："孩子，你才多大的年龄啊，你到哪里奶奶都不放心。你哥当兵去了，一两年才能看到一面，奶奶的心时刻挂念着。你还小，正是读书的年龄，身子骨还嫩着呢，不是出力负重的时候。听奶奶劝念书去，能念多远是多远。念成了是你的福气，念不成是你的造化不够。造化不够就按命过，回来家帮衬你父母亲，等几年娶妻生子平平安安过日子。人这一生啊，不能没有念想，但念想太早了太高了也是不能实现的。"

夏方军打量着三位老人，真诚的关爱让他感到温暖，他把自己的想法一股脑儿倒了出来，说道："念书是为了获取知识，获取知识是为了改变命运。可改变命运不只是获取知识这一条路，获取知识更不是唯有念书这一条路。我班上好几个同学的父亲只会写人姓名、算加减乘除，不照样能发财做老板？我去读职高三年过后有两种选择，一是考大学，二是找工作。考大学是千军万马过独木桥，是百里挑一的事，即使我侥幸考上了端上了铁饭碗，还要继续让你们供养、继续拖累家里。大学毕业了又能怎样？还不是仅仅改变我一个人的命运？以六七年的家庭重负和全家老小为我受累，我自认为不值得。三年后考不上大学即使找到工作，实际上还是打工。与其三年后打工还不如现在打工，至少能省下三年的学费钱。我们兄妹四人中总该有一个人要为这个家承担责任，大哥当兵去了，就让我来吧。或许只有这样，才能让奶奶过几年清净的日子，让父母减轻点劳动负担；或许只有这样，才能让弟弟无忧无虑高高兴兴地上学，说不定因为此他们有出人头地的条件和机会。社会也是所大学，万物都有学问，别人能混得风生水起，我想我也能做到。奶奶，您相信您的这个孙子，我暑假不是出去了又安全地回来了吗？虽然被人骗了，但我相信那毕竟是个别人。我诚实做人本分做事，不相信干不成点事来。明年这个时候我回家看你，一定给你带好多好多好吃的，一定带几块你最喜欢的紫红色布料回来给你做最漂亮的新衣服……"奶奶摸着夏方军的脸蛋眼里含着泪花说："乖孙子，你这一走，奶奶的心不知往何处搁啊！"

夏恒山听三儿子这么一说，心里有了底。他没想到十五岁的夏方军做出外出打工的决定不仅不是意气用事而且是深思熟虑，说得也很有道理。看样子打工在他心里是盘算已久的事。听老母亲的话语，她老人家算是同意了，夏恒山没作反对，板着脸说道："方军啊，既然你说得很有道理，我和你妈支持你。但我把话撂在这里，给你三年时间，你若是平庸之辈，你就打道回家，让我们承欢膝下；你若出类拔萃，你就展翅高飞，让大家同享你的福气。反正，家就在这里，是你永远的根、永远的归宿。我们相信你。"

有了奶奶和父母的支持，小小年纪的夏方军更加坚定了以打工求成功的信心。

机会总是留给有准备的人。机会来了，宿迁市三建公司在山东泰安接到一项工程，委托王集乡建筑站招募劳务，正好夏方军的姨哥孙加友又是这批劳务的一个小带班。夏方军没有半点犹豫，打点行装加入了北上的打工族中……

半旧的省际中巴车在乡村土路上颠簸着摇摇晃晃向前行进，发出咯吱咯吱的响声。夏方军坐在紧靠车窗的位置，凝聚的目光仔细地打量着窗外隐退的村落、田野、道路、树木。离乡别土之际他很想冲下汽车跑进无边的旷野对着骆马湖、对着古黄河、对着京杭大运河高喊几声……

再见了故乡的土地，再见了万亩树林。太多的童年记忆此时此刻蜂拥而至，南湖地、西湖地、黄河滩、芦苇荡、破旧的老屋……大家都贫穷了，就没有人感觉到自己是贫穷的。从记事开始，那时候自己和一群天真无邪的孩子过着无忧无虑的日子。夏天在黄河里洗澡避暑，在小沟小河里打堰斛鱼，在一望无际的水库里掏鸟蛋掐莲花，深夜里在无边无际的树林里照知了，半夜了不知归家，想到香喷喷的知了肉，欢快的笑声在万亩树林中回荡……冬天，在漫天雪地里追兔子，在冰面上砸个窟窿捞鱼摸虾，堆雪人打雪仗，斗鸡砍钱，拾粪捡柴……少年不知愁滋味，尽是天真笑童年。而今识得穷字苦，立志远方出乡关。

再见了故乡的学校，再见了同学。五年小学三年初中，夏方军忘不了那些教过他的老师和那些朝夕相处的同学。从第一天背着母亲用旧毛巾缝制的书包上学开始，识字、念书、力争好成绩、得到老师和父母的表扬，成为夏方军最初的追求和渴望。那些关爱过他并授予他知识的老师是他心目中最敬仰的偶像，他们上知天文下知地理教书育人，像是肚子里有无穷无尽的学问。村里小学的教室虽然破旧虽然不能挡风避雨，但那里依旧回荡过童年的欢声笑语。打梭、砍钱、斗鸡、赛跑、翻纸牌，玩老鹰捉小鸡，纵是夏天一脸泥，冬天咬虱子，依旧是童笑喧闹，童趣盎然。简陋的教室和俭朴的老师却给了他不曾有的知识和做人的道理。

小学时的王正先老师，初中时的邵发宁老师，还有许多关爱过他的老师都给他留下了深刻的印记。八年的学生生活不仅让他拥有了基本的生存知识，重要的是他学会了从学习知识以外的角度发现了团结和团队的力量。初中时期，为了减轻家里老人沉重的劳动负担，夏方军组织班里十几名志同道合的同学成立了帮扶小组，不仅为小组人员家里抢收抢种而且帮助那些老弱病残户、人多劳少户。谁家的玉米该收获了，他就指挥帮扶小组或起早或贪黑，齐心合力收清运净；收麦时节是农民和多雨的老天爷抢时间争速度的较量，有时只是一两天的时间差就会导致成熟的麦子铺地霉烂、收成减半。水稻插秧大都是母亲和姐姐们的活，男人们负责耕耘、运肥、整地、挑秧。看到母亲整天站在泥水里弯腰弓背，有时连一口热饭都吃不上，夏方军坐不住了。可同学的年纪都还小不会插秧的怎么办？不会就学，用自家的水稻田学。水稻行插歪了，拔掉重栽，株距留大了或插密了，薅掉重来。"一粥一饭来之不易，半丝半缕物力维艰"的农家状况，逼迫着一群不谙世事的孩子承担起力所能及的责任。夏方军正是这群孩子的带头人。人们常说"穷人的孩子早当家"，可是，有谁会切身地去体会他们背后的心酸和无奈，感受他们幼小心灵的磨难和无助的自我担当……

再见了奶奶，再见了父亲母亲，再见了大姐小弟。对于孩子来说，穷家破院也是温暖的。奶奶的百般疼爱，父母的含辛茹苦，让夏方军深深地感受到贫穷岁月里亲情的温暖。这种温暖孕育出一颗心灵的种子在季节里发芽分蘖。一种品质一种意志一种理念一种精神在渐次到来的年月里逐渐生根发芽，成为夏方军受益终身的营养和财富。特别是父亲那佝偻着紫铜色身板搬动口粮的背影犹如一尊雕塑屹立在他的心中，烈日的印记，冰雪的痕迹都镌刻在脊背上。父亲与黄土地相依为命的苍凉而坚韧的人生，成为他发奋图强的最原始生命力源。就在昨天晚上，一家六口人团坐在奶奶屋里，父亲打开一层一层废报纸包着的全家人压箱底钱，说道："方军，明天一大早你就要出远门了。该说的都说了，就看你自己了。"说着他从中抽出一沓皱巴巴的票子递给夏方军说："你把这些钱带上，关键的时候能派上用场。父母不在身边，自己多照顾好自己。"夏方军推回父亲手中的钱，说道："我是出去打工挣钱的，要这钱干啥，留在家里用吧。给弟弟买个塑料文具盒、买一块带着香味的橡皮擦吧，他盼望好久了。"夏方军看着姐姐、弟弟说："在家要听大人的话，好好学习，等我挣到钱了，我一定会给你们买很多你们想要的东西。"姐姐弟弟知道他明早要到很远的地方去打工，满脸都是难分难舍的表情。姐姐问："三弟，你怎么不念书啦？打工比念书好吗？"夏方军对姐姐说："肯定比念书好啊！打工能挣到好多钱。"姐姐说："我也跟着一起去。"正在为夏方军收拾行囊的母亲推了一下姐姐，说："死丫头，你以为是去外面拾钱啊，是出苦力挣钱。你个女孩家早晚是别人家的人，不要想能有多大的出息，识点脸面前的字够用就行了。"听着母亲的话夏方军心里一阵难受，对姐姐说："妈妈说的是气话，别往心里去。"奶奶坐在床沿上，苍白的头发在蒲扇的扇动下飘飘扬扬，满脸皱纹比大旱年景中的沟壑还要深。她默默地坐在那里，没有说一句话，夏方军却仿佛听到充耳的教诲。奶奶的眼里有闪光的泪花却依旧面目慈祥，说话温婉。"奶奶知道这个家委屈你了。好男儿志在四方，奶奶虽然年龄大但明事理识大体，奶奶只跟你说一句话：你的天资和本性没的说，只要不以歪门邪道发横财，踏踏实实走正道，你一定能为夏家荣光耀祖。明早你就要走了，奶奶给你一件东西带在身边，保你心神有向，扎实有成。"奶奶说罢，伸出瘦骨嶙峋的手在枕头底下摸了摸，掏出半块旧毛巾裹着的小包裹。她小心翼翼地打开毛巾布，呈现在面前的是一抔黑黝黝的泥土。奶奶说："你恐怕早忘了，这块毛巾布是从你第一天上学时的书包剪下来的。你更不会知道，这把土是堂屋东山墙下埋着你出生时衣胞的土。奶奶把这两样东西送给你有两个念想，一来盼你记着要多学多问，三百六十行，行行出状元，不学不问就永远不会成为状元。苦钱苦钱，不吃苦哪来钱？这个苦不只是身体出力的苦，还要是脑子费力的苦。二来盼着你财气祥瑞永不忘本。你妈生你的时候，我把你的衣胞埋在东山墙下，图的就是紫气东来主你好运。这是你的根所在，随你走到哪里只要有它在身边就不会把根忘了，更不会把家忘了……还有，身处他乡异地若是水土不服了或想家了，你就拧点这土冲杯水喝下去，保你气顺神宁……"奶奶的话朴素得像泥土一样，却句句入心，夏方军被感动得禁不住双目含泪。奶奶从床拐处拿过一摞叠放整齐的旧衣服，翻了一层又一层，终于在一处夹皮层里取出一叠小票子，对夏方军说："这里总共几块钱，你带上……"没等奶奶把话说完，夏方军就趴在奶奶的腿上哭出声来。

夏方军接下了奶奶的一块银圆和几块钱，他怀揣着奶奶和父亲的希望和担心，带着自己的信念和执着，夏方军踏上了他往后人生的旅途。

汽车已不再大幅颠簸，车速也快了许多，夏方军意识到车子已经驶过乡村道路驶出万林驶出王官集，身后的故乡离自己愈来愈远。

夏方军环视一下同车的十几个人，有的谈天说地，有的窃窃私语，有的悄然入睡。他下意识地摸了摸胸口揣着的旧书包毛巾布裹着的黑土，摸了摸沾满奶奶汗水的银圆和钞票。似乎想要为自己沉重的心事找一个支点，他将头靠在车窗玻璃上，任身体随车体一起晃晃悠悠。

夏方军睡着了，有关书包，有关家乡土，有关父亲给的二十元钱，有关希望等梦境接二连三涌现脑海。在梦里，密集的艰难和困苦狰狞而至，簇拥的鲜花和歌声含笑而来。或许，这是夏方军一生中最长远的一次梦，梦醒时刻已到了徐州火车站。

第二章　创业伊始：走进他乡谋生存

在苏鲁接壤的广袤平原丘陵之上，一辆绿皮火车时而穿梭在无垠的绿波之中时而隐藏在光秃秃的山体之后，汽笛长鸣机器轰隆钢轨震响，它犹如一条巨龙扯风劈雨腾飞在岛礁丛生的海面。车厢内人挨人、人挤人，烟雾缭绕人声鼎沸。夏方军望着窗外急速退去的风景，想到即将成为高楼大厦建设者的一员，将亲身经历一幢楼是如何从土层深处一点点生长到高空在阳光下熠熠生辉的，内心深处不由升腾起一股从没有过的激情和力量。

火车抵达泰安，随拥挤的人流走出车站，没等夏方军分辨出东南西北方位，就已被送到施工现场——泰山中学项目。

令夏方军失望的是，这批劳务并不是主体工程的施工队伍。他们一行人赶到现场，虽然塔吊高耸，搅拌机转动，但学校各教学楼的主体有的已完工，有的是封顶扫尾，大多楼房的脚手架已经拆除，他们来做的工作仅是部分教学楼内外墙粉刷和水磨地坪等杀青工程。看到一幢幢灰突突的楼体和一个个黑乎乎的窗口，他无法理解油漆工们是如何把它们打扮成漂亮教室的。夏方军环视一下楼群，发现远处楼体的外墙上吊着几个蜘蛛人，他们脚蹬身晃，手过之处墙体变白。见夏方军惊悚疑惑，同行人告诉他说，那是搞外墙粉刷的工人。

巧合的是夏方军踏入建筑行业学的第一个手艺正好就是粉刷涂料，即油漆工。油漆工在建筑工程扫尾工作中干的不是重体力活，也不是高技术含量的工种。带班见夏方军年龄轻身子骨弱又是初来乍到，特意安排他跟随油漆班组学习内墙粉刷。夏方军简单了解基层处理平整干净—均匀刮抹腻子—涂刷乳胶漆几个程序后，便效仿熟练工就有板有眼地干了起来。

在工地上，油漆工虽然比搬砖头扛水泥抬沙子等重体力活轻快，但对于初中毕业的夏方军而言可不是一件轻松事。刮腻子是做好油漆工的关键一步，腻子刮薄刮厚不仅要有好的眼力来判断而且还要有准确的手感，刮出的墙面才能平整。只有平整了，后面的刷面漆程序才能顺利进行，否则，只能返工重来。再者，腻子粉、胶水、白水泥、乳胶漆等物都要自己一袋袋扛一桶桶提，在一楼做活倒省些力气，若做到四楼五楼，仅备粉刷材料就让他感到筋疲力尽。几天下来，他那身虽肥大但很干净利索的衣服就溅满了白色的污点，他苦笑着打量自己浑身上下，心中不由自问：难道我夏方军一辈子就做油漆工不成？转念一想，做油漆工又有什么不好，通过辛勤劳动我能将一面面高凹不平、灰突突的墙体变得平整光亮，让一堵墙一间屋一栋楼实现从昏暗到光亮的华丽转身，这难道不是一件值得高兴的事？

夜晚，夏方军腰酸腿痛地躺在床上，想到自己近期取得的工作成绩，想到自己在很短时间里就能熟练地掌握内墙粉刷技术，想到一间间教室在他的一刮一抹一粉的进程中变得宽敞明亮，心里满是自信和骄傲。他从粉刷墙体联想到人生，期盼着自己迎来从满身油污转变为整洁明亮的那一天。

粉刷几乎是建筑工程的最后一道程序，特别是上面漆必须要在水磨石地坪完工之后。恰恰水磨石地坪费时费力，很多时候因为水磨石工作没有交付致使油漆工们休息等待。见此情景，夏方军想，既然水磨石这道工序影响整体进度和功效，自己何不加入其中？想到就做到，这是小小年纪的夏方军一贯做派。自己不会做怎么办？姨哥不是搞水磨石地坪的吗？可以向他问跟他学啊！第二天，在水磨石的施工现场就看到了夏方军那瘦弱的身影。

夏方军并非天生就是搞建筑的人才，而是夏方军天生就勤于思考、辛于劳作。无论是清地面、抄标高、弹水平线、做标筋、定分割线，还是拌水磨石、压实抹平、粗磨、细磨、清水冲洗、打蜡上光，夏方军把水磨石地坪制作的每一环节铭记于心之后，靠着不断的实践摸索，逐步掌握了水磨石地坪施工技术和技巧。仅仅不到一个月的时间，他就能独自完成水磨石制作的全部流程，其工程质量得到了建设方的高度赞扬，特别是使用水磨机的熟练程度不亚于老机手，而且，地坪的平整度和光洁度尤显优势。

夏方军感到做水磨石地坪很有成就感，且工资待遇远比做油漆工高，他决定放弃做油漆改做水磨石地坪工作。凭借着熟练的工法技术和优质的工程质量，以及上工在前收工在后的吃苦耐劳精神，两个月之后夏方军就被任命为一个水磨石地坪小组的带班，工资自然也有所增长。夏方军看着一面面平整光滑的地坪，想到自己不断的进步和渐长的工资，深深地体会到收入的多少是由自身的技术和本领决定的啊！

夏方军人小心细做事一丝不苟，对待工友像对待家人一般亲切，虽是带班却从没有带班的架子，仍旧像往常一样和工人同吃同住，脏活累活抢着干，整天水一身泥一身在施工现场。稍有一点空闲时间他还手把手教新手、和老师傅探讨技术革新，大家都感到跟着夏方军干活既轻松愉快又能学到不少东西。论技术、比质量、抢时间、争速度、评领导能力，夏方军都没得说，可一到工人发工资的时候夏方军就犯愁。他虽然是个带班的，但毕竟是跟着分包人干活，工资钱掌控在分包人手里，什么时候给钱，给多少钱，人家说了算。每次去为工人要工资他都被分包人拖三阻四，无功而返，工人有意见，闹消极情绪，他却有苦说不出，只恨自己还没能混到分包掌钱的位置。

为了工人能及时领到汗水钱，为了保持工人原有的精神和干劲，夏方军若是能垫付得起，他早就自己出钱先垫上了。可他囊中羞涩，自己的生活都结结巴巴的，只能一次次硬着头皮厚着脸皮敲响分包人的家门。

记得做一家厂房水磨石地坪工程时，夏方军两次讨薪无果，眼看工人们生活快接不上火了，个个怨声啧啧，有的想停工，有的想讨钱走人。本着对业主负责，保工期、保质量、保信誉，夏方军决定再做最后一次努力，说道："各位工友，大家千万不要闹情绪，我再去一次，事不过三，保证这次能把钱要回来。如果还是要不来钱我就带着你们直接找业主说理去。你们只管好好干活，保质保量，按序时进度推进。在我没回来之前，谁要是偷懒耍滑，就是不给我夏方军的面子。"夏方军心里明白要钱是关键，他压根儿就没有找业主说理的打算，果真那样岂不把关系弄僵了，今后的活还怎么干？安慰一时是一时，先稳定工人情绪再说。

当天傍晚，夏方军骑着别人的旧摩托赶到城里，小心翼翼地敲响分包商家门。敲了半天屋里没有动静，夏方军的心情陡然间凉了半截。怎么办？等。他坐在门外的楼梯上一直等到深夜十一点半，也不见家里来人。夏方军干了一天重体力活浑身像散架一样，加之未吃晚饭，疲惫和饥饿一齐向他袭来，他太想吃点东西，然后躺下，美美地睡上一觉。他下意识地摸了摸口袋，皱巴巴的两块钱纸钞让他饥饿的目光充满希望。可是，他转念一想：这次我是不能轻易回去了，空手而回，工人们就断了希望，就会发生不可预见的坏影响，非拿到钱不可，否则无法向工人交代。可是，要是老板出去旅游了怎么办，等两天三天都不可知，这两块钱……

夏方军无精打采地走下楼，在楼下的夜宵店里花了最少的钱吃了一碗面。分包商老板的楼下不远地方是一处公园，公园里有供人休息的长条凳。夏方军困不择处，一躺到长条凳上就睡着了。

皓月当空，繁星隐烁。中秋的风夹带着阵阵寒意袭来，公园里摇摇晃晃的花草树木时不时地发出响动，像是抵抗秋冷似的激灵抖颤。夏方军被冻醒了，朦朦胧胧的他在长凳上侧翻身体，双臂夹紧那件沾满灰浆的上衣，蜷缩一下双腿又睡着了。熟睡中的他也没忘记用手捂住那个装着一块多钱的口袋。

第二天早晨，日出三杆。公园里晨练的人唤醒了夏方军。夏方军见太阳都有一树头高了，很是恨自己睡得太沉。他翻身下凳拔腿就往分包商家跑。

给夏方军开门的正是分包商老板，他身穿华丽睡衣，双眼迷糊，哈气连天，门开的同时一股暖气直扑门外。老板见是夏方军不温不冷地说："小夏，你不在工地上带人干活跑来这里干什么？有什么事我到工地上再说，你回去吧。"夏方军见老板要关门急忙用手握住门框，心想，你不至于关门夹我手吧。夏方军说："老板，我昨天晚上就来找你了，在公园里睡了一夜。三个月没发工资了，工人连吃饭的钱都没有了，你行行好，把工人的工资发了吧。发不齐三个月，你就发两个月也行，剩余的钱工程结束再结算。"

听夏方军说在公园里睡一夜,见他一脸纯真忠厚,又想到他平日里兢兢业业的表现,老板心有所动,说道:"小夏啊,工资不是问题,你再等两天,我一定给你解决,你回吧。"夏方军顺势说道:"谢谢你,老板,泰安是礼仪诚信之地,我信你,再等你两天。"说罢,夏方军鞠躬而退。

工地上,总承包的老板每天都要到施工现场巡查一圈,夏方军的班组虽然工作有条不紊,可他已经两天没有看见夏方军了。老板自从认识夏方军这个人和这个班组以来,只要到工地他就时刻留意着他们,他从没见过夏方军离开过现场。老板很好奇,到班组里打听情况,才知道工人们已经三个月没发工资了,夏方军去找分包商要钱了。总承包老板想不明白,要钱也不至于要两三天啊。

夏方军得到分包商老板两天给工资的承诺,心里充满希望。他盘算着两天内如何省着开销仅有的一块多钱,盘算着如何在公园里找处避风的地方睡觉。更多的时候,他在盘算着这种无休无止的讨薪之路何时是个尽头。他更想不明白那些在吃穿用住玩乐方面出手阔绰的老板们为什么对工人用血汗换取的工资如此抠门不放?

在公园里睡的第三个夜晚,夏方军辗转反侧无法入睡,为御夜寒,他只得在公园踱步转了半夜。他不只是为第二天能拿到工资而高兴,更多的是思考如何规避这种有苦难言的要钱窘况。钱,是生活的命根子,也是事业发展的命根子。要想不向别人要钱,自己就必须有钱。钱从哪里来?就目前情况判断,钱只能从工程中赚。工程哪里来?靠关系?靠诚信?靠质量?靠人脉?……工程也需要钱来维系啊!越想越乱的复杂关系让年幼的夏方军陷入一种悖反境况。归结到底,夏方军给自己定下目标:我一定要做老板,做有钱的老板,做有钱更有责任心、绝不拖欠工人工资的老板,做带领大家共同富裕的老板。

想到这些目标夏方军不由自嘲:夏方军,你这个毛头小子,又做梦了吧?又想吃天鹅肉了吧?要知道你现在睡的是公园长凳,今天再要不到工资,你得饿着肚子回工地。老板,是你这穷小子能做的吗?

夏方军望了望分包商所住的高楼,又看了看初升的太阳,光芒四射的阳光普照在城市的楼群之上。秋熟在即，公园里果香四溢。他想到了家乡一望无际的金黄色的稻田，想到门前屋后逐日成熟的瓜桃梨枣，想到起早贪黑辛勤劳作的奶奶和父母……夏方军内心升腾起一股自信和力量。自己问自己道："怎么，毛头小子就不能做老板吗？有梦，才有追求；不想吃天鹅肉的人最终连麻雀肉都吃不到。只要我奋发图强，不信老天无眼。"

夏方军再次敲响分包商家门的时候，没想到老板这次给钱异常顺利。老板说："方军啊，你年龄虽小但做人做事令人称道，有发展前途，是棵好苗子啊。这是你们班组三个月的工资款，你回去继续好好干，我不会亏待你的。"夏方军听了简直不相信自己的耳朵，三个月工资一齐发了大大出乎夏方军意料。他哪里知道头天晚上总承包老板亲自给分包老板打了电话，不然的话，还不知道会出什么幺蛾子。

夏方军兴奋得早饭都没吃，骑上那辆借来的破驴开足马力直奔工地，穿越城市任凭旷野的凉风吹拂起他那肥大的上衣，目光直视前方，弓身曲臂，油门一轰到底，活像电影里追逐途中的勇士。

工友们一次性拿到三个月的工资，个个欣喜若狂，他们围坐在简易的方桌旁，沾着唾沫点数着崭新的钞票，疲惫的面容绽放出灿烂的笑容。夏方军看到队友的高兴劲，心里充满无限喜悦。突然，他眼前一黑，如释重负，身子像软绵绵的泥浆一样瘫倒在桌子旁，工友们见状赶紧围拢过来。一个人试了试夏方军的额头说道："不好，夏队长高烧晕过去了。"

夏方军被送到附近小医院，高烧三十九度。当工友们知道夏方军为了给工人讨薪，硬挺着身子在公园里睡了三夜，每天仅靠着早晚两碗稀粥度日，大家被感动得热泪盈眶。一个十五六岁的孩子，一个和工人同甘共苦的队长，对工作、对工人如此痴心保亏，谁不为之动容？又有谁舍得离开他的团队？大家把目光集中到夏方军那又黑又瘦的脸上，每个人的心里似乎都感受到：这个十五六岁的孩子就是他们值得信赖的主心骨。

夏方军吊了两瓶水拿了药片回到工地后，工友们心疼他，不让他出力干活，站在边上指挥便是，夏方军说："我是队长，常言说得好，队长带头社员加油。我怎么可以做甩手掌柜呢？"说罢就穿上水鞋和大家一起干起活来。

第二天中午，吃过午饭休息半小时之后正准备出工，工地的技术员跑来对夏方军说："夏队长，我们的总经理有事找你，叫你现在就到他办公室。跟我走吧。"夏方军看了看刚穿上脚的水鞋疑惑地望着技术员说："我不认识总经理啊，是你搞错了吧？"技术员说："你是叫夏方军吧？水磨石班组的队长？"夏方军说："是啊！"技术员说："总经理一到工地就点名要见你，还不快点！"夏方军一边脱着水鞋一边咕哝说："大老板找我，能有什么事呢？是我们的工程质量出问题了？"技术员说："你去了不就什么都清楚了。"

夏方军按技术员的指点找到总经理办公室，敲门进屋，见宽大的办公桌前坐着一位西装革履、方脸浓眉、梳着大背头的老板。夏方军仔细一看不由内心惊喜：这不正是从前摸过自己头发、拍过自己肩膀的那位大叔吗？

见夏方军有些拘谨，总经理问："工人的工资都拿到了？"夏方军站着说道："谢谢领导关心，昨天我遇见活菩萨了，三个月的工资全发下来了。"总经理看了看夏方军，指了指油光锃亮的实木椅子说："站着干啥？坐下吧。"夏方军憨憨地朝总经理笑了笑，说："我这一身泥污……"总经理面带慈祥地说："没事，我也是从你现在的样子过来的。你不必拘束，可别忘了我们见过好多次面了，该算是老朋友了。"听了这话，夏方军不仅感觉到和总经理亲近了很多，更感受到一股暖流、一种激励。

夏方军小心翼翼地坐在椅子上，脑海里不由浮现出和总经理印象深刻的三次见面。

主体工程验收那天，夏方军所在的油漆班组休息等活。整个施工现场横幅耀眼，彩旗飘飘，大门口两边靠牌一个连着一个。见很多的小轿车开进新建的学校里，从轿车里下来很多当官模样的人，还有手拿相机肩扛录像机的电台电视台记者，夏方军很好奇，便跟随队伍后面看热闹。领导们都到办公楼里开会去了，他就跟着验收小组来到验收现场。初到工地的夏方军对所有建筑工具、测量工具、丈量工具都怀有强烈的好奇心。见验收人员闭上一只眼另一只眼对在三条腿支架上的圆筒上，对着几百米以外手持可长可短立杆的人，做着向左向右朝上朝下的手势，夏方军不由靠了过去问长问短。那是夏方军生平第一次知道什么是水平仪，知道那可长可短两面写满密密麻麻数字的杆子叫标杆。最让夏方军惊奇的是那一大堆图纸。验收员时而看看图纸，时而看看水平仪，时而指挥远处的持杆人东跑西跑，夏方军乘其间隙跑到水平仪前向里看，可里面黑乎乎的什么也看不见。水平仪要移动地方了，夏方军赶紧帮验收员抱图纸，帮他提水平仪箱子，两个人的关系越来越近乎。夏方军才从验收员嘴里知道，原来盖一栋大楼是先有图纸的，办公楼也罢，教室也罢，甚至传达室大门，都是按照图纸建成的。夏方军不由对制造图纸的人敬仰起来，能绘制出这么多图纸的人该有多大的脑袋啊！

夏方军虽然看不懂图，但他依旧坐在那里认认真真翻着看，边看还边问了许多对内行来说十分幼稚的建筑问题。就在夏方军专心致志看图纸的时候，从远处走来一个领导模样的人，那人来到夏方军面前，见夏方军只是个孩子，一脸稚气憨厚，笑起来很讨人喜欢，摸着夏方军的头问道："小子，你能看懂吗？"夏方军抬起头朝他嘿嘿一笑，说："只是能看明白是什么样子，至于什么意思和那些蚂蚁般的数字符号，都是糊猜八猜的，不过我从小师傅这里学到了不少新名词。"那人本想逗逗夏方军，说道："说说看，你学了那些新名词？"夏方军毫无惧色说道："你听着，错了可别笑话我。水平仪、标杆、经纬仪、脚架、铅锤、敲响锤、卷尺、内外直角检测尺、勘测报告、图纸、监理、施工员、安全员、验收、竣工……"夏方军把自己刚学的东西一股脑儿全说了出来。见那人听后哈哈大笑，夏方军问道："师傅，我错了吗？"那人没有回答，摸着夏方军的头说道："没错，能在一会儿工夫学了这么多新名词，很好。"说罢走了。夏方军问验收员："没错，他何以大笑？"验收员说："他笑你所说的都不是新名词，他笑你把'工具''程序''人物''资料''图纸'混搭在一起了。"夏方军没想到在工地第一次摸他头的人是总承包商。

第二次和总经理见面是在集体宿舍。那天大雨滂沱，全员休息，工人们聚集在宿舍工棚里，不是侃大山就是打牌搓麻将，唯独夏方军一个人坐在床上看有关建筑方面的书籍。大雨猛烈且持续时间长，地面一片汪洋，总经理担心临时宿舍的安全问题，到各班组寝室检查情况。工地上的工人没有人认识老板，更何况那天总经理穿雨靴雨衣戴雨帽。大家沉浸在玩乐中，夏方军又聚精会神在看书，总经理和几个随从进了屋都没人搭理。他们径直走到夏方军床前，总经理伸手把夏方军手里的书拽了下来。夏方军见屋里来人赶紧翻身下床，礼貌之后问明事由。

屋子里乌烟瘴气，总经理环视一圈那些在娱乐中争强斗狠、大声喧哗的工人，又翻了翻夏方军看的书，什么都没说，用手轻轻地拍了拍夏方军的肩膀，说道："难得你能在这种环境中有这份上进的心境。"夏方军听声音耳熟，他仔细打量雨帽遮盖下的脸庞，想说些什么，可是，一行人走了……

夏方军第三次见总经理是因为几个做水磨石班组，数夏方军班组质量最好进度最快。当时，总经理听说夏方军年龄最小技术最好，做起水磨石地坪来工法熟练技术全面，且从来没有偷工减料，还听说他指挥得当，所带的班组同心同德，心往一处想劲往一处使，团结一致，很有战斗力。总经理心有疑惑，不相信一个十五六岁的毛头小子能有这么大的能耐，于是去现场看个究竟。他见施工现场测量的测量、隔条的隔条、稳固的稳固、上料的上料、摊平的摊平、震实的震实、磨光的磨光、冲洗的冲洗、上蜡的上蜡，分工明确，繁忙有序，环环紧扣。又见夏方军满身泥污，正大汗淋漓地操作着磨光机，身子稳手把活目光准，前推后拉转左挪右，大面规整边角到位，完全就是一个老把式。一遍结束，夏方军走到旁边拿起水壶咕噜噜一阵牛饮。总经理走近施工现场和夏方军打了个招呼就走了，夏方军向他摆了摆手，顺眼望去，见是一个熟悉的背影。

三次巧遇，夏方军不知道他就是总承包商郝经理。宿迁三建组织人员来这里干的所有工程都是从他手里分包的。

"听说你小子为给工人讨薪在公园里睡了三夜，每天一碗粥一碗面充饥，搞得自己大病一场，你很有能耐嘛！"郝经理面带笑容地望着夏方军说。夏方军左手挠头嘿嘿一笑说道："总经理，我是被逼的。回来无法交代又身无余钱住宿，只能如此。施工现场缺工两天半，没耽误工期吧？没给领导添麻烦吧？你放心领导，我一定会把耽误的时间抢回来。还有，对不起领导，以前我真不知道你是总经理，如有不礼貌的地方请你原谅。"

听完夏方军说话，郝经理心里很感动，多么忠厚淳朴的孩子啊！多么发奋学习勤奋工作的孩子啊！这样的孩子命中注定事业有成。想到这郝经理开门见山地说："方军啊，你不要多想了。今天找你来就是想问你一句话，你如实告诉我想不想单干？就是说想不想直接做分包工老板？"

夏方军听到此话不由内心惊愕，这不正是我在公园里思考一夜的梦想吗？人往高处走，水往低处流。这世上的打工者有几个人不想做老板呢？小老板也罢大老板也罢，那都是人中龙凤啊！可是，夏方军转念一想，我现在一无雄厚资金二无关系接到工程，实在是条件不成熟啊！

郝经理见夏方军犹豫猜到他心里在想什么，问道："先回答我想不想，然后再说别的。"夏方军果断地说道："想。这是我在公园里想了一夜的最后决断。不为别的，就为能及时给工人发工资也值。不是我想做到什么位置，而是只要这个位置有利于我的团队建设，有利于调动团队的积极性，为大家创造出更多的干活机会苦钱机会，我有什么不敢想的？不过……"

郝经理摆摆手说："我知道你下面想说什么，我问你你现在干的是分包商的活，分包商给了你什么？队伍是你的，技术是你的，不就是给你活干和给你一台水磨机吗？你看这样行不行，我承包的下一个工程有大面积水磨石地坪，我想把这块业务交给你做，至于机器嘛你自己想办法，也就是三四千块钱的事。只要你带领的团队保持着现有的工作态势，保质保量保进度保安全，只要你品行如初，心系工作工人，你将会有接不完的活，挣不完的钱。希望你抓住机会。"

听了总经理的话，夏方军激动得心都快要跳出来了。心思被看破，分析在情理，又给予工程上的帮助，给予前途上的指点。想到这儿，夏方军起身鞠躬说道："谢谢你，总经理。我这是遇到贵人了。"

郝经理看着可亲可爱的夏方军，目光充满信任。他对夏方军说道："记住，要想遇到贵人，自己首先要成为贵人。自己之贵，一在于精神品质；二在于行端言正；三在于与事俱进、与时俱进。自己的分量决定着自己的前途。"夏方军说："放心领导，我一定记住你的话，永远不会辜负你的期望。"

夏方军从总经理办公室出来像是换了个人似的，兴奋激动之余不免为三四千块钱的水磨石机械犯起愁来。何止是水磨石机，还要扩大队伍，增添技术人才。夏方军曾仔细地整合计算过，一台水磨石机器，完全可以胜任十五个人所做的前道施工量，现在才有六七个人，如果不增加人员，水磨石机的效率就无法实现最大值。队伍扩大了一倍之多，技术力量必须跟上，从定标高到浇筑凝固具备水磨条件，各个环节都需要精准的技术手段，特别是最后一道水磨工艺，那可是关键的关键，弄不好，前面的所有努力都废了。既然总经理看得起我夏方军，主动把工程分包给我，我就是拼出性命也要打造一支技术过硬、人员和机械搭配合理、高质量高标准高效率的分包队伍，不辜负领导的信任和帮助，创造一流的团队荣誉。只有这样，生意才能越做越大，效益才能越聚越多。这是多么难得的机会啊！领导把戏台交给我了，我总不能因为困难把戏唱砸了。自毁声誉、自毁事业、自毁前程的事，岂是我夏方军所为？

困难却步于勇者，屈从于强者，臣服于智者。没用十天功夫，资金、队伍、技术等困难，在夏方军面前就一一被化解了。

没有钱，他硬是骑上借别人的摩托车行程几百公里回到家，请老父亲出面按银行三倍利息向亲戚借，他还极力劝工友入伙。没有人，他就一个一个劝朋友劝同学加入他的队伍。没有技术，他就分别拜访王官集乡有名的水磨石高手。忠厚真诚感动了他们，利益前景吸引了他们，他们欣然而来。

当夏方军拥有的第一台水磨石机器在施工现场安装完成、在老师傅一只手的操作下轰鸣工作、围观的十几名工友掌声齐鸣之时，夏方军意识到自己从此站到了一个新的起点。开弓没有回头箭，来日方长道路遥远，如何带领这支团队？如何克服重重困难取得荣誉取得效益？如何让这帮跟着自己的老少爷们得到实实在在的收益？夏方军那日渐成熟的脸庞满是刚毅自信的神情。

夏方军成为分包商，拥有一支自己的队伍和一台水磨石机，开启了他辉煌的创业人生，成为百亿"华夏集团"厚重的奠基石。这支队伍在夏方军的领导下一次次发展壮大一次次涅槃重生，演绎出一个领导者和一个企业波澜壮阔的历程。

夏方军的团队独立接的第一个水磨石地坪工程是泰安农业大学项目。

高校是知识技术汇集之地，更是认真严谨之地。建设方对水磨石地坪的要求几乎达到水磨石地坪标准的天花板。夏方军昼劳夜思，手写出一套详细周全的人员分配计划和施工计划，在甲方的质量进度要求上又做了进一步提高。特别是最后水磨环节，都是他和经验丰富的老师傅亲自操作，粗磨细光，一丝不苟。为了把在精益求精上耽误的时间抢回来，他们时常加班至深夜。

水磨石地坪最后的上蜡程序往往会被投机取巧的人利用，上一遍蜡、上两遍蜡、什么时候上蜡，是很有办法糊弄验收的，只有等时间久了才能辨别高低，等到能辨别好孬时工程款已经到手了。可是，夏方军恰恰在最后的工序上做足文章。他所作的水磨石地坪全是两遍上蜡，且第二遍上蜡必须在第一遍蜡完全浸透到水磨石地坪里之后，所以夏方军团队做出的水磨石地坪更光更硬更耐用，赢得了专家和甲方的广泛赞誉。

声誉噪起，生意自来。夏方军带领团队先后承包了泰安师专图书馆、教职工宿舍楼水磨石工程，紧接着又承包了泰安医学院、泰安电业局、财源街工会办公楼、泰安盐业公司等工程。几年下来，团队的业务不仅在水磨石地坪领域闯出一番新天地，而且，在铝合金门窗制作安装、内外墙粉刷、地面砖装贴等方面打造出自己的独特优势。

按常理，夏方军该知足了。然而，夏方军并没有止步于此，在他心里，水磨石工程、门窗工程、油漆工程、地砖工程仅仅都是劳务性质的辅助工程。辅助工程能做得风生水起，难道我就不能把建筑的主体工程做得如火如荼？要想让我们的团队有更广阔的发展空间，要想在建筑行业占有一席之地，没有建筑工程的主体建设怎么能行？

夏方军通过打听得知搞建筑主体工程建设可不是一件容易的事。按图施工，要聘请有技术职称的技术员、施工员；建筑材料，需大量资金垫付，风险很大；钢筋工、木工、瓦工、水电工四大班组，既要技术熟练又要配合默契；工地管理，几年来的装饰装潢经验无法胜任综合体的指挥调动；至于那些堆积如山的图文资料，看起来都让人头疼。最关键的问题是进入的门槛必须有工商局注册的建筑公司，营业执照、建筑资质、安全生产许可证三证齐全，类似以前合作过的泰安道朗建筑公司、泰安南关建筑公司……这些都是自己目前一时无法具备的。难道就没有解决办法了吗？夏方军没有气馁，多方咨询后经内行人指点门槛之忧可采取"提点挂靠""让利转包"办法。门槛大事解决了，其他的那些困难，夏方军相信自己有能力逐一解决。"别人能做到的，为什么我就不行？我一定比他们做得更好。"想到此夏方军眼睛一亮精神一振，仿佛看见一栋栋高楼大厦从自己的手里拔地而起。

夏方军是幸运的。通过多方运作，他所建的第一个建筑工程正是和自己合作过的泰安道朗建筑公司的门面房工程。那时的建筑行业不怎么规范，身居乡镇街道上的道朗公司没有向夏方军索要任何文本资料，就凭着夏方军诚实守信、忠厚待人、敬业做事；凭着夏方军对装饰工程的一丝不苟、认真负责；凭着夏方军对工程质量的严格把控、序时进度的周密安排；凭着夏方军言必信、行必果、要做就是一流的风格；凭着"道朗公司"里的助理工程师任友权早就看好夏方军是棵好苗子，就把门面房工程全包给了夏方军，让他在主体建筑工程上小试牛刀。所谓全包，就是包工包料。

夏方军不负众望。从人员组织到材料进场，从测量放线到开工挖土，从地下工程到正负零以上主体建设，从一层到二层到三层到主体封顶，夏方军为了深入了解主体工程每个环节，他整天吃住在工地，事事都要亲自过问。为了更好更快把握建筑理论和建筑实践的有机结合，他拜任友权为师，时刻讨教建筑知识。任友权见夏方军勤奋好学吃苦耐劳，既聪明又有股钻研劲，不仅倾囊相授，而且还推荐了不少可操作性强的建筑书籍给他。边学习边实践，边实践边学习，学用相长，日有所获。从工程管理到成本把控，从各班组程序作业到各班组有机配合，从主体建筑到装饰装潢……粗到整体外观细到一米一平，夏方军把第一个主体建设工程当作艺术品一样精心打造全力呵护，容不得有半点瑕疵，连师父任友权都被他的精雕细琢的精神所感动。

主体工程验收那天，所有参加验收的人员都被夏方军的工程质量惊呆了，平面与垂直、长宽高边角线、厚度强度、抗压减震等，都符合规范要求，有的还超越标准，一个没有搞过建筑主体的人能把工程做得如此完美，真的令在场的人刮目相看。

在道朗公司门面房工程进入装饰装潢阶段，夏方军听说泰安南关建筑公司承包的泰安轴承厂项目有放弃的念想，原因是这个轴承厂为上海大众汽车有限公司提供轴承配件，"上海大众"以桑塔纳轿车作价结算轴承款，轴承厂照葫芦画瓢，谁来承包轴承厂建设，其工程款也以桑塔纳轿车作价支付。夏方军想，现钱是钱，难道崭新的桑塔纳轿车就不是钱了？这个工程我要是能接下来就好了，我已经打造了一个主体楼的样板工程，如果再能打造一个厂房建设样板工程，岂不两全其美！厂房内肯定有水磨石地坪吧，那又是我的强项。只要能扩大影响增添声誉，不挣钱也能落个广告宣传费用。

夏方军在明知拿不到工程款的情况下，他以超常的勇气和胆识，先去南关公司后去轴承厂，经过多次商谈，他以泰安道朗建筑公司的名义拿下轴承厂建设工程及铝合金门窗和水磨石地坪工程。

相比较而言，厂房建设要比门面房建设简易得多，就是四大框加个房顶，其亮点在于门窗、在于墙体粉刷、在于水磨石地坪，这三点恰恰是夏方军的拿手好戏。

事如所料。泰安轴承厂在夏方军的带领下提前规定日期两天完工。厂领导被夏方军的敬业精神和领导能力折服了，被夏方军团队的协作精神折服了。银光闪闪的门窗，洁白无瑕的墙体，油光可鉴的地坪，让厂领导们赞不绝口。精诚所至金石为开。轴承厂以车抵作工程款，装饰装潢部分的钱现金支付。从此，夏方军拥有了他人生中第一辆轿车，一辆紫红色的桑塔纳轿车。

紫气东来，鸿运高照。夏方军两个建筑工程干完之后，样板的作用渐显成效。夏方军不仅会搞装潢，搞建筑也是一把好手。诚实守信，管理有方，质优价廉，成为夏方军在泰安一张响亮的名片，这张名片为他带来一个又一个工程业务。夏方军以"泰安道朗建筑公司""泰安南关建筑公司""山东鲁中集团"等有建筑资质的企业名义，先后承接了泰山大街义乌商贸城精品街工程、405部队后勤部办公楼工程，以及405部队干部住宅楼、餐厅改造、油库防静电等工程。

　　光阴荏苒，日月如梭。一转眼，夏方军在泰安已经是第十一个年头了。十年间，夏方军辛勤劳作，披星戴月，创造了一个又一个喜人的成绩，实现了从打工仔到带班队长、从带班队长到分包商、从分包商到建筑装潢承包商三次跨越，实现了当初背井离乡的梦想。当他手拿大哥大、开着轿车穿梭在泰安楼群之中时，他却想起了奶奶，想起父母，想起万林四组，想起暖风吹拂下无垠的麦田以及扑鼻的麦香，想起烟波浩渺的骆马湖以及碧波荡漾的大运河、古黄河……

　　夏方军想起了奶奶给他带的家乡土和奶奶的叮嘱：不要把根忘了，更不要把家忘了。此时，夏方军分明听见，家乡在召唤他……

第三章　赤子之心：立足家乡求发展

　　"天道酬勤，地道酬善，人道酬诚，商道酬信，业道酬精。"这是中国传统哲学最经典凝练的表达。夏方军虽然没有接受过这方面的系统学习，亦不知其个中含义，却于一时一事的践行中深刻地领悟到"勤、善、诚、信、精"给他带来的丰富回报。勤奋使他逆转人生，善良使他物载众从，真诚使他财源广进，守信使他生意兴隆，精益求精使他脱颖而出。泰安的十年，油漆工、水磨工、施工员、队长、分包商、承包商等全方位的历练，他不仅积累了丰富的施工技能和经验，更可贵的是磨砺出他坚强的意志；泰安的十年，敢为人先，勇于担当，办事严谨、待人厚道，造就了他敢打硬战、永不言败的鲜明个性和独特的人格魅力；泰安的十年，勤于学习、善于动脑、躬于实践，使他从一个懵懵懂懂的打工者蜕变成一个言语温和、决策果敢、行为刚厉、为人处世沉稳的带头人；泰安的十年，他凭借不甘平庸积极进取的人生态度和一朝一夕积累的管理才能以及勇为人先的开拓精神，赢得了领导的赏识和同事的信任，以他为核心以他为主心骨的一支团队在历史厚重人文精粹的泰安初露锋芒。真所谓：十年一拼泰安梦，赢取创业厚誉名。

　　夏方军站立于泰安城市的楼层之上，打量着这座既熟悉又陌生的城市。激情奔放的音响，变幻莫测的灯光，划破天际的楼群，车流如水的街道，可这一切仿佛都不在他的视听之中。他双手紧握，遥想十年前离开村庄时的憧憬和追求，他似乎找到了泰安十年没有虚度光阴的真正动因，那是根的力量，那是血的营养，那是骨骼里迸发的骨气，那是万亩树林里孕生的追梦的勇毅，那是家乡夏秋两季沉重的田野里磨砺出的坚强。家乡啊！家乡！骆马湖赋予了他的宽广，大运河赋予了他的想象，古黄河赋予了他的智慧，淳朴如土地的奶奶、父母赋予了他脚踏实地坚韧不拔的拼搏志向。环视泰安城，夏方军的脑海里却呈现出家乡那些低矮的茅草屋、泥泞的乡间路，那些面朝黄土背朝天的父老乡亲盼望富裕的表情，还有那透风漏雨的学校、一双双如自己童年般祈求用知识改变命运的眼神。自古游子悲故乡，夏方军虽然在泰安做出了一番事业也挣到了一些钱，可对他来说，泰安，必定是异乡，自己终究是过客。

夏方军审视着日新月异的泰安城体会着身边非昔比的变化，深刻地感受到有一股强烈的北风正席卷神州大地。北风，源起中南海旋自天安门，漫过城市——厂房叠出，商铺林立，楼群丛生，灯光迷幻，歌声飞扬；漫过乡村——水稻分蘖，小麦灌浆，玉米顶缨，大豆铃响。北风中有个响亮的名字：改革开放。夏方军在幻想着家乡王官集、家乡宿迁市在改革开放中的千变万化，构想着自己带领团队能够成为改变家乡面貌的一支生力军，他分明感觉出体内骨骼拔节思想分蘖的动响，分明感觉出体内有一股激情澎湃的力量要迸发。

冬天将至，归雁南飞。暮秋的那个深夜，夏方军断然决定：回家乡——宿迁。

春潮涌动，百舸争流。拥有五千多年文明史近三千年建筑史的宿迁迎来了历史上最快最好的发展时机。1987年撤县建市（县级市），1996年设立地级宿迁市。这块素有"华夏文明之脉，江苏文明之根，楚汉文明之魂"之称的热土，处处呈现出大开发大改革大发展的勃勃生机。随着老城改造的进程加快，房地产开发的兴起，招商引资的强力推进，拆迁工程、新城建设、旧城改造、标准厂房建设等如雨后春笋般遍布各处，新一轮建筑市场蛰伏已久正全面开花。然而，改革开放十几年来，特别是撤县建市以来，宿迁的建筑行情日新月异，在全国已成为"劳务输出之乡"，具有资质的本地建筑公司就有三百余家，夏方军此时想挤进强手如林的宿迁建筑市场没有"三把神煞"只能"凭轼旁观"。如何"挤进"？如何"切入"？二十五岁的夏方军煞费神思开起了他"寻找突破口"的艰难调研，在宿迁七千平方公里的陆地面积上探寻属于自己的第一个工程项目。

随着宿迁城市化进程的快速发展，城市人口爆发式增长，扩张后的城市区域学校生员猛增，原有的学校及教学设施已经无法满足城市居民的需求，为解决市民子女读书难的问题和期盼享受优质教育的愿望，确保实现教育均衡发展，市政府在对市区教育资源进行充分调研的基础上，合理调整学校布局，科学配备教育资源，果断决策投资，无偿划拨土地，决定在中心城区市人民政府办公楼西侧、府苑小区旁边，新建一所由初中部和小学部组成的可容纳八千名学生的市区规模最大、设施最优、条件最好的义务教育学校——宿迁市实验学校（原宿迁市府苑学校）。然而，成立不久的宿迁市的财力实在无法承担庞大的新兴建设项目资金要求，学校的一期工程完成之后，政府已经没有力量继续二期工程。二期工程由教学楼、综合楼、食堂、宿舍等8栋楼体组成，建筑面积共计达八万平方米之多，工程需要资金最少也要近亿元。没有钱怎么办？孩子们上学可来不得半点拖延啊！两头为难之际，市政府和教育主管部门痛下决心：招商引资。可是，招商引资岂是一朝一夕所为？加之整个工程建设体量大，工期短，许多重量级的本地建筑公司都因无力落实"招商引资"，几乎是全垫资工程或无法确保完成，"时间紧任务重"几乎需要二十四小时加班加点，都却步于悬悬而望之态。没想到这一"悬悬而望"为夏方军赢得了时间和商机。所谓的"招商引资"就不是一张外地的营业执照吗？归根到底还是钱的问题；所谓的"时间紧任务重"就不是保序时进度吗？归根到底是人的问题。近亿元资金看起来很吓人，几乎是夏方军在泰安十年工程量总和，但分配到一年半工期中的每一天，只不过是每天不到二十万元。困难和风险肯定有，没有困难没有风险，体量这么大的工程怎么能轮到刚进入宿迁建筑市场的他？夏方军思量再三，左右权衡，他相信政府，也相信政府工程的利润空间，最终以超人的魄力拿下这个并不被别人看好的硬骨头。

说来也巧，十年前夏方军前往泰安打工，所干的第一个工程是学校，从此，开启了他辉煌的泰安十年。如今他回到宿迁所接的第一个工程是宿迁市实验学校二期。学校是惠及子孙关乎未来的事业，是积德行善之举。他相信自己能借助这个工程在本土闯出一片新天地。

　　说事容易做事难。没有资质怎么办？夏方军想到了山东鲁能集团建筑有限公司，当他以招商引资的名义拿下这个项目的时候，他却没有丝毫成就感和幸福感。如何将这部"处女作"打造成"成名作"？如何实现"干一项工程，创一方信誉，树一座丰碑，占一片市场"？难中之难是"钱"，重中之重是"人"，归根结底是工程的"品质"。

　　夏方军认为，人们常说的"初生牛犊不怕虎"，这句话只是表达了初生牛犊的胆量，关键要说明的是初生牛犊对老虎的不甚了解而高估了自己的能耐。它们俩真的交战起来，凭初生牛犊的实力不采用些谋略逃之夭夭，一定是老虎腹中之物。人，更要有自知之明啊！夏方军外出十年第一次回宿迁承接这么巨大体量的工程，就是把前十年所挣的钱全部加起来也难以为继，就是把所有使用过的工人全部整合起来也无法满足需求。面对诸多难关，夏方军深知"一着不慎全盘皆输"的道理，他战战兢兢，如临深渊，如履薄冰，一招一式，煞费苦心。

　　钱不足，夏方军想出"分步实施，化整为零，多方筹措，让利于众"方案，具体采取"聚、集、借、贷、垫"措施。工程施工保证金交付之后，夏方军手里的钱所剩无几，下面的事只能走一步解决一步。他相信自己只要扎扎实实把"聚集借贷垫"五个字落实到位，他一定能逢凶化吉，遇难呈祥。聚，就是聚拢泰安十年所有现在还欠着的工程款，聚自己所有资金，聚全家所有资金。集，就是夏方军凭借个人的感召力和信任度在自己的队伍员工中集资，在朋友中集资，不谈还本不谈利息，凭"夏方军绝不会亏待大家"寻求支援帮助。借，就是以高出银行的利息，向乡邻借款、向亲戚朋友借款、向有信任度的友好公司借款。贷，就是委托信誉好的人或公司向银行贷款。即使是欠夏方军钱的公司，没有现金还钱，贷款给也可以，夏方军主动支付利息。垫，就是让利润空间给材料商或分包人或施工班组，要求他们垫资供材料，譬如钢筋、水泥、黄沙、砌块、门窗等，垫资施工，譬如和自己在泰安同甘共苦过的木工班组、瓦工班组、钢筋工班组。总之，保证金上交之后，钱的问题是工程开工以后的事情，凡事总有化解的办法。目前的当务之急是迅速组建一支强有力的队伍。

　　什么是强有力的队伍？强，靠的是专业人才和科学技术，有力，靠的是保质保量和速度效益。认识到这一点，夏方军四次北上泰安，依靠众所周知的好口碑撬动所有的人脉资源，高薪聘请了三位学校建设资历深厚且具有建筑施工高级技术职称的工程师。有了技术专家做后盾，夏方军聘请王一领为施工队长，聘请叶云为安全员，聘请王宏春为资料员，自己担任项目经理。各施工班组长主要是以在泰安共同奋斗的有关各班组为依托，分解若干班组，据能力任命班组长，然后再各自招兵买马。宿迁是建筑之乡，王官集是宿迁名声最响的建筑装潢大乡，具有各方面专业人员，按理说施工队伍不难组建。可夏方军独有自己的想法，他要求班组长年龄不超过三十周岁，员工年龄不超过四十五岁，且具备两年以上施工经验，老弱病残人员一律不允许从事一线工作。开工典礼那天，二十六岁的夏方军带领的由四十名员工组成的方阵，平均年龄只有二十七岁。那可是一支真正意义上的"精力充沛，精神饱满，斗志昂扬"的队伍啊！有道是"一头狮子带领的一群绵羊能战胜过一只绵羊带领的一群狮子。"领头者的带动作用不言而喻。夏方军的队伍恰是一头狮子带领一群狮子！底气决定信心。为此，夏方军在典礼上当着几百人的面郑重作出"三个百分之百"承诺：确保按序时进度实现工程量完成率超过百分之百，合同要求质量标准符合率确保百分之百，工程竣工验收一次性合格率达到百分之百。

彩旗飘飘机器轰鸣之下，当挖掘机雄浑有力的铁臂挖出第一铲泥土标志着工程破土动工的时候，夏方军的眼角里闪动着晶莹的泪花。他想起了童年时代学校在他心目中的神圣位置，想起自己使用的摇摇晃晃的课桌，想起自己坐过的灌风漏雨的教室，想起自己割舍留恋的校园外出打工的无奈之举，想起了还有无数农村孩童因各种原因被迫辍学的失望神情……夏方军望着那些背着书包、燕子般飞进飞出的孩子，那些站在门外翘首以待的父母，铜铃般的声音，鲜花般的笑容，还有从教室里传来的朗朗读书声……夏方军感到双肩沉重。

十年学习，十年实践，十年探索。夏方军不仅在建筑着房厦也在建筑着自己。他深深地体会到建筑不仅仅是一门技术，也是一门艺术，他承载着太多的内容。对于学校建设而言，它更承载着千万学子的梦想，承载着千万家庭的希望，承载着幸福，承载着未来。如今，夏方军自己担当将亲手打造一所全市人注目的学校，这是多么光荣而艰巨的重任啊！从泰安来到宿迁，他以这个学校工程为起点再一次历尽凤凰涅槃、苍鹰换羽、喋血重生的蜕变。这"蜕变"源自速度和效率，源自质量和安全。

随着人们对实验学校建设的进一步了解，施工单位是山东鲁能集团建筑有限公司承建，实质上真正的投资商、承建商就是夏方军一个人。夏方军是谁？他何以有如此的雄厚资金承接近亿元的市政府工程？他何德何能敢在紧迫的时间里保证完成如此巨大的体量？二十六岁，在建筑行业里只是个娃娃兵，而夏方军却领兵带将御驾亲征，他行吗？一时间，夏方军带领的建筑团队打破了宿迁市建筑行业的平静，刷新了那些悬悬而望的行家里手们的认知。赞许者有之，质疑者有之。是啊，对于一个突然间挤进来的名不见经传的少壮派建筑领头人，大家怎能不唏嘘不已、坐观成败？

然而，在夏方军的脑海里只有成功没有失败。这种成功集中表现为保进度、保安全、保质量，其中保质量是关键，是他时时刻刻紧抓不松的命根子。

质量从哪里来？

质量从进场原材料严把死控中来。钢筋、水泥大宗关键材料必须正规厂家，三证齐全，保质书检验报告必不可少；黄沙、石子、砌块等散供建材，必须先质检后使用，且不定时抽查检测；所有管道、电线、电器一律采用国标建材。夏方军认为，对于人，是病从口入，对于工程质量，是病从材料出。如果建筑材料的质量不过关，即便有再好的管理、再好的工艺，归根到底还是豆腐渣工程或带病工程。

质量从周密严谨的科学管理中来。地下工程刚开始，夏方军就和工程师们一道研究出一整套的科学管理方案。一是采用先进的 PDCA 循环管理方法（即戴明环）。P（Plan）计划，包括该建筑工程总体指导方针和总体目标及分项目标的确定以及总体施工规划和分布施工规划的制定；D（Do）执行，根据图纸、合同等已知信息设计具体的方法、方案和布局计划，再根据设计和布局，进行具体运作，实施计划中的每一项内容。C（Check）检查，总结执行计划的结果，分清正确和错误，明确效果找出问题。A（Act）处理，对总结检查的结果进行处理。成功的经验加以肯定并予以标准化；错误的要及时改正并吸取教训、引起重视。对于没有解决的问题，则转入下一个 PDCA 循环中解决。如此周而复始，确保实现每一环节每一分项工程质量的标准化。二是每天实行"班前质量交底班后质量检查"措施。教学楼工程的所有钢筋制作安装、模板工程、现场搅拌混凝土、砌筑工程等工序，每天早晨上班前先进行班前主要施工工法和技术规范交底，使施工人员能直观地了解施工要求和工艺，提前掌握关键部位的操作技术，减少了施工中可能出现的错误。对班后检查出现偏差和错误的及时返工纠偏，严禁带着质量问题进行下一个工序。三是设置质量控制点。对技术要求高，施工难度大的某些工序或环节设置技术和监理的重点，重点控制人员、材料、设备、施工工艺；针对质量通病或容易产生不合格质量的工序，提前制定有效措施，重点控制。四是实行教职工代表监督机制。除教育机构组织巡查，监理单位常驻检查督查以外，夏方军主动请求学校选举教职工代表不定期对工程建设的进度和质量进行监督，特别是隐蔽工程、承重主体等重要环节。

质量从班组集体的认真态度中来，从每个人的工匠精神中来。夏方军一改过去以工种为单位考评质量的办法，一竿子到底，以班组为考评单位细化到每一个人。既考量小团队的集体质量水平又考量每个人的认真负责实效，以组带人，以人促组。他在工地最显眼位置设置了公示栏，班组在表，个人姓名配照片在栏，日有考核，孰是孰非孰先孰后，一目了然。

古人有云：欲致鱼者先通谷，欲致鸟者先树木。水积而鱼聚，木茂而鸟集。有了科学的制度方法措施就不愁"目的"得不到有效保证。仅仅半年时间，市政府领导、教育部门的领导就对二十六岁的夏方军刮目相看了，宿迁的建筑同行们也对他刮目相看了，那些悬悬而望的质疑者同样对他刮目相看了。人们突然发现，泰安的十年，是夏方军强筋壮骨、健体丰羽的十年，现在他已经成长为一个名副其实的建筑行业领军者。论理论，夏方军制定了一系列提速进度、确保安全、严守质量的制度方法措施；论管理，他恩威并重，科学调度、优化工序，班组穿插、紧密衔接、有条不紊；论实干，他如同一名普通工人，亲临一线脚踏实地。

合同签后的第三天破土动工，一个月冲出正负零，两个月完成 3000 多立方米的墙砖砌筑，半年实现项目一期主体结构封顶，分部分项工程质量完全符合标准要求。从开工到竣工整体工期提前一个月，实现无一次安全事故，竣工质量验收一次全面通过……当赞美声、鲜花和称羡的目光涌向夏方军的时候，只有他自己知道，他和他的项目部人员及整个参与建设的团队经历过怎样的艰难困苦过程。

从第一天挖掘机进场开始，夏方军就脚穿黄球鞋、身着工作服、头戴安全帽吃住在工地。五百多个日日夜夜，他早出晚归，披星戴月，不是在简易的工棚办公室里低眉沉思就是在工地上指挥巡查，倾注了全部的心血和汗水。他视工程质量为生命，为了工程不要命的敬业精神和拼搏精神感动了建设方、感动了监理，感动了班组工友，也感动了学校里的领导和教职员工。为了节约每一分钱，夏方军和项目部的成员就在临时搭建的轻质水泥板工棚里办公，雨天漏水就用防雨布蒙；冬天寒冷，就用塑料薄膜覆盖，用煤炭炉取暖；夏天炎热，就拆除围墙享受习习凉风。大家吃的是土豆、洋葱、萝卜，最好时是偶尔一顿大白菜烩肉。在人们的印象中，老板的形象是头发油光、皮鞋锃亮、西装革履、豪车来往；坐的是冬暖夏凉的华丽办公室，或者是歌厅舞厅饭庄；喝的是名酒，吃的是山珍海味，整天是大腹便便、酒气冲天、红光满面；不是戴金就是挂玉，走一走摇三摇，满身都是财大气粗、不可一世的张狂味。而夏方军恰恰是在应该张狂的年龄呈现出一副泥土味和接地气的普通人本色，甚至比普通人更低调。他犹如一块莹白之玉，不具华美耀眼却显清澈蕴魅。有人说夏方军敢于承接这么大的工程，是太有钱了，是装出来的低调。可有谁知道工程需要的六千多万成本钱，百分之八十都是借的或是垫的。夏方军自己都没有想到在工程建设中能有那么多人帮助他，有那么多的资金渠道流向他。最令他难忘的是，三层完工之际是夏方军承诺支付工人工资和部分垫资的时刻，这一关能挺过去就能顺利到达整体工程封顶。可是，他抖出全部家底，穷尽所有人脉，左盘算右盘算，资金仍有近两百万缺口。时值春夏之交，正是大家用钱当口，到哪里去筹这么多的钱？就在夏方军为这笔钱犯愁的时候，有人建议他找学校领导帮忙，由学校信誉担保向银行贷款。夏方军怀着忐忑心情找到学校领导说明情况，没想到学校领导满口答应下来。那天晚上，夏方军一夜无眠，这是他人生第一次信用贷款。

夏方军回乡之后首例宿迁市实验学校二期工程完美收官，来自各方面的赞誉纷至沓来，真可谓首战告捷一举成名。然而，夏方军没有喜形于色、满足于此，他认为这个工程只是使自己拥有了一把打开宿迁建筑市场大门的钥匙，如何在门内占有属于自己的市场，如何在如林的竞争对手中分得属于自己的一块蛋糕，还有很长的路要走。其中，首要的也是最重要的，是要有属于自己的公司平台。这一念想在夏方军从山东鲁能集团建筑工程公司结算工程款被扣取巨额管理费时尤为强烈。挂靠别人公司，依附于一个具有独立法人资格的单位，利用他人的名义和资质从事建筑经营，虽然能挣些钱但终究无以成大事。对于二十六岁的夏方军来说，"挂靠"那只是临时之举、过渡之举。要想在建筑市场抢占一席之地、闯出一番天地，做强做大事业，创造出自己的名声和品牌，必须要有自己的公司。回顾泰安十年，回首宿迁市实验学校的建设过程，无论是技术力量还是领导力量，无论是资金能力还是团队能力，都具备了一个独立经营的实力，现在就差一个独立法人独立资质的公司。夏方军相信，有了公司就等于为自己和为与自己一起奋斗的工友们营造了一个稳定的家；就一定能大展宏图事业有成；就一定能实现"自己富更要带领大家富"的初心。为奋发图强者创造环境，为努力求财者创造岗位，为养家糊口者提供就业机会；为那些怀揣梦想如自己当初外出打工的年轻人提供成长的舞台。

经过几个月的深思熟虑和精心准备，2003 年 8 月 10 日，以夏方军为法定代表人的宿迁华夏建筑安装工程有限公司（以下简称华夏公司）正式成立。夏方军之所以用"华夏"命名公司，从小处说，自己姓夏，"华夏"蕴"华光被夏"有盼福临瑞之义；夏方军是搞建筑的，"华夏"即美丽的高楼大厦，希望自己能励精图治建造出更多更好的楼房。从大处说，"华夏"是中国的古称，是汉民族的代称，亦泛指祖国、中华、九州，含有把建筑生意做遍天下之宏愿。所谓华夏，家得其兴，国得其昌；政得其远，治得其煌；民得其利，君得其名。夏方军把个人和家族的命运与国家的命运紧紧地维系在一起，正如十几年后他在长江商学院入学介绍中所言：没有"改革开放"就没有"华夏"，没有政府的扶持引导和社会各阶层的鼎力相助，特别是与他一起风雨兼程的团队和工友的鼎力相助，就没有夏方军的今天。时代造就英雄，英雄当承担推动时代进步的重任。"华夏"二字寄托了夏方军"小我"与"大家"与"家国"的多重宏愿。

有人说，夏方军之所以能成功，关键在于决策。殊不知他的每一项决策都源自捕捉商机的敏锐嗅觉、相关信息的海量搜集、去弊存利的分析整合、倔强果敢的性格特征、自立自信的直觉判断。成立宿迁华夏建筑安装工程有限公司这一决策，开启了他建设家乡、带头致富、带领共富、回报社会的华美篇章。

有道是：装台容易，唱戏难。为了唱好"华夏"这出戏，夏方军可谓昼度夜思、殚精竭虑，他和领导班子一起研究制定出公司组织机构、科学管理制度、技术保障和技术革新制度、质量管理制度、安全保障制度、财务管理机制、激励机制、约束机制、奖罚措施。他把质量、安全、效率作为公司管理的三大目标，把诚实守信、创新发展、追求卓越作为公司经营的三大法宝，以"欲建筑好工程，必先建筑好公司队伍"的理念，从"信念、精神、意志、品质"四个方面努力把"华夏人"打造成为一支"拉出去，打得响"的生力军。

是骡子是马，竞技场上辨分晓。华夏公司成立后，先后承接了生态府东停车场、神牛乳业厂房及办公楼、大杨木厂、强鹰集团厂房、城宇广场楼群、夏阳银湖花园、通成山庄、通和桂圆、城中安置小区、登泰新村、阳光华城、青华中学教学楼宿舍楼等。最让他难忘的是，一项名副其实的硬骨头工程——宿迁楚街。

宿迁古属楚，历史悠久人文厚重，钟灵毓秀人才辈出。为弘扬华夏文明的重要组成部分楚文化，宿迁决定建造一条富含楚文化元素的街道——楚街。楚文化源起黄河流域的中原地区，发展于长江流域的南楚之地，广纳并收风格突显，呈现出一条"始则模仿，继则变异，终则别创"的独特的楚文化发展脉络。想把丰富灵动深邃的楚文化元素用凝固的建筑物形式表现出来谈何容易。

楚街，南北长一千米，宽五十米。街两侧是古典建筑群，曲直取势高低起伏古香古色。或碧瓦朱甍、雕梁画栋，或飞檐翘角、层台累榭。楚街中间处有十字交叉街，交叉街中心是荷花池，荷花池的四面八方是风格迥异的亭台楼宇，楼宇之间相呼相望、浑然一体。据说，仅楚街的设计定稿就耗时两年有余。要把图纸上仿古建筑转变成一砖一瓦一梁一柱、可眼观手摸的实物，没有经历过多次仿古建筑的公司谁敢染指这块硬骨头？夏方军敢！用夏方军的话说："华夏公司就是为攻克难关而诞生的，别人不敢做的事，华夏敢，这就是企业自信，也是企业的魄力。"

说楚街工程是块硬骨头，硬就硬在高难度的架构技术和深层次的文化底蕴。夏方军确信，只要有人能设计出来，就一定能建造出来，只是多些波折困难而已。对于华夏公司而言，楚街工程是必须要学习和历练的。首先，楚街工程是浙江富康集团开发建设的，富康集团是一家无区域跨行业的现代企业集团，有太多的经验值得学习，有必要靠近；其次，古建筑工程是当前热门的高利润工程，虽然技术含量较高，难以迈入，但万事皆有第一次，不干就永远不会，值得尝试。有富康集团做背后指引，定有捷径可寻，省时省力。再次，楚街是目前宿迁规模最大结构最复杂的古建筑群，能顺利建成，将在宿迁的古建筑领域具有举足轻重的话语权。最后，能深入了解古建筑技术在全国的分布信息和古建筑材料的市场及行情，这是一笔不可多得的财富。

楚街工程于2003年下半年开工，夏方军带领团队把主要的时间和精力都集中在技术攻关上。该工程荷花池四周扇形楼及八坡圆形屋面的造型，结构复杂，工艺精湛，质量要求高，施工难度大。为突破扇形楼的独特造型和八坡圆形屋面的施工的技术难题，确保施工标准达到要求，夏方军远赴苏州高薪聘请具有丰富经验的施工技术人员，组织专家严格按照施工图纸设计集思广益，研究对策，采取措施。针对八坡屋面圆的造型和扇形楼圆弧形线段圆心难以确定，多次主动与业主、设计、监理等多方反复沟通，交换意见，确定方案，应用计算机技术和全站仪进行测量放线，激光对中，保证了扇形楼及圆弧形线段圆心确定的标准要求。

飞檐技术、望角技术、斗拱技术、漏雕技术、梁柱卯榫结构技术、造旧仿古技术……甚至是青砖碧瓦的粘贴技术，都被夏方军带领的团队一一破解。当古香古色、争奇斗艳的楚街呈现在宿迁人面前时，当规定期间内保质保量完成了楚街所有工程且一次性通过竣工验收的时候，当建设方富康集团和行业主管部门给予华夏公司高度赞赏的时候，夏方军深刻体会到的是精湛的技术让华夏公司赢得了巨大的荣耀。

其实，在夏方军的心里还有一个更大的收获，那就是"人脉"。楚街工程让夏方军有幸认识了宿迁市浙江总商会常务副会长、宿迁富康房地产开发有限责任公司董事长张荣康。夏方军的为人品质、做事风格、领导能力、团队实力被张荣康深度认可，夏方军融入了浙商名人圈，认识了浙江芬利控股集团董事长刘卫高。

刘卫高，这位祖籍宿迁沭阳的浙商有合作的愿景。夏方军凭借敏锐的商业头脑成功与刘卫高牵手，为华夏公司赢得了关键一次添翼腾飞的机会。

刘卫高在宿迁投资建设的第一个项目是江苏芬那丝有限公司，该项目厂房六栋，建筑面积十五万平方米。当时，虽然华夏公司和夏方军的名声在浙商中颇获好评，但是，在刘卫高的脑海里江南江北的经济发展之差使他对宿迁建筑公司有种不信任感。为规避首次合作的施工风险，他将六栋厂房一分为二，一半交由他从温州带来的自认为技术全面、综合素质过硬的施工队伍，一半交给夏方军。付款方式一致，即分基础、主体、封顶完工、竣工验收四次付款。

夏方军和刘卫高第一次合作，迅速整合优势资源，集中人、材、机等所有必备条件进驻施工现场投入施工。为展现华夏公司的崭新形象和团队精神，项目部规范施工作业程序，开工前编制好切实可行的施工方案和进度计划。明确责任、细化措施、加强考核。所有工人进场统一穿戴配有华夏标识的工作服、安全帽。采取将质量、安全、管理等和工资奖金捆绑挂钩的分配机制；出台了质量、安全、进度、标化管理等细则和在施工过程中因返工造成的所有损失等相关奖罚制度，提升了全体施工人员的责任心和执行力。面对甲方频繁的工程变动，项目部制定了快速高效的应对机制，及时与甲方沟通，专人与甲方保持全天候的无缝对接，确保在工程变更的第一时间掌握信息、最快的速度做出反应。一系列切实可行的举措既保障了工程质量又保证了工程进度，进展速度远超温州的施工队伍。

令刘卫高没有想到的是，基础工程完工后，华夏公司的夏方军压根儿就没有谈付款事宜，依旧以饱满的实干激情和高昂的精神状态直追一层，而他从温州本地带来的施工队却因应付款没及时到位而心存不满，继而又以资金困难、无法购进材料，停工甩手离场。不比不知道，比较知孬好。在宿迁投资的第一个工程就能遇到夏方军这样有实力有战斗力的团队，刘卫高感到很欣慰。他果断决定把温州施工队留下的三栋厂房的主体工程也交由华夏公司来完成。华夏公司不负所望迅速调集人马，一气呵成直达封顶。竣工验收合格后，刘卫高问夏方军说："夏总，当初没有及时支付工程款，你却没有丝毫懈怠工程，难道你就没有怨言？没有风险顾虑？"夏方军憨憨一笑说："刘总，你没有及时付款说明你当时资金没有到位或者遇到什么困难。我们是合作伙伴，是合作伙伴就是命运共同体。你的困难就是我夏方军的困难。你是第一次来宿迁，大家还不太了解你，一时融资很难，还要顾及面子，可我是本地人啊，大家信任我，没有催我要款的。我给你融资的时间差，实现你我共赢。我没有怨言，更没有顾虑。"夏方军朴实无华的话语深深地感动了刘卫高。从此，在刘卫高心里，夏方军是个"有责任、敢担当、重感情、讲义气、可信赖"的合作人。

2005年6月，刘卫高成立了江苏中豪置业有限责任公司，先后投资了兴建宿迁义乌国际商贸城、中豪国际星城、中豪国际花园、宿迁义乌精品街、中豪精品建材馆、中豪国际广场等大型项目，其中一部分工程均由华夏承建。华夏助力中豪，中豪成就华夏。中豪因华夏其事业拓展呈滚雪球式几何数倍增，华夏因中豪从一鸣惊人到一飞冲天，继而搏击长空。

2005年，夏方军30周岁。孔子曾说，他15岁开始有志于做学问，30岁能独立做事情。智者同类。夏方军15岁志于建筑，28岁独立担纲华夏公司，30岁时就已经能承接1.5亿的工程——宿迁义乌商贸城12万平方米的大型建筑。

宿迁义乌商贸城，是中豪集团的招商引资项目，该项目总面积36万平方米，占地面积大约300亩。市委市政府定性其为宿迁的标志性建筑，是宿迁形象工程，被视为窗口和名片。华夏公司承建6个标段12万平方米，就其规模和体量而言，是夏方军从业以来的单项工程之最。夏方军深知这个窗口和名片是对华夏公司综合实力的一次严峻考验,成则提升到一个新的高度、新的层面;败则折戟沉沙、倾家荡产,容不得半点马虎粗心。

"工以利器为助,人以贤友为助。""磨刀不误砍柴工。"夏方军认为现在贤友已备,唯求利器,利器何来?磨刀!他把六个标段的工程分时段细化到公司领导,细化到项目负责人,细化到各班组,细化到每个人。严把材料质量入场关,以强烈的责任心确保技术落地生根,严查严控,重奖重罚,死守质量门槛,排除所有因素确保工期提前,抓细抓小,消除安全隐患,公司全体人员实行现场办公随时听候命令。夏方军为了宿迁义乌商贸城的工程可谓倾其力、竭其智、尽其能。令夏方军没想到的是,安全和质量完全可控的时候,进度却成为他最为头疼的困扰。施工面和施工通道等施工环境的限制成为有效进度的最大障碍,而这些恰是他夏方军力不能及的。可以想象,在20万平方米的土地上几十家的施工单位同时上马,塔吊如丛,机械如龙,堆土如山。一时间,出现宿迁区域内几乎所有建筑机械都云集于此也无法满足工程需要的窘况,机械不足,机械难出难进已成常态,特别是不靠边不靠道的里面标段更是难上加难。记得华夏五标段H地块基础开挖的早晨,夏方军见只有一台小型挖掘机在作业,脸色凝重问项目经理:怎么就一台小挖掘机?这样能保证工期吗?项目经理说,挖掘机白天进不来,只有等到下半夜,明晨这个时候将有五台同时作业。夏方军说,明晨这个时候,整整一天时间。你知道一天时间在合同上意味着什么吗?多一天,是工期拖延;少一天,是工期提前。说罢,他拨打电话,随即调来大队携锹人马。夏方军一声令下,亲自带领160余人跳进基坑,人工开挖。夏方军对项目经理说:即便是50人抵上一台挖掘机,也相当于三台挖掘机的工作量啊!周围的施工队被眼前的场景惊呆了,160多人头戴安全帽,手持铁锹,上下挥舞,干劲十足,场面十分壮观。正如夏方军在竣工庆典上发言所说:"工欲善其事,必先利其器。最有效的利器是人的精神和人的意志,有了精神和意志,就无难不克,无工不善。比如工期,有了精神和意志,就可以向黑夜要时间、向雨天要时间、向人力要时间。"这是他亲身经历的真实体验!

夏方军带领的华夏团队在宿迁义乌商贸城工程建设中着实让所有人眼

睛一亮、精神为之振奋。他们只用了150天时间就完成了。1.5亿工程总量，平均每天完成100万。当别的施工队还在忙于封顶的时候，华夏团队后增加的商贸城内长8.6千米、平均宽度12米的道路工程已进入养护阶段。所有工程竣工验收合格率为100%，优品率达100%。两个百分之百和超乎想象的进度、效率，赢得了由多部门组成的验收团队、浙江管理团队、北京监理团队三方的高度夸奖，被宿迁市政府、市建筑主管部门赞誉为宿迁建筑行业的一匹黑马。

当"优质工程奖""重合同守信誉单位""质量安全金奖""进度效率大奖""先进集体""技术进步奖""宿迁建筑年度最佳奖"等众多荣誉加身之时，夏方军的心里却默默地回响一个声音：家乡，我回来了！回来的我没有让你失望！

一战实验学校，成名；二战楚街，成功；三战商贸城，成为一匹黑马。何为"黑马"？实力难测的获胜骏马。既然是骏马，就不应该局囿于赛道，而是要拥有旷野和草原。黑马，不就是项羽的坐骑乌骓马吗？若它不是来自无垠的旷野或辽阔的草原，岂能日行千里，身经百战，永无败绩？华夏不应该在一条土建的赛道上啊，华夏的"旷野"在哪里？华夏的"草原"在哪里？夏方军那敏锐的商业思维不停地在扩展，扩展的思维每抵达一处，就犹如一粒种子在那里生根发芽，并迅速分蘖。从商贸城售楼部门前排队购房的人群，夏方军预测到房地产的前景；从游龙般的混凝土泵车，夏方军看到了商品混凝土的未来；从施工现场密集的劳动大军，夏方军判断出劳务市场的潜力；从工程的关键时刻项目经理四处高息举债，夏方军推断出金融小贷的发展；还有门窗安装室内装饰装潢工程……这些都应是华夏的未来的潜力股啊！夏方军的商业思维的分蘖，导致他决定将华夏公司经营范围的分蘖式扩张，华夏应该有自己的置业，应该拥有属于自己的商品混凝土基地，应该有自己的劳务公司，应该有自己的安装公司和装饰装潢公司……总之，华夏应该有更广阔的经营范围，更广阔的经营范围就是华夏的旷野、华夏的草原。拥有旷野和草原，华夏这匹"黑马"才能身强体健、摇鬃摆尾、四蹄奋进，才能驰骋沙场，百战不殆。

为了把华夏公司领导成员的思想统一到自己的想法上，夏方军别出心裁集中中层以上干部组织一次很有寓意的旅游——登泰山，看日出。

在泰安十年，夏方军没有登临泰山，一是因敬畏而无心，二是因奋斗而无暇。其实，被称为"五岳之首""天下第一山"的泰山早已是夏方军心中神往之地。不曾想，这次旅游被他赋予特殊的内容。在玉皇顶看罢日出，趁着大家心情澎湃，夏方军说："华夏的历程如泰山日出，一缕曙光撕破黎明前的黑暗，东方天幕由灰暗变淡黄变橘红，这是'华夏'人在泰安十年的阶段；云朵赤紫交杂，霞雾相映，赤轮乍启，这是'华夏'初回宿迁阶段；旭日初显，光芒四射，群峰浸染，是'华夏'拼搏商贸城工程后的现阶段。云蒸霞蔚，红日高悬，气势磅礴，应该是'华夏'的未来啊！可是，凭我们现在的状况能实现吗？古诗有云：'会当凌绝顶，一览众山小。'欲求无限风光，必登临顶峰险峰。站高看远，才能虑事周全。商贸城工程中我发现了太多的商机，联想到华夏公司单一的经营范围，由此，我才请大家'登泰山'，'会当凌绝顶'，共同商讨公司如何实现'一览众山小'的未来。"

在玉皇顶，夏方军一边指点苍山云海一边讲述自己扩大经营的打算。"看日出""一览众山小"的眼前壮景和公司宏图大业的未来壮景交织为一体，令在场的每个人心潮澎湃，豪情万丈。大家纷纷表示："夏总，大家相信你，听你的。回去后，齐心合力打造属于'华夏'的玉皇顶。"

这次"共识"在华夏三十年的发展历程中被称之为"泰山行"。"泰山行"，是"华夏人"发展意识的转折点，为成立"华夏集团"奠定了牢固的思想基础。"突出重点，多业并进"的思路如"泰山日出""一览众山小"的壮丽景象印在华夏人的脑海里。

在"泰山行"之后不到一年的时间里，夏方军带领其团队先后成立了商品混凝土公司、置业公司、劳务公司、安装公司、商贸公司、金融小贷公司等，经营领域扩展到建材、房地产开发、劳务输出、信贷、建筑安装、室内装潢、商品混凝土、保温砂浆等新型建材的生产和销售，走上了多元化发展之路。针对多元化进程中各公司出现的管理分散、人才匮乏、创新不足、机制不活、财务混乱等弊端，夏方军意识到集中管理、优势互补、统筹资源、优化配置、紧密合作、和谐推进、规模发展即实行集团化运作模式势在必行。由此，宿迁华夏建设（集团）工程有限公司（以下简称华夏集团）应运而生。

夏方军挂帅的华夏集团成立之日，成为宿迁建筑行业的龙头企业排名开始重新洗牌之时。成立庆典上，当人们猜测夏方军将以"建筑业帝国"模式勠力收割财富的时候，夏方军却深情款款地说："华夏集团是表达我回乡创业建设家园而呈献的一份沉甸甸的厚礼；华夏集团不属于我，她属于'华夏人'，属于宿迁，属于社会。我仅仅拥有其模式，拥有其精神，拥有其思想；华夏集团只是我尽其所能为怀揣梦想的人创造一个实现梦想的舞台，这个舞台越大，实现梦想的人就越多；华夏集团将竭尽全力成为'带头致富，带领致富，实现共富'的标杆。"

第四章 放眼天下：开拓外埠创大业

华夏集团成立之后承接的第一个项目是宿迁市卫生学校（以下简称宿迁卫校）。该校是苏北五市（徐州、连云港、淮安、盐城、宿迁）规模最大的一所综合性卫生学校，按万人大学的标准设计建设。校园占地420亩，建筑单体楼计40栋，建筑面积16.5万平方米，总投资3.5亿元人民币，是宿迁市第一个BT项目。所谓BT项目是指建设—移交模式。即由投资者负责项目的融资、建设，并在规定时间里将竣工后的项目移交项目发起人，项目发起人根据事先签订的回购协议分期向投资者支付项目总投资及确定的回报。

由于该工程是竣工验收合格之后才审计结束开始付款，属全垫资工程且因审计时间的不确定性，资金回笼时间让人感到遥遥无期，风险太大，即便是有雄厚资金的大型建筑公司都不敢接手。更何况，如此庞大的体量的工程所给工期仅仅只有8个月，每日的工程量高达150万元，以高强度作业每天工作15个小时推算，平均每小时完成量10万元；该校的选址又是在马陵山的余脉上，地形较差地质复杂，无法预测施工难度。垫资巨大、风险巨大、功能齐全、工期短、施工难，这"五难"如一道鸿沟横在夏方军面前，是催马飞越还是畏缩不前？他再次面临艰难的选择。

回想一年前宿迁义乌商贸城的建设，12万平方米的建筑面积外加近10公里的道路不是用5个月的时间拿下了吗！那时候，我们还是单一的建筑公司。现在，就不是16万平方米的建筑吗，比商贸城仅仅只多了4万平方米。可我们现在是拥有6个分公司的集团啊！论组织结构，我们有一支强有力的领导班子和一支特别能战斗的施工队伍，且人数比那时有大幅增长；论材料供应，我们有自己的商品混凝土公司，有稳固的钢筋、黄沙、门窗、木材供应商；论技术力量，现在的整体水平和一年前不可同日而语……仔细分析反复考量，最终还是融资困难和资金回笼风险。集团领导会上，大家对华夏集团的现在实力公认不讳，无论是质量、安全、技术，还是工期短、施工难等难题，都可以迎刃而解，最终争论的焦点还是钱。3.5亿元人民币，那可是近5立方米、4.5吨重的百元大钞啊。华夏集团的注册资本金虽然是3个亿，可真正的家业底不足2个亿，可用资金难及工程总量的十分之一。义乌商贸城工程之所以能顺利过关，那是因为投资方按进度付款，后道资金可持续。而宿迁卫校工程是从开工到竣工验收到审计结束都没有任何资金进项，全凭自己拆打。从开工到竣工验收的时间华夏集团可把控在8个月左右，而审计的时间就难以预测了，可半年，可一年，可两年，可更长时间。时间就是金钱。时间比金钱更昂贵。华夏集团一旦被"资金这只怪兽"缠住，那就犹如奔驰的骏马跌入陷阱，到那时，华夏"这匹黑马"就很有可能被困绝境，弄不好会有灭顶之灾。大家的意见虽然有些言过其实，但不无道理。

"凡事预则立，不预则废。言前定则不跲，事前定则不困，行前定则不疚，道前定则不穷。"能预见到可能出现严重问题就一定能找到解决问题的办法。夏方军深知资金的难度和风险，可他不甘心就这么放弃！

记得华夏集团中层以上领导最后一次研判会的头天晚上，夏方军独自一人坐在漆黑的办公室里，他没有开灯是想以黑夜的环境给自己带来更多的冷静和镇定，以便作出最理智的决策。

夏方军知道凭他现在的威望他明天无论作出怎样的决定都会有大部分人支持他，但他想要的是"心往一处想、劲往一处使、拧成一股绳"的效果。

夏方军左手托腮，右手持一支铅笔不停地轻敲桌面，清脆的响声和着座钟的秒摆声在黑夜里格外明亮，如他的思绪绵绵不绝。突然，他站起身走到窗前，凝重的目光缓缓而过视线内的一街一楼，像是一个持镰者打量五月的麦田。他仰望天空，没有星月，密布的乌云在城市灯光的反照下尤显厚重，如他多思多虑的心境。夏方军突然像是想到什么，他出门上车，独自驾驶北行而去。

宿迁卫校选址于骆马湖东岸，峰山南侧。这里的峰山就是陈毅诗句"试看峰山下，埋了戴之奇"里的峰山。解放战争初期，我军为了把握苏北大战主动权，命令第八师两个团兵力抢夺峰山制高点，经四次冲锋夺取，三次浴血固守，终得峰山有利地势，使我军顺利实现对敌六十九师的分割、包围，逼师长戴之奇饮剑，开创了消灭国民党整编师的范例。

夏方军驱车来到这里，借着周围灰蒙蒙的灯光向北而望，看着夜幕下一勾一壑一丘一陵还有丛生的杂树、颓败的荒草，想到不久时间之后这里就会变成一所现代化卫校，他的心里生出无限感慨。他仿佛听到了读书声，那读书声像骆马湖的波涛蕴含诗情画意；像来自峰山顶上松林里的风携带侠骨剑气。

严冬，越过峰山的寒风迎面扑来格外凛冽。夏方军却没有丝毫冷意，他就站在那里，看着想着，想着看着，直到纷纷扬扬的大雪飘落而下，他才回过神来。

那一夜，不知是怎么度过的。

第二天早晨，他发现整个世界都变了，白雪皑皑，冰雕玉砌；银光铺地，宛如财富。那是宿迁2007—2008年冬天最大的一场雪！也是最后一场雪。没有人知道夏方军那一夜想些什么梦到什么，知道的是夏方军在最后一次定夺会上讲的四句话，让人受益匪浅。

夏方军说的四句话是：险中有夷，危中有利；善弈者谋势，善谋者致远；给我一个支点，我就能撬起地球；同舟共济勠力前行。

夏方军用具体数字分析了宿迁卫校工程风险与机遇并存、利大于弊的客观事实。他说："万物始于创造，奇迹处于险处。华夏集团要有一种为开创新局面创造奇迹而敢闯、敢试、敢冒风险的大无畏精神和勇气。集团公司的经营犹如下棋，要谋棋布阵、顾全大局，切忌顾一子得失。只要能取胜，弃子攻杀又有何惧。集团要致远，必须不断提升塑造集团态势的能力，走一步看三步谋全局，以善谋致远。这里的远，既是集团未来前景、兴衰周期，也是集团即将涉猎的广阔空间、即将占有的地域范围。既然大家都看到了风险，那我们就集中精力、集中时间、集中所有资源，化解风险。能否化解风险？古希腊科学家阿基米德说过：给我一个支点，我就能撬动地球。难道我们克服风险比撬动地球的难度还大吗？这里有两点值得注意，一是他是科学家，有科学的解决办法；二是必须有个支点。在座的各位有的正是跟着我走过近二十年风雨的人，试想华夏每跨越一次转折点、每前进一步，哪一次都不是冒着风险挺过来的？只是这次风险比以往任何一次都大。解决好这次大风险，关键是我们要选好支点。支点在哪里？在于资源，主要在于社会资源、人脉资源、本集团资源、业务关系资源、金融资源五大方面。一个支点可撬动地球，难道我们有五个支点化解不了资金风险？在这里我给大家讲个小典故。相传，吴人和越人是仇人，一日，两人同舟而渡，遇风，翻船之际团结互助如左右手。结果，顺利到达彼岸。这就是同舟共济成语的来历。在这里，我和大家、大家与大家之间不是仇人，而是共过患难的华夏人，是维系在华夏集团这条船上亲密无间的命运共同体。现在，我们在共渡的进程中遇到风了，自当同舟共济，勠力前行。我们应该发扬当年四次冲锋夺取峰山、三次浴血死守峰山的战争精神，抢占这块制高点……"

这是夏方军20年历程中最艰难的一次选择，实践证明选择宿迁卫校工程的决策是正确的，但是，正确的决策不一定全是正确的结果。

华夏集团以 BT 模式承接宿迁卫校整体工程的消息在宿迁建筑行业里不胫而走，闻者无不结舌瞠目。"这匹黑马，简直疯了、狂了。""黑马已经不是在着地奔驰，而是在腾云驾雾。""华夏集团，要么成仙，要么成魔。""卫校工程那是一堵又高又厚的'南墙'，就等着华夏集团去撞呢，血头血脸遍体鳞伤之时就是'华夏'关门倒闭之日……"

夏方军充耳不闻这些闲言碎语，一门心思投入到工程建设中。他把整个工程分成四大板块，即质量安全、技术创新、工期效率、资金保证。有关领导班子成员分头负责三块目标任务，自己带领剩余人员负责整个工程建设中的所需资金，确保从开工到验收资金链不断。

3.5亿工程240天。对于华夏集团而言，既是打赢一场突击战、攻坚战，又是打赢了一场持久战。铲着那场大雪破土动工，历经冬春夏秋，于收获的季节收获一所现代化卫校。2008年10月，卫校工程竣工并通过验收顺利交付。其间祁寒暑雨披星戴月风餐露宿举步维艰冲州过府饱经困苦，不足与外人道说。

宿迁卫校矗立起来了，社会声誉耸立起来了，夏方军却筋疲力尽了，华夏集团也筋疲力尽了。既然交付使用了，本指望能有大批回笼的资金却因审计而一拖再拖，拖得华夏集团难于支撑。

钱，钱，钱。拖，拖，拖。半年，一年……新投资的项目、新开发的市场无法开工；正在建设的工程项目难以为继；生产企业如商品混凝土公司因缺流动资金面临停产；材料供应商不容再拖；施工班组不容再拖，已经出现集体上访事件；银行利息每月高达80万元，且累计递增……分公司告急，集团告急……"华夏"即将面临一场极其严重的资金危机。

更可怕的是，一时间内，华夏集团3.5亿工程款在骆马湖东岸打了水漂、在峰山脚下葬于丘陵的传言随风而飘。人们在为华夏集团捏一把同情之冷汗的时候，"华夏再也爬不起来了""华夏即将倒闭破产""宿迁建筑黑马栽落峰山壕沟"等胡猜乱想遍布城乡，严重到已经影响集团内部上至领导下至员工的精神状态、信心信念、拼搏意志。

2008年冬季，是华夏集团历史上最为艰难的日子，资金危机和声誉危机的双重打击，令太多的人看不到未来，看不到希望。如果这个领头人不是夏方军，华夏集团很有可能早就成为过去，消失在宿迁的建筑群之中。

"上帝为你关上一扇门，就会为你打开一扇窗。""山重水复疑无路，柳暗花明又一村。"夏方军相信这些，他才能以超出常人的冷静，超出常人的智慧，超出常人的勇毅，在最艰难的日子里奋力泅渡，争渡，探寻属于华夏的那扇窗、那个村。

愤怒出诗人，苦难造英雄。因为这次危机，夏方军敏锐的商业嗅觉、发散式思维以及当机立断的果敢性格综合为一双有力的巨手和一双看破的慧眼。巨手，为华夏集团推开一扇窗——窗含五岭；慧眼，为华夏集团发现一个村——村廓九州。这就是华夏集团发展史上一次重大的战略转移决策：放眼神州，开拓外埠求发展。

把生意做到宿迁市、江苏省以外地域，实现"从外地回家乡，再从家乡走出去"由缩拳到出拳的力和支点的转换；实现从"招商引资"到"被招商引资"的华丽转身。让"贫血"的华夏集团渐日"康复"，且以惊人的速度飞驰而上。再一次打破了"关门倒闭""破产""栽落峰山壕沟""撞死南墙"等魔咒。再次站起来的华夏集团已经不是一匹"黑马"了，她已经成为一匹"龙马"。因为她不仅创造了"华夏速度""华夏规模""华夏质量""华夏效益"，更为人称道的是她创造了"华夏精神"。这种精神就是励志图强、百折不回、奋发向上的龙马精神……

可是，有谁知道夏方军为了作出这个决策和有效地实现这个决策耗费了多少心血啊！

在华夏集团最艰难的时刻，夏方军可谓是昼思夜想寝食难安，他相信"决策"的力量，却没想到承接宿迁卫校的决策在顺利竣工验收后因审计回笼资金长期拖延致使华夏集团陷入资金危机和信誉危机之后，他再次陷入"决策"迷茫。他时常愣坐在办公桌前不言不语；他时常愣站在办公室里悬挂着的中国地图前目光凝滞；他时常在夜深人静的时候独自一人到他曾经拼搏过的建筑工地，仔细审视现已繁华的景象……

2008年深秋，宿迁卫校竣工后的一个雨夜，夏方军来到义乌商贸城，看着这片宿迁市的标志性建筑群，他突然想起了"中豪置业"董事长刘卫高，想起他和刘总合作期间的点点滴滴。

此时的刘卫高已经进入云南昆明，并已牵头创立云南中豪置业有限公司，开发承建2008年昆明市重点招商引资项目、云南省重点建设工程——中豪螺蛳湾国际商贸城。

在电话里夏方军带着沉重的语气对刘卫高说："刘总，我遇到困难、碰到坎了。"

这句耳熟的话语一下子勾起了刘卫高初到宿迁首建"芬那丝"时的情景，那种相隔千里但如见面的亲近感油然而生。当刘卫高得知华夏集团因宿迁卫校工程款不能及时回笼而陷入绝境之时，他说道："夏总啊，来昆明吧。这里的中豪螺蛳湾国际商贸城工程即将开工，我了解你，这里很是需要像你这样的干才。不要局限于一时一地，走出宿迁有可能就是走出绝境。来昆明，一起干。相信你会通过昆明的大开发大建设发现比宿迁更广阔更遥远的发展空间……搞建筑行业，想在跌倒重创的地方站起来，很难。但你可以爬到有支撑的地方啊，借助外力重新站起……"

夏方军是什么人？是个一点就破的机敏商人。只要他捕捉到哪怕是蛛丝马迹点信息，就会像核裂变一样迅速形成链式反应。走出宿迁，走出困境，借助外力，重新站起。回想和刘总的通话，再联想到国家对沿海、沿江、沿湖、沿边和对老革命区、老工业区、老商业区、老城区以及西北、东北等地区的改革开放的政策发力和资金投入，夏方军有种迫不及待的冲动。他一夜辗转反侧，天刚蒙蒙亮就急忙赶往徐州观音机场。他——要——飞——到——昆明。

在飞机上，夏方军脑海里似乎有了一个朦朦胧胧的想法：到祖国四面八方去，开拓外埠市场，走"以外强内，以内促外，固内扩外，联动发展"模式。这里的"内"是宿迁地区，是华夏集团的总部所在地，是夏方军的根据地。

中豪螺蛳湾国际商贸城（以下简称螺蛳湾）是西南地区最大、中国第二大的综合性批发市场，占地面积5705亩，规划总建筑面积882万平方米，其中主体市场部分总建筑面积约300万平方米，总投资320亿元人民币。它立足昆明，辐射云南、四川、贵州等20多个省市区，面向东南亚、南亚，与缅甸、老挝、越南、泰国等国将建立贸易关系。它以"义乌第六代模式"为蓝本，结合昆明商贸业态特征，倾力打造成具备全方位物业功能的国际级商贸中心，搭建销展一体的国际化商品直销平台和品牌展示平台，实属罕见的超大型市场。

刘卫高言而有信，螺蛳湾一期工程就为夏方军争取31万平方米的施工项目，工程总量近10亿元人民币。为了便于工作，夏方军迅速组建华夏集团昆明分公司，这是华夏集团成立以来第一个外埠公司，因为有庞大的螺蛳湾，因为有刘卫高董事长，夏方军信心满满。他相信在不久时间里，第二个分公司、第三个分公司、第四个分公司会相继诞生。

历经宿迁义乌商贸城和宿迁卫校两大工程的磨炼，华夏集团的施工队伍已经成为一支名副其实的建筑铁军。可是，夏方军并没有满足于此，成绩、荣誉只属于过去，那是在宿迁，而现在是在昆明。他要在昆明打造华夏集团的品牌、树立华夏集团的标杆、创造华夏集团的声誉。有了知名度有了信誉，后续方可生意兴隆、财源滚滚。为此，他组织专业人员针对螺蛳湾的工程特点，研究制定了一套近 10 万字的施工管理规范、质量技术标准、安全行为准则、工期保障措施。

随着螺蛳湾工程的日推月进，工程款分步入账，加之中国工商银行昆明分行贷款 2000 万和中豪集团在银行系统的抵押授信贷款 3 亿元以及宿迁中豪所欠的宿迁义乌商贸城工程款的到位，华夏集团终于挺过了山重水复的冬天，迎来柳暗花明的春天。

有道是：大难不死必有后福。华夏集团的"后福"就是靠着坚韧不拔、百折不挠的精神气概，在逆境中开拓外埠，寻求到一个又一个发展壮大的机会。

31 万平方米的螺蛳湾工程，华夏集团仅用 11 个月时间就顺利完成，所有工程质量一次交付验收合格率百分之百，并获昆明市优质工程"春城杯"一等奖，"昆明市优秀样板工程"。一时间，华夏集团的名声咋响，"管理能力强，执行能力高、技术精湛、质量保障、效率惊人、信誉过硬"，成为昆明建筑市场独具战斗力敢打硬仗的劲旅。华夏集团在昆明首战告捷荣誉加身，紧接着又承接下螺蛳湾二期 80 万平方米的施工项目，工程造价近 30 亿元人民币。

在昆明、在云南，夏方军切切实实地感受到了改革开放的雄伟力量，感受到了西部大开发的宏大气势，他还感受到了整个华夏大地热火朝天的壮观场景。螺蛳湾工程的有效推进，更加坚定了他在飞机上的想法。

螺蛳湾是华夏集团开拓外埠的一个起点，也是一个样板。由昆明可以想象出 30 多个省会城市的蓬勃发展，由西部之现状可以想象出西北部、东北部的需求渴望，还有太多太多蠢蠢欲动的城市，走向四面八方的时候到了。机不可失，时不再来。

当时的华夏集团总部就是在现在的十九层办公大楼的地方，只是那时仅仅是一处低矮的厂房厂棚而已。没有豪华的装饰，没有现代化办公装备，甚至连一张气派的办公桌都没有。然而，低矮潮湿的穷家破院丝毫没有影响"华夏人"怀揣梦想、放飞梦想、实现梦想，反而成为他们不负韶华、只争朝夕、不忘初心、砥砺前行的动力。

不知从什么时候开始，夏方军养成了打量地图的习惯。中国地图、江苏省地图、宿迁市地图，整齐地悬挂在他办公桌直面的墙上。他时常拿着双色笔站在地图前，时而审视思考，时而圈圈点点，像是一位军事指挥家，在地图上确定战略定位，然后再指挥千军万马。那张宿迁市地图早已经被他用红蓝笔勾勒成另外一副面容，或红、或蓝、或圈、或点、或叉、或线。他看的不是地图啊，而是宿迁地区的商业圈！

从第一次前往昆明开始，他就已经把中国地图装在心里了。他是螺蛳湾工程战术指挥者，更是华夏集团下一步发展的战略策划者。一年时间，他去过特区也去过老区，去过沿海也去过沿边，去过漠河也去过海南岛……他用锐利的目光收割华夏大地万马奔腾的潮势，他用敏捷的思维定位华夏集团开疆扩土的布局。

今天，是华夏集团发展战略研讨会。是去年那场大雪之后第一次非专题讨论化解危机的会议。没有思想包袱没有沉重负担，参会人员面容平静心情坦然。可夏方军依旧是那副多思多虑的面孔，他运筹多时的开拓外埠的计划是在中国地图上完成的。

从这次会议开始，华夏集团开拓外埠在全国大中型城市的布局正式拉开帷幕。调研小组分赴不同城市，来自各城市的信息汇集到夏方军面前，他像一台不知疲倦的电脑，昼夜在分析、综合、比较、提出自己的意见、和考察小组一道判断。由此，华夏集团浙江义乌分公司、华夏集团湖北襄阳分公司、华夏集团天津分公司相继成立。这是第一次打破过去"一人云，众云；一人想法，众人同意"的局面，说明华夏集团的领导层已逐渐成熟。每个人有每个人的观念、主张、思想，关键是以事实为依据，集思广益去弊趋利！从此，"考察—可行性报告—讨论—争论—比较—定夺—执行"，成为华夏集团上层决策的常态模式。

"选择地点—搭建班子—融入状态—寻找商机—开展业务"，一系列操作之后，华夏集团在全国主要城市五个分公司的布局就此完成。以昆明分公司的经营模式为样板、为引领，各分公司领导班子成员上任前必须先到昆明，体会螺蛳湾氛围，学习螺蛳湾经验，然后，带走螺蛳湾的模式，发扬螺蛳湾的精神，开创各分公司新局面。

布局外埠市场寻找新的增长点，着力宿迁状态推进各业发展。随着昆明分公司业务的强劲扩张，宿迁卫校工程款的逐步回笼，华夏集团的资金流呈现出渐次充沛的良好态势。同时，在这时期，集团公司获国家房屋建筑工程施工总承包一级资质、获建筑装修装饰工程专业承包二级资质、获市政公用工程施工总承包二级资质。布局和框架是企业的骨骼，资金是企业的血液，资质是企业的身高。现在的华夏集团可谓是骨骼强健，血液充沛，身高挺拔，华夏集团提升品牌树形象的时候到了。

实践证明，夏方军不仅是内外联动谋篇布局的高手，更是求发展做足段落、做实细节的妙手。段落就是一个接一个的工程项目，细节就是每个工程项目的质量、安全、技术、工期、效率、效益。段落愈多，产值愈多，利润愈多；细节愈完美，名声就愈高，荣誉就愈多。

自 2008 年 10 月宿迁卫校交付使用之后，在宿迁沉寂一年多的华夏集团再度以勃发之势进入人们视野。大开发、大建设、大生产、大输出成为华夏集团在宿迁的主旋律。业务范围从市中心拓展到三县两区，继而又从县区城市开始向乡村延伸。2009 年到 2013 年期间，先后承建并完成江苏芬那丝新厂区 20 万平方米项目、华夏丽景酒店及华夏丽景小区、富康花园二期、阳光华城、新城家园、万晟·凤凰美地、霸王举鼎人防工程、银湖广场、泰和祥府、泗洪红星花园、江南水岸、翡翠蓝湾、江苏运河文化城等工程，其中超亿元项目 7 个，超 5 亿元项目 5 个，超 10 亿元的项目 1 个。特别是可容纳超万户的老城区改造工程万晟·凤凰美地项目和江苏运河文化城大项目的建设，加之集团十九层办公大楼的启用，华夏集团在宿迁人的心中达到了一个全新的高度。

万晟·凤凰美地是苏北最大的安居工程，总建筑面积 60 万平方米，30 层超高层建筑，地下停车场 2 层，惠及家庭几万人口，获宿迁优质工程奖"项羽杯"，口碑自不用说。江苏运河文化城项目就坐落在宿迁卫校的西侧，骆马湖畔，是大型综合体建筑群，总投资 30 亿元的工程。想想两年前，华夏集团因 3.5 亿工程款滞后资金链断崩面临灭顶之灾，集团上下无不惶恐。没想到仅仅过去四年时间，再回故地的华夏集团却再次承接宿迁有史以来规模较大的群体工程。

运河文化城工程奠基那天，当记者问夏方军说："重回峰山脚下，在宿迁卫校相邻之地投入如此巨额，两项工程相比，你有什么感慨?"夏方军含笑说道："从决策承建宿迁市卫生学校到顺利交付使用，再到现在我站在这里，我每一次决策，从没有后悔过。工程的盈亏不仅要算经济效益更要算社会效益。我能全垫资为宿迁建造一所苏北最大的卫校，能为上万名学生提供一个舒适的学习环境，每年都有几千名学生从这里走上工作岗位，为社会服务，我感到无上光荣和欣慰，其社会效益是无法估算的。至于工程款拖欠，那只是时间的问题，我只注重如何把工程做得更完美做得更成功。运河文化城也是如此。若问此时我有何感想，我只有三句感谢：感谢国家深化改革开放的大政方针为宿迁营造如此波澜壮阔的发展局面，为华夏赢得商机；感谢市委、市政府对华夏集团公司的关心和支持；感谢跟随华夏集团转战南北、辛勤付出的建筑工人和社会各界对华夏的支持和帮助……"

夏方军从社会效益的角度第一次对社会亮明自己对宿迁卫校工程的无怨无悔，亮明把工程做得更完美做得更成功是他唯一的工作追求。这时，人们突然才明白体量如此庞大的运河文化城何以福临华夏。

当然，夏方军未负领导重托，未负人民众望，高起点管理模式和经营模式，使运河文化城工程项目荣获全国建筑绿色施工示范工程、国家 AAA 级安全文明标准化工地、省级新技术应用示范工地、全国建筑行业创建农民工业余学校示范项目部、江苏省文明工地等多项殊荣，为宿迁打造出一处文化圣地，使之成为几千里运河沿线上一颗璀璨的明珠。

在宿迁，华夏集团置业兴旺、建筑兴旺、安装兴旺、商品混凝土生产兴旺；在外埠，襄阳分公司的湖北襄阳国际商贸城通过验收并高质量交付使用；义乌分公司为华夏集团融入浙商总公司、接洽各地浙商分公司创造了很多的契机，为华夏集团与浙商名人的各集团公司达成战略合作伙伴作出巨大贡献，既取得优厚的经济效益又取得了显著的社会效益。

　　从夏方军构想集团战略转移到具体实施内外联动，五年间，集团实现总产值110多亿元人民币。同时，华夏集团获"江苏省建筑业百强企业""宿迁市建筑业十强企业""宿迁市上交税收五十强""宿迁市建筑企业上交税收第一名"等荣誉。夏方军荣获"全国住建系统劳动模范""江苏省建筑业优秀企业家""宿迁市优秀企业家""宿迁市十大优秀青年企业家"等称号。

第五章　多业发展：拉长企业产业链

人的一生是追求物质、追求精神的一生，更是追求物质和精神平衡的一生。追求不止，梦将永在。对大家而言，不同人的梦想追求有不同的人生状态；对一个人而言，不同时期的梦想追求，有不同时期的人生精彩。有的人一生只有一个梦，为了这个梦，不畏艰难，孜孜以求，终有建树，梦想成真；有的人一生有太多的梦，却怕风怯雨，患得患失，一梦不成再梦它处，结果浮生如梦。夏方军15周岁带着20元钱和一只蛇皮袋开启梦的追求，到36周岁拥有百亿资产和3万多平方米的办公大楼。时间+拼搏+机遇，给予追梦者夏方军最丰厚的回报。随着阶段性的梦想实现，夏方军的思想发生了深刻变化，思想之变化又使他有了新的梦想。如今，他仍旧在追梦途中。

梦想是有品质的，梦想的品质取决于人的品质。梦想是会成长的，梦想的成长过程取决于人成长中的胸怀和思想。夏方军每实现一次梦想之后都能实现一次梦想内涵的突破和梦想品质的飞跃。党的十八大报告，赋予了时代全新内容。夏方军的梦有了进一步飞跃和升华，那就是带领更多的人致富，实现小康，为"全面建成小康社会"尽心尽力。

每天早晨，当夏方军款步走进19层办公大楼、走进自己曾经梦想拥有的佳境，他都在内心深处默默地提醒自己：曾经的梦想长大了，现在已经不完全属于自己，她属于"华夏人"，属于集团公司，属于这个时代。只有当她融入"中国梦"的内容，成为"中国梦"的一条细流的时候，她才能真正拥有黄河的奔腾气势，拥有大海的波澜壮阔。

夏方军曾说过："华夏集团只是我尽我所能为怀揣梦想的人创造的一个实现梦想的舞台，这个舞台越大，实现梦想的人就越多；华夏集团将竭尽全力成为'带头致富，带领致富，实现共富'的标杆。"他没想到集团公司成立庆典上的心里话能和六年后十八大的"中国梦"相吻合。现在的问题是，如何尽其所能做大集团公司的舞台？如何让更多的人早日实现小康？这个问题对于夏方军来说，早已胸有成竹。那就是：一业为主，多业发展，拓展企业产业链。

由于历史原因，宿迁市经济总量在江苏省 13 个地级市中一直身居末位。不仅是省重点扶持对象，省政府还指令苏州市对宿迁市实现一对一帮扶。宿迁市深感压力大责任重，先后出台了一系列振兴措施，其中 2003 年的力度最为突出。"全方位、宽领域、大力度、彻底改、改彻底"，推进事业单位改革、深化农村改革、推进配套改革、强化工业企业商贸流通领域经营机制改革。这一年"华夏公司"刚成立，主要还是以建筑工程施工为主。华夏公司生运逢时，承接了楚街、宿迁义乌国际商贸城等一批宿迁重点工程。那时候的华夏公司一心一意只想把工程做好做完美。直到 2005 年，夏方军敏锐的商业头脑发现了更多的商机，孕生了成立华夏集团的想法，走上了"一业为主多业发展"之路。就是以建筑施工为主打，瞅准时机发展商品混凝土生产、开发房地产置业以及建筑构件生产、机械采购、安装业（门窗、线路、管道、设备）、装饰装潢业、金融小贷等。

建筑施工。夏方军踏入社会的第一站是施工现场，他人生的第一份工作是墙体粉刷，他人生第一次认识的精密仪器是水准仪，他人生第一次看到的大张图纸是施工图，他人生第一次拥有的财富是一台水磨石机，他承包的第一个有点综合味道的项目是建筑站的办公楼，他第一次拜的师傅是建筑工程师，他通过自学取得的第一张大学文凭是土木工程专业，他获评的第一个职称是工程师，他第一次取得的荣誉是优秀建造师……建筑施工是夏方军的起步行当，也是夏方军的看家行当。无论土建工程、安装工程、钢结构工程，有关其施工程序、质量标准、安全措施、工期保障，还是勘察材料、图纸设计、招标中标、验收材料、交付使用等，他都耳熟能详，甚至倒背如流。所以，承揽施工工程，尽可能地多接施工项目，历来都是夏方军的重要抓手。

一是狠抓关键施工项目，倾心倾力，树形象造声势，以点促面。山东十年姑且不说，回到宿迁后，夏方军的第一个工程项目是宿迁市实验学校，那可是夏方军进入宿迁建筑市场的敲门砖，其关键性和重要性不言而喻。夏方军以其质量好、进度快、单价低，赢得了市政府领导和主管部门的认可，一举成名。楚街工程是关键施工项目，关键在于仿古建筑在宿迁没有哪家公司经历过，夏方军啃下这块硬骨头，赢得了华夏公司在仿古建筑施工方面的话语权。"芬那丝"厂房施工项目是关键项目，关键在于能否通过它取得浙商信任。一寸不通，万丈无功。一寸通，则万丈皆功。夏方军就是靠着"芬那丝"让江苏中豪置业公司刮目相看寄予厚望，结果成为江苏中豪置业的亲密合作伙伴，一路开挂，从宿迁义乌商贸城做到昆明螺蛳湾，再由螺蛳湾做到江苏运河文化城。

二是选准条块方面的样板施工项目，靠示范作用，取得建设方的信任，把握同行业施工项目优选权。有了宿迁市实验学校的成名之作，才有青华中学的教学楼、办公楼、宿舍楼，才有宿迁市卫生学校的 BT 工程。通成山庄是华夏公司成立后承接的第一个住宅小区施工项目，夏方军谨小慎微，精心雕凿，不放过任何一处细枝末节，硬是把它打造成优质工程小区。真是一旦成名生意兴隆。接下来富康花园、阳光华城、新城家园、泰和祥府、江南水岸、翡翠蓝湾、苏宿园区梦家园、万晟·凤凰美地。无论是学校、医院、工厂、企业，还是机关事业单位、住宅小区、商贸城、商业街，华夏只要有了第一个施工项目，就能赢得信任有效地把握住同类项目施工的优选权。

三是以质量、效率为靠山，以人脉为跳板，走正商道，广结商缘，生意能做多大就做多大、能做多远就做多远。十年山东积累经验积累资本，十年宿迁打名声牌创立品牌。五年昆明强身健体，十年内外联动、稳步发展。每历经一次战略上的转移无不都是首先亮出看家本领——施工建设，展现华夏人的风采。继而举一反三，触类旁通，实现量与质的蜕变。昆明螺蛳湾 50 多亿元的施工总量、湖北襄阳国际商贸城 E4 标段 15 栋主题楼以及其他外埠的业务无不都是施工建筑的闪亮杰作。试想，如果没有楚街工程施工，就不会融入浙商名人圈，如果没有芬那丝厂房工程施工，就不一定有后面的宿迁义乌国际商贸城以及和江苏中豪置业的一系列亲密合作，昆明的海量施工也就无从谈起，江苏运河文化城的施工建设单位就不一定是华夏集团。没有昆明的分公司成立就不会衍生出其他四个分公司，湖北襄阳的国际商贸城建设就有可能与华夏无缘。这些表面看是靠人脉承接的施工项目，本质上说来是人格魅力的辐射，是精神品质的召唤，是华夏集团施工硬实力和文化软实力的彰显。

几十年来，华夏始终不忘初心，紧紧抓住老本行，适时而变，适事而变，科学管理，培养人才，革新技术，扩大队伍，把平台搭建得越来越大。硬是把公司从单项单一工地施工发展为几十家的综合项目同时施工，硬是把几个人施工的小班组带成上万人施工的集团公司。

商品混凝土生产。现在，华夏集团旗下共有五家混凝土公司，分布在市区三家，泗阳县和泗洪县各一家，是宿迁地区产量最大的混凝土生产企业。

萌发从事商品混凝土生产的想法是在宿迁义乌商贸城施工过程中，时间大约是 2005 年 10 月份左右。为确保工程质量，义乌商贸城的施工统一规定采用商品混凝土浇筑。高峰时，夏方军看着游龙般的罐车，想想每立方米的单价，惊人的利润空间着实把夏方军吓了一跳。他想："要是我能拥有一个商品混凝土生产厂该多好啊，那不是在苦钱也不是在挣钱，那是在淌钱，是大把大把的钞票在往厂里流淌啊！"

恰好这时，夏方军得到消息，国家省市已经下令施工现场一律禁止使用自拌混凝土，各地已出台发展预拌混凝土和干混砂浆的规划及管理办法。想想以往的自拌混凝土，工人把石子、黄沙、水泥按比例装进搅拌机里加水搅拌，虽价格便宜但其质量和标准难以控制，严重影响整体工程质量和安全。现在，强行入轨规范使用预拌混凝土新型材料，广阔的使用空间必将带来广阔的利润空间。面对好时机好生意好利润，夏方军跃跃欲试。

然而，夏方军仔细一打听方知，商品混凝土生产的科技含量之高和投资之大。首先是生产机械和电机装备技术含量高且价格昂贵；其次是商品混凝土运输的专用罐车投入不小；三是生产的工艺流程比较复杂；四是销售垫资不在小数。资金问题到有办法能解决可生产技术却一时半会无能为力。正当他欲做不能、左右为难之际，听闻宿迁市第一家商品混凝土生产企业——宿迁泰玛士新型建材公司因转移经营战略——向沥青行业发展，准备撤资出售股权。夏方军突然间有了新的想法：如果能买断一个正在生产的商品混凝土工厂，保持其原有的一套班子和技术人员，岂不是一下子就解决了技术瓶颈？借鸡下蛋尚有利头，买鸡下蛋，岂不更好？不失为一条捷径。

宿迁泰玛士新型建材有限公司成立于 1998 年，注册资本 3000 万元人民币。本地江苏玻璃集团有限公司出资 750 万，持股 25%；香港泰玛士建材（中国）有限公司出资 2250 万，持股 75%。公司占地面积约 60 亩，主要生产商品混凝土、砂浆、混凝土制品等。泰玛士规划转行沥青材料有意撤资之时，正是江苏玻璃厂的主业经营步履维艰当口，无暇顾及这个控股公司，也很想撤资退出这个行业。

夏方军得此消息如获至宝，当即带领有关人员实地考察。考察归来他信心满满下决心要买下这只正在生蛋的母鸡。

讨论会上，有人提出说："我们跨行了。隔行如隔山，猛然间踏入陌生领域，从原材料采购、混凝土生产到销售到资金回笼……从材料验收、质量把控到设备维护……谁懂经营？谁懂管理？谁懂技术？"大家议论纷纷之时，夏方军只问了几个问题："我们到底需要不需要这个企业？市场需不需要商品混凝土？到底有没有钱赚？"大家都说，商品混凝土是国家省市强制使用的新型材料，是今后的大趋势，前景肯定不用说，况且，我们华夏公司每年承接的工程需用量也很大。生意做开了，绝对有钱赚。

夏方军笑了笑说："既然大家对商品混凝土的前景和利益的认识思想一致，那么就不要讨论是否收购的问题，而是研究如何收购。这么千载难逢的机会，这么优质的混凝土公司，放在我的眼前，如果不收购，我们一定会后悔一辈子的！至于经营管理、生产流程、技术工艺等事情好解决，全盘接收原来的管理人员、技术人员不就得了。关键还是资金问题，有道是：舍不得孩子套不住狼。钱的事情我来想办法。"

第二天，夏方军随即赶往泰玛士中国区总部上海闵行区。经过几轮艰苦的谈判，对方被夏方军的诚意和胸怀打动。2005年年底，夏方军以600万元买下宿迁泰玛士新型建材有限公司的全部产权，接受了全部的债权债务。了解了华夏公司朝气蓬勃的发展状况，了解了夏方军的为人，特别是对员工的关心，有五十名员工自愿加入华夏团队。原来的总经理庄志坚带头留下，抓生产，抓经营，抓管理；许多技术人员主动请缨确保生产流程、工艺技术不断档；销售队伍依旧保持原有的工作态势，并以"新华夏人"的身份担当开拓市场的重任。有了原班人马的大力支持，夏方军放心了。从此，宿迁泰玛士新型建材有限公司变成了宿迁华夏混凝土有限公司。

如今，华夏混凝土公司拥有英国STEELFILED公司生产的SM6O混凝土搅拌站1座，洛阳佳一机电设备公司生产的HZS180混凝土搅拌站生产线2条，总生产能力为300m³/H。配套设备有混凝土搅拌车30余辆、918车载泵1台，37M-63M混凝土汽车输送泵6台，ZL50D型轮式装载机2辆。截至目前累计为客户供应各种强度等级的商品混凝土超1000万立方米。产品涉足本地区重点公建、住宅、市政及交通工程领域，受到了行业主管部门和广大客户的一致好评，被评为宿迁市"质量信得过单位"，宿迁市"重合同守信誉"单位，是宿迁市唯一一家被核定为混凝土行业最高等级的预制混凝土二级资质，成为华夏集团一支独具优势的生力军。

同样位于城区的江苏汇丰混凝土有限公司，由于受到2007年金融危机的影响，经营举步维艰。加之老板是南方人，起了归乡之意。经过与其他有意购买汇丰混凝土的公司洽谈，皆是不欢而散。听说夏方军年轻有为、为人仗义、取财有道且曾收购泰玛士混凝土，经朋友介绍找到夏方军，想请夏方军出手收购汇丰混凝土。夏方军听说这一消息，立即想到扩大混凝土生产体量，做大混凝土板块，确保在新兴的建材市场中形成自己的强大优势。

关于收购汇丰混凝土，夏方军的原则就是缘到财到，只要真诚做人，踏实做事，就会有钱赚；做人做事决不能落井下石。虽说商场就是战场，但是多个朋友多条路，能帮人一把就帮人一把。人家一个南方人到宿迁投资，带动了地方就业，上交了税收，为宿迁地区作出了一定的贡献。现在离开了，既然是谈判，就是充分体现双方的意愿，就要坦诚相待，一切摆在桌面上谈。谈拢了，皆大欢喜；谈不拢，也是多交个朋友。夏方军的豁达、开诚布公，深深打动了汇丰的老板。几轮下来，拍板成交。

江苏汇丰混凝土有限公司注册资本 1888 万元，拥有全套中联重科公司生产的 HZS180 混凝土搅拌站两座，主机生产能力为 360m³/H。2007 年，试验室通过了江苏省建筑工程管理局的专业资质验收，被江苏省建筑工程管理局核定为预拌混凝土三级企业。

汇丰混凝土的加入，与华夏混凝土公司形成了区域的优势互补，为进一步打开市域两区商品混凝土市场，打响华夏的品牌，提供了强大的支持。

夏方军收购了汇丰混凝土，只是企业的一个简单的经营行为，但却给区政府打开了思路，夏方军既敢想敢干，思路宽门路多生意广，干脆把汇丰混凝土隔壁的一块闲置的地块交给夏方军，不但能盘活了土地，而且还能带动了就业，增加了区政府的税收，是一举三得。

夏方军看到了区政府的诚心和诚意，拉来了外资，和华夏集团合资筹建了宿迁贝斯特建材有限公司。

贝斯特公司位于宿城经济开发区隆锦路，占地 44 亩。有年产 100 万方混凝土、60 万吨预拌砂浆的国际一流自动化环保型生产线，于 2014 年 6 月竣工投产。

除了本城区的商品混凝土市场，夏方军的眼光看得更远，开始向周边布局。2013 年，机会来了，泗洪县华升建材有限公司由于经营不善，本地的老板请市住建局领导出面，邀请夏方军现场考察收购。

面对泗洪县华升建材有限公司伸出的橄榄枝，夏方军毫不犹豫地接手收购。而此时接二连三的收购混凝土公司，也没有了当初收购泰玛士混凝土时那样巨大的内部阻力。

泗洪县华升建材有限公司坐落在江苏省泗洪车门乡工业集中区（重峰路西侧），年生产量约 60 万立方米。

华升公司历经近十年发展，依靠过硬的产品质量和客户百分百的满意度，成为泗洪县的品牌企业、标杆企业。是县区吾悦广场综合体、尖沙咀商住综合体、京公馆住宅小区、嵩山大桥等房建以及市政工程的优质合作伙伴。目前，产品市场辐射至安徽省泗县等周边地区。

华升公司的收购，为后期华夏集团投入到江苏省开展得轰轰烈烈的农房改善项目建设埋下了伏笔，为建设泗洪朱湖农房改善项目提供了物资保障，为项目建设进度、质量提供了强大的支撑。

2018年年底，随着江苏省深入贯彻乡村振兴战略，加快改善苏北地区农民群众住房条件，夏方军再次布局，这一次，华夏集团主动出击，通过洽谈，租赁了坐落于京杭运河边李口八堡工业园的泗阳鑫泰建材有限公司，为泗阳城区的城北花园三期项目、时光印象项目、民康东园项目等提供了有力的物资保障。

夏方军始终以"重视科技进步和技术创新"的前瞻思维，坚守"质量第一、信誉第一、口碑第一"的发展理念，固守"以人为本，诚信为本，质量为本，客户为本"的经营理念，在商品混凝土生产中创造性地在工艺流程、技术改造、质量把控、检测检验等方面做了许多探索性研究，深化与中国建筑科学研究院等科研院校产、学、研合作，参与主编了国家标准《普通混凝土拌合物性能试验方法标准》，该"标准"于2016年在全国发布实施。在高性能混凝土及特种混凝土研发生产与施工、清水混凝土综合施工等方面形成了较为明显的技术优势，成为众多知名企业战略合作供应商。华夏人以最佳的服务和优良的品质与社会各界共同浇筑时代的丰碑。

混凝土板块成为华夏产业链的重要一环，强力支撑和推动着建筑施工和房地产的迅猛发展，其贡献将永载华夏集团的发展史册！

房地产开发。随着农村人口逐渐向城市区域的大量流入，城市扩张日见明显，主要表现为原来居城市区域或城郊区域的厂矿企业外迁、中高层结构的城市居民小区接连出现，加之老城区改造和棚户区改造，城市的楼群像雨后春笋拔地而起。或商业街，或写字楼，或商贸城，或娱乐场所，或居民小区，或公寓大楼，其中扩张最迅猛的是商品房。从宿迁义乌商贸城、楚街的门面房排队抢购，夏方军看到商业用房的海量需求；从通成山庄、富康花园、阳光华城等居民小区销售盛况，他看到了改革开放几十年来隐藏在广大居民中一股强劲的购买力。特别是比邻学校比邻医院的商品房，简直都是疯抢状态……房地产业的快速发展拉动了宿迁经济迈上快车道。宿迁政府乘势而上出台一系列助力房地产强劲措施。一时间，房地产业疾骤升温，成为众多开发商炙手可热趋之若鹜势在必分的一块奶酪。夏方军作为一个精明的锐智商人，岂能错过良机？

2009年暮春，正是小麦拔节灌浆的季节，仍旧是在那间厂棚式的办公室里，面对华夏集团的几位主要领导，夏方军铿锵有力地说道："华夏集团挺进房地产业的时机已经成熟，这种成熟主要表现为三大方面，一是可信赖的稳固的施工队伍；二是有华夏商品混凝土主材作保障；三是有一批互为信任的材料供应商。该出手时就出手。第一块土地拿哪里？我认为就在脚下。人有居屋，家有祖宅。华夏在这块土地上已运作多年，是华夏集团的福地也是兴旺之地。该是它归属华夏的时候了，也该是华夏集团装点它的时候了。这是华夏集团的第一次置业，我把这第一个项目的名字起叫'华夏丽景'，但愿她能为华夏集团带来壮丽的前景。"

如这个季节的小麦，在时代的大潮中人们仿佛能听见华夏集团"拔节，灌浆"的响动。

华夏集团第一家房地产开发公司——宿迁华夏置业有限公司成立了。华夏集团第一个房地产开发项目——华夏丽景破土动工了。

华夏丽景项目位于市区主干道西湖路西路（原徐淮路）与经济开发区富民大道交汇处。规划南面是住宅小区，北面临西湖路是华夏丽景酒店。小区规划面积20000平方米，建筑面积24800平方米，5栋住宅合计198户。华夏丽景酒店大楼主体19层，建筑面积31080平方米。

第一次涉足房地产，夏方军可谓一丝不苟，谨小慎微。开发房地产与建筑施工不同。建筑施工是保质保量按序时进度把房子建好就行，而房地产，则是要把所建的房子卖出去才行。如何才能把房子卖出去？其中的区位优势、居住环境、小区布局、房产质量、房产价格等，哪一项都至关重要。简单说，过去只是建房子，现在是不仅建房子更要经营房子。夏方军把一个置业项目主要放在积累经营经验上。要想有人买，要想卖出好价钱，首先必须有好货。

华夏丽景于 2009 年开工，于 2012 年全面竣工。经过精心打造，该项目先后获宿迁市优质工程奖项羽杯、江苏省优质工程扬子杯、江苏省建筑施工文明工地、江苏省建筑企业绿色施工先进单位等多个奖项和称号。

好货有了，还需要有好的经营手段。为此，夏方军专门组织成立了华夏第一支营销团队，先是进行营销专业培训，后到销售旺盛的楼盘考察学习，全面把握楼房销售产品介绍、宣传造势、营销攻略、分期付款、抵押贷款、优惠政策等方式方法，为后期的房地产开发积累了丰富的管理经验和营销经验。

华夏集团用第一个项目"试水"之后，在第二个项目——江南水岸开发上就做到"贴船下篙"了。

当时，江南水岸项目刚刚完成一期工程建设，由于开发商资金链断裂，造成项目烂尾，小区业主经常组织上访。苏宿园区领导曾与多家企业接洽，希望能有一家房地产公司接盘，但均未有结果。当园区领导看到本土华夏集团的夏方军一手建造的华夏丽景小区和酒店之后，被这个血气方刚的年轻人打动，邀请夏方军到园区洽谈接盘江南水岸项目。夏方军欣然前往，了解实情后果断答应。

江南水岸项目南临青海湖路、东至东海路，北依清水河滨水公园景观带，处于宿城新区核心区位，是行政、商业、休闲、居住的新区都市圈。它毗邻宿迁中学、现代实验学校、树人中学、邻里中心、新区人民医院、银行等生活配套设施围绕四周，是个地理位置优越、配套设施齐全的绝佳项目。

江南水岸项目占地 140 多亩，除去一期用地还有近 80 亩。夏方军决定以时尚实用、水景洋房的设计思路，把江南水岸打造成为区域的标杆。这一思路得到了园区领导的高度肯定和支持。由此，华夏集团旗下开发江南水岸的第二个房地产公司——宿迁亿嘉置业有限公司成立。

江南水岸项目于 2013 年 7 月开工，分四期建设分批交付，于 2016 年 6 月完成。项目容积率 1.7，由 22 幢多层花园洋房、12 幢电梯小高层、2 幢景观高层组成，总建筑面积约 16 万平方米，35% 的超高绿地率及 26.7% 建筑超低建筑面积，总住户 1432 户。项目总货值 8.6 亿元。

高档典雅的西班牙建筑风格，经典三段式立面造型，60～120 平方米南北通透、大开间短进深户型、大面积空间、下沉式庭院、超宽大阳台、两房变三房、三房变四房的可变空间设计，表现出了时尚的地中海风情，成为消费者眼中的亮点，购房者络绎不绝。

夏方军在开发江南水岸项目时发现了一块和江南水岸相媲美的地块，并迅速以每亩 85 万元拿下，那就是一路之隔的翡翠蓝湾项目。华夏集团旗下第三个房地产公司——宿迁新潮置业有限公司正式成立。

翡翠蓝湾项目占地 158 亩，建筑面积 26 万平方米，容积率 1.81，有高层、小高层、别墅等多种建筑形式，户型通透开阔，设计科学前卫，小区总户数 1430 户，高层 1347 户，别墅 83 户。整体采用地中海建筑风格，四大绿化景观带纵横贯穿，绿化率达到 40%，内置人工湖景与原有滨水风光营造出户户临水的水岸风情，成为一处集智能、环保、唯美于一体的都市桃源。翡翠蓝湾住宅小区荣获亚洲国际住宅人居环境奖。

正当华夏集团以勃发之势在房地产领域大展宏图的时候，没想到遭遇迎面而来的金融风暴和昆明事件的双重打击。2015 年随着中国经济受到世界经济危机的冲击，国内建筑业和房地产业处于加速下滑趋势。人们持币观望，等待房产降价，连翡翠蓝湾这样的好楼盘，都是门可罗雀，销售低迷。夏方军正准备以外埠的建筑施工弥补本土房地产开发弱势的时候，云南昆明事件发生。夏方军得知这个消息时在昆明机场，他刚下飞机。消息如晴天霹雳，夏方军接完手机硬是站在原地十几分钟没有回过神来。真是福无双至、祸不单行啊。螺蛳湾国际商贸城的建筑施工板块必然会遭遇严重打击。回过神来的夏方军稳定了一下情绪，他看了看时间，当即购买返程机票，回到宿迁……

面对国际大环境和战略合作伙伴的双重影响，面对房地产业萎靡、昆明建筑施工断续局面，夏方军凭一己之力难于扭转，只得采取"以苦熬等待时机"策略，藏器待时，待时而举。夏方军相信：经济危机早晚会回归复苏，外埠局面早晚会河清海晏。只要能苦熬死挺，就会峰回路转美不胜收。当然，这苦熬，不是悲观认命而是积极乐观不服输的倔强，这苦熬，不是逆来顺受对命运的妥协而是"我要赢"的坚持。熬得住，定会出众；熬不住，定会出局。通过三年的协商努力，终于化解了因昆明事件导致的第二次集团公司的危机。

华夏集团的房地产板块终于熬出来了。一年之后，华夏置业开发的华夏现代城占地面积 100 亩，建筑面积 13 万平方米，总户数 764 户，销售总货值 8.3 亿多元。随着宿迁房地产业的强势复苏，夏方军带领他的团队在宿迁房地产业屡创奇迹。

丽都水岸项目——第一个 4.0 智慧住宅，经典大平层。把居住、环境、文化、生活与人群融为一体，实现四季园林绿化、各类教育体系配套、健全的安保系统、精致的物业管理。十大科技系统的融入，标志着住宅智能化时代的来临。186~270 平方米创造性花园平墅+270°环幕视野观景露台，满足了消费者对于改善型住宅的期盼。

棠颂 1927 项目——第一高地价置业。华夏远景置业有限公司以每亩 1005 万元的地价取得开发权，结果成为宿迁有史以来最火爆的楼盘，一经开盘便疯抢一空，创造宿迁房产销售奇迹。

吾悦广场项目——华夏集团的第一个大型城市综合体，为宿城区的核心行政区域的一个大型的、有影响力的商业中心，集购物中心、风情街、街区商业、住宅、幼儿园于一体的城市综合体。

君邑湾项目——第一个钢结构框架支撑体系小区。5 栋高层全部使用钢框结构+玻璃环幕，整体空间可灵活布局，能同时满足大跨度、大空间、户型可变性等条件。同时，8 栋叠墅与 5 栋高层形成呼应，满足部分购房者对住房品质需求。钢结构框架支撑体系搭配端厅全落地玻璃外窗的前沿设计方案，成为江苏省首个案例，引领了住宅小区发展新方向。

然而，正当华夏集团乘势而上准备在棠颂项目、丽都水岸、熙悦上宸、吾悦广场综合体等城区四大项目再创奇迹的时候。2020 年的疫情却从天而降，传播之迅猛，后果之严重，超出人们想象。一时间，静默属于常态。正常生活秩序都不能保证之下，无疑，房地产业近乎躺平。雪上加霜的是，央行、银保监会等机构针对房地产企业又提出"三道红线"，即剔除预收款项后资产负债率不超过70%、净负债率不超过100%、现金短债比大于1。疫情叠加"三道红线",迫使房地产龙头大佬们纷纷暴雷。华夏集团的城区四大项目及乡村振兴的项目如泗洪朱湖、泗阳时光印象、城北花园、民康东园、宿豫区大兴周马等,只得全部进入苦苦支撑状态。但通过集团公司的上下努力,最终还是按期交付所有工程,成绩可圈、可点、可赞、可颂!

华夏集团的房地产业发展可谓一波三折,但终究是挺过来了、熬出来了。

新型建筑构件生产。形势发展、科技进步、智能运用、环境影响、资源制约、成本核算、效率效益等诸多因素的要求,建筑业产业逐步向现代化、智能化、绿色化的发展方向已成必然。2017年,国务院印发了《关于促进建筑业持续健康发展的意见》,其中指出,推广建筑产业化,发展装配式建筑、绿色建筑、智慧建筑和韧性建筑,是建筑业转型升级的必然趋势。从此,装配式建筑装配式预制产品在建筑业中开始被广泛使用,它有着节能环保、减少污染、降低人工成本、提高工程质量等优势,并具有施工效率高以及美观、实用的特点。装配式建筑大趋势和多优点决定它发展空间巨大,巨大的发展空间决定着它必将成为建筑业发展的又一新趋势和增长点。机会不容错过,夏方军脑活心细、眼疾手快。

早在2014年,夏方军就已经意识到在低碳发展的背景下,传统建筑行业劳动密集、管理粗放、能耗高,绿色建筑是建筑业转型升级的必由之路,一场建筑方式的重大变革即将来临。依据工程需要和降本增效,他投资成立了科曼建筑科技(江苏)有限公司,大力经营装配式预制产品。

稍有头脑的人都能看到:摆脱低效率、高消耗的建造模式所释放的市场前景将无比广阔。这势必出现蜂拥而至的办厂热潮。"人无我有,人有我优,人优我廉,人廉我转。"夏方军先人一步的办事风格,决定了他早已把目光投向"优"的环节。"优"从何来?既然是科曼建筑科技有限公司,"优"从科学技术中来。

首先是制定科学规划。科曼建筑科技有限公司定位是:设备配置产业化、过程控制精细化、试验检测精准化,实现全过程精益化管理。专业为混凝土装配式、钢结构装配式研发、生产构件，为项目提供建筑工程产品整体技术解决方案。

其次是引进先进技术设备。为进一步提升企业核心竞争力，生产出质量更好、性价比更高的预制产品，科曼建筑公司从德国引进先进的自动数控钢筋弯箍机。它采用先进的变频及 PLC 编程控制技术，是目前国际上最先进的弯箍钢筋加工设备，是一种集矫直、弯曲、切割为一体的全自动弯箍器。它最大特点是通过变频及 PLC 编程控制技术达到曲线抗扭，可以有效地防止钢筋的轴向变形，为生产出合格的预制产品提供强劲有力的骨骼保证。

三是强化培训，学习先进技术。请西班牙专家菲利普为公司全体员工作技术培训，认知装配式建筑兴起将给预制品行业带来的技术革命，然后从每一台设备开始，了解其工作原理，掌握其操作方法、工艺流程、操作要点，知晓其保养常识，学会简单的维修。夏方军亲临现场，和工友们一起学习，讨论，实践，在安装工地，夏方军说："简单、快捷、环保、高效、降耗、节能是装配式建筑的目的，各类预制品都要围绕这一目的而生产。精准的计算、巧妙的构思、熟练的技艺固然重要，但关键在于你制造出什么样的产品，因为每一件产品都已成为建筑的有效部分。没有责任心，没有知识和科学技术，没有在万次实践的基础上积累的经验教训，说能设计、制造出精巧的产品，简直就是枉谈。"

四是提高建筑工业化应用领域专业技术人才的专业知识与技术水平能力，培养符合新型建筑工业化领域发展趋势、满足企业用人需求的优质人才。

夏方军以"科学技术、先进设备、科技人才"为引领，在国家九部门联合印发《关于加强新型建筑工业化发展的若干意见》之前，已经完成一次质的飞跃。当同行争先恐后纷纷办厂的时候，他的科曼建筑科技有限公司已经更新换代，以先进的设备、先进的技术、先进的工艺，实现规模化、智能化、优质化生产。无论是外墙板、内墙版、折叠版、挂板、楼板，还是阳台、空调板、楼梯、预制梁、预制柱，都成了宿迁建筑行业首选产品，且以"创新、协调、绿色、开放、共享"的大局观，带动着一个产业的蓬勃发展。目前，宿迁城区及周边专业生产装配式建筑构件的厂家有近二十家，科曼建筑科技早已成为他们心中的领军者。

华夏集团在向房地产、建筑施工、商品混凝土生产、新型建筑构件生产等纵向产业链拓展的同时，安装业（门窗、线路、管道、设备）、装饰装潢业、金融小贷业等横向产业链的拓展一刻也没有停止过且取得了喜人的成绩。

第六章　文化引领：做硬企业软实力

以夏方军为领军者的华夏人用了二十多年的时间，从无到有，从一到多，创建了以建筑、建材、房地产、装配构件、安装、装饰装潢等十多项内容为一体的集团公司，形成了自己特有的产业链，迸发出强大的合力，取得良好的经济效益和社会效益。值得华夏人骄傲，值得宿迁人骄傲。有人不禁要问，在宿迁怀揣建筑梦的人有成千上万，梦想做大做强的建筑公司有成百上千，为何他夏方军在宿迁独领风骚？为何她华夏集团能出人头地独占宿迁建筑行业制高点？夏方军是打工者出身，这世上打工者以数亿计，他夏方军何以能快速脱颖而出成为令人仰望的人物？她华夏集团何以能披荆斩棘降龙伏虎蒸蒸日上？这些问题，夏方军在2022年10月一次省市领导观摩公司的会上给了最好的回答。夏方军说："我人生有三笔财富。第一笔财富是不怕苦、不怕难、敢于拼搏、奋勇追梦的精神；第二笔财富是拥有一支斗志昂扬、团结奋发、坚强有力的队伍；第三笔财富是忍耐住煎熬，在煎熬中反思、在煎熬中挣扎、在煎熬中重生、在煎熬中升华。"

人无精气神不立，国无精气神不强。这里的精气神是精神文化的概括表达，是不断推进物质文化的内在动力。对于一个企业而言，无论是精神文化、物质文化，还是制度文化、行为文化，都是企业生存之本，壮大之本。企业无文化一定做不大。夏方军用三十年的奋斗历程总结出了华夏之所以能踏浪前行屹立傲然的缘由，那就是："华夏集团的灵魂是文化。华夏文化，根深蒂固枝繁叶茂繁花似锦。"

华夏集团的文化信条是：以文化人，铸造强企之魂；以梦励人，激发强企之志；以规管人，凝聚强企之力；以德育人，树立企业形象；以人为本，永葆企业青春；以文化平台为阵地，凝心聚力，开创企业盛景。

说华夏集团的文化根深蒂固，是因为她起源于传统道德文化；说她枝繁叶茂，是因为华夏用了近三十年的时间创造出独具华夏特色的精神财富和物质形态。无论是价值观念、道德规范、行为准则、文化环境、经营理念，还是企业精神、企业制度、企业产品、企业愿景，都枝叶扶疏、绵绵瓜瓞；说她繁花似锦，是因为十八大之后，企业的价值观发生了根本转变，铸造精品、超越自我、创造价值、服务社会的文化内涵充分展现，带领员工实现共同富裕的社会责任充分彰显，文化建设叶绿花红，满园春色。

夏方军山东十年创业，由一个人到一个班组、由一个班组到分包队伍、由分包队伍到挂靠公司独立承包的发展过程，可以说是靠着传统道德文化起家并发展的。这种传统道德文化在夏方军身上主要表现为五点：诚实守信，以义为上；遵道守德，律己修身；仁爱孝悌，谦和好礼；我为人人，先忧后乐；自强不息，艰苦奋斗。

夏方军从小受家庭教育熏陶，头脑里装满仁义礼智信。不说谎，不做假，老不欺少不骗，这是家乡人对童年夏方军表扬最多的话语，他深爱奶奶深爱父母深爱兄弟姐妹，因为这份爱他才组织了"帮工队"——一个孩子带领一群孩子帮收帮种减轻大人负担，因为这份爱他才毅然辍学，想以稚嫩的双肩扛起一份家庭责任。小小年纪既知做人之道又知做事之道，明明知道做粉刷比做水磨石轻快，可他选择了做水磨石，因为他知道水磨石工作会耽误后道施工，比粉刷工重要。做带班了，他做事在前吃饭在后，把工友当作亲人一样对待。说话和风细雨，做事雷厉风行。他手把手地传授技术，纵使是别人做错了，他依旧和颜悦色耐住性子细心指导，直到教会为止。为了给工友讨薪，他怀揣两元钱，在公园里睡了三天。他勤奋好学，向书本学、向实践学，讨教行家里手，拜师学艺，躬身亲为，吃苦耐劳。

一个只有十五六岁的孩子何以带班？还不是因为他刻苦钻研有技术、

团结大家有能力。把工友当亲人，关键的是他能真心实意为大家分忧解难，大家都乐意跟他干并以他为主心骨；那位郝经理为什么愿意把工程分包给夏方军？还不是因为三次相遇不仅深知他忠厚老实勤奋好学，而且有领导能力、有责任心，做出来的活要质量有质量要形象有形象，从无偷工减料、蒙混过关之举；在泰安，为什么夏方军的工程越做越大，回头客多，朋友介绍的工程多？还不是因为凡是和夏方军打过交道的人都知道：夏方军这个人重感情、讲义气、有担当、可信赖；夏方军领导的团队，齐心合力、调度有方、特别有凝聚力、有战斗力……

泰安之地的人，遵道守德、孝悌有序、重诺守信、民风淳厚。夏方军在泰安创业，恰是一个对的人到了一个对的地方干了一些对的事情。所以，肯定会有对的结果。他从打工到创业成功归属到文化，那就是厚德载物、自强不息综合体现出的人格魅力。这种魅力一直传递到宿迁市实验学校的建设、"华夏公司"的成立、"华夏集团"的组建。

华夏公司成立之初，夏方军是这样给公司文化定位的，他说，一个公司的文化，决定着公司的命运，她是公司的灵魂，是公司的旗帜，是公司发展的原动力。虽然就公司的组织架构和公司的各项规章制度而言，可以效仿，但一定要有自己的文化特色。这种特色主要表现几个方面：一是突出以德育人、以德治企、与时俱进；二是突出坚定信念、提振精神、铸强意志；三是突出人文关怀，提升华夏一家人的归属感。要让我们的华夏人在公司中得到温暖、获得帮助和爱。融洽相处、形成合力、团结奋进、和谐发展；四是突出科技力量，正确认识科技与文化的关系；五是突出"创一流公司，树百年华夏，筑建华夏美丽家园"愿景文化；六是突出大局意识、危机意识、服务意识、学习意识和品牌意识等责任和观念；七是突出多样性。多渠道、多平台、多形式，提高公司的向心力、凝聚力、战斗力。

二十年来，华夏人在属于自己的田野里耕耘、播种、收获文化。不断总结经验、查找不足、增添新内容。始于传统道德文化，继而广收并取、突出特色，与时俱进，涤故更新，终得"华夏"特色企业文化。这条文化发展脉络在 2013 年即十八大之后华夏集团办公大楼启用那年，发生了一次质的飞跃。文化内涵、文化外延发生了深刻变化，独特的华夏文化全方位融入时代文化潮势，成为建成小康社会实现"中国梦"实现中华民族伟大复兴洪流中一朵粼粼闪光的浪花。

继承发扬优秀的传统道德文化，先从如何做华夏人开始。夏方军历来强调：要想做成事，必须先做人。企业的主体是人，"企"字原本意思是一个人翘脚期望，期望什么？期望利益，期望前景。是不是任何一个人搞个企业就能得到期望的利益和期望的前景呢？当然不是。"德不配财，必有秧灾""多行不义必自毙""舍义取利，命不久矣"，这些都是被无数案例证明了的经验教训。无论是古人所说的"德能致财，财由德有"也好，还是今人所说的"做人要有良心，做事要有真心"也罢，无非都是"仁义礼智信"五常之道。

实行改革开放以后，社会由计划经济向市场经济转型，市场成分多元化，带来了价值观与道德观取向多元化，先进道德与落后道德并存，真善美与假丑恶难辨，道德是非难断。特别是由于市场经济负面影响，个人主义、拜金主义、享乐主义、见利忘义、道德滑坡、意志消沉、坑蒙拐骗、做假制假、思想混乱等问题愈演愈烈，其社会风气呈低迷蔓延势头，令人十分担忧。然而，身处文化断裂、道德断层、利益熏心、人心不古的当口，华夏集团并没有顺流而下，却把古代的"五常"，赋予崭新的内容。华夏人的仁，即以人为本，人性关怀。要爱人，要有容忍之心、恻隐之心、不忍之心，切忌自私自利、麻木不仁，事不关己高高挂起。华夏人的义，即正派公正，好善乐施，坚持原则，敢于担当。华夏人的礼，即恭敬尊重，谦虚礼貌，文明交往，绿色施工。华夏人的智，即崇尚知识，崇尚科学技术，勤奋学习，刻苦钻研，自强不息。华夏人的信，即忠于职责，认真做事，脚踏实地，一丝不苟，言行一致，诚实守信。二十年来，华夏集团始终秉持继承优良传统、发扬优良道德的习惯，牢牢把握做"人"的最基本的素质要求，不失为当下企业文化的一泓清流。

进了华夏门，就是一家人，都是华夏人。进入华夏门后的第一关是进入华夏员工学校，第一堂课是教你如何做华夏人。从孝顺、善良、厚道、勤劳，到宽容、诚实、守信、正值，到奋进、拼搏、成长、成才。层层推进，步步深入，一脉相承。用夏方军的话说："只有当你被证明是一个值得信赖的人时，别人才会觉得你可靠，才会把事情交给你，才能把大事托付给你，才能把重要的事委派给你。"

关注精神文化，提振精气神，以责任为基，主动作为。天有三宝日月星，地有三宝水火风，人有三宝精气神。什么是精气神？精气神是由健康身躯和内在心灵之气焕发的蓬勃向上的活力和强大内心所投射出庄严而高尚的气质。她是经过淬炼和提纯升华而特有的最宝贵的生命能量状态。一个人精气神旺盛，则神情专注、思维清晰，呈现出朝气蓬勃的生机和积极向上的活力，是一个人的丰富感情、坚强意志、高尚灵魂和人格魅力的集中体现。一个缺失精气神的人，必将是思想没有定力，灵魂无处安放，行为萎靡不振。一个缺失精气神的团队，必将是一盘散沙、乌合之众，形成不了凝聚力、战斗力，溃不成军、作鸟兽散只是迟早的事。夏方军用自己的亲身经历证明了精气神对于一个人和一个企业的至关重要。由此他才把提振精气神作为华夏集团文化建设的一项不可或缺的内容。想方设法以强劲的驱动力，激发每个员工的积极性和创造力。有人不禁要问，我也想有充沛的精气神啊，可真的不知道精气神从何而来。夏方军和他的华夏集团给了每个员工最贴合实际的回答：精气神，来自个人的追梦激情和高远的目标和抱负。有人问夏方军说："夏总，你整天忙得不可开交，大事小事难事要事，事事烦心，可你为什么能依旧精神昂然，意气风发，从不觉你倦怠？"夏方军说："实话告诉你，追梦能给我带来无尽的激情。我每天都能看到目标和抱负正在不远处向我微笑，浑身充满力量。"精气神来自对家庭责任的担当。夏方军讲过一个真实的故事。一个炎热的夏天，他在工地巡查，看见一个光着上身挥汗如雨在干活的木工。那挥舞铁锤的动作、麻利的拧钉子速度、一条腿蹲着一条腿跪着且能精准后移的姿势深深地打动了他。他想起了父亲那紫红色的臂膊。夏方军走到那精气神十足的工友面前，看见工友从握锤的手臂到肩到腰足足贴了二十多块膏药。那些都是止痛的膏药啊，夏方军心里酸酸的，他蹲下身轻声地问道："老师傅，你浑身都疼成这样了却还能有这么好的精气神，真是难得啊！"那师傅望了望夏方军，微笑着说："家里的老婆孩子正张着嘴等着我呢！还有房贷！

还有学费！我若没有点精气神，家就塌了。"听了工友的话，夏方军感慨颇多。是啊，大多数工友的精气神都是源自对家庭的责任担当啊！精气神来自强烈的比富求胜的欲望。小康路上，比富求胜、不甘落后是人的本性决定的。除非你自甘堕落，消极躺平。比富求胜的欲望是精彩人生的原动力，是激发精气神的有效途径。一个人的欲望越高、追求的目标越高，他的才能展现就越全面、发展的速度就越快、精气神就越充沛。华夏集团把开展"比学赶超"活动作为提振精气神的重要抓手。比质量比进度比成绩比收入，学知识学技术，追赶先进追赶目标，超越自我超越先进。比，知己不足；学，明确方向；赶，认清差距；超，进步提高。个人与个人之间，班组与班组之间，项目与项目之间，分公司与分公司之间，形成了你争我抢的竞争氛围。生死根本，欲为第一。对人的衣、食、住、行、尊重、责任、担当、认可、快乐、自信、幸福等向上向好的欲望追求，能有效激发精气神本能的释放。精气神来自措施、制度、政策的持续激励。人生来就有获得表扬、赞美、奖励的本性。激励机制不到位，管理制度都白费。激励机制不仅能促进管理制度实施，更是提振精气神的重要手段。华夏集团从每个员工第一天进入"华夏员工学校"成为华夏人开始，以第一天的考勤为起点，制定了一系列的激励制度。无论是精神激励、荣誉激励，还是薪酬激励、工作激励、晋升激励，都能做到目标可行、机会均等、论功行赏，都能成为焕发精气神的强劲驱动力。

在华夏集团，精气神的集中表现是在精通业务上、在攻坚克难上、在示范引领上、在"只为成功想办法，不为失败找理由"责任担当上。以钉子精神，牢牢抓住项目建设的牛鼻子，开展比学赶超、打擂比赛；以文明施工、绿色施工为平台，以激励机制为抓手，为集团注入强劲的精神动力。

强化科技文化，以科技强企战略提升集团核心竞争力，把握集团正确发展方向。有了道德文化、有了精气神还不够，关键是要有本领、有技术，才能把事情做好。一句话：德才兼备。才从何来？从学习中来。对于华夏人而言，才能的主要体现是科学+技术。组织结构、制度建设、系统管理，重在科学；现场施工、生产流程等，重在技术。但夏方军认为，有了科学技术还不够，还要用文化与之相匹配，即科技文化。华夏集团把文化放在与科技同等重要的位置，是华夏三十年来企业发展壮大的经验总结。为华夏集团实施"科技强企战略"增添了一抹亮丽的光彩。

一是创新理念，创新技术。改弦更张、革故鼎新是科技发展迅猛的大环境下建筑科技日新月异的必然要求。适应新趋势、接受新思想、迎接新挑战成为每个华夏人实现科技文化的必有理念。有了理念，方可行为。这种行为主要表现为对科技文化的向往氛围和对建筑科技的积极探索。

二是尽其所能、科技先行。集中财力首选科技投入。华夏集团在推行信息化建筑，引进 BIM 技术，应用新设备、新工艺、新材料、新技术，发展装配式建筑，践行绿色建筑，实施智慧建筑等方面，可谓是不惜血本，倾其所有。华夏集团所承建的工程 6 次获得"全国 AAA 级安全文明标准化工地"、2 次获得"全国绿色施工示范工程"、51 次获得"江苏省文明施工标准化工地"。以实际行动彰显了一个建筑企业科技进步的具体实践。

三是创新选拔机制，培养科技人才。科技理念也罢，科技先行也罢，归根到底是人才。华夏集团在选拔人才机制上主要采取两条途径：内部培养，外面招聘。他们从一线工人抓起，通过以老带新、加强培训提高素质、加强锻炼促其成长、加强交流取长补短、提供机会脱颖而出等措施，培养骨干员工、部门精英、管理人才、担纲人物。同时，积极聘用外部具有专业技术的科技人才和管理人才。本着"有德有才破格重用，有德无才培养使用，有才无德限制使用"的标准，先后培养了 200 多名技术骨干，有 30 多名技术骨干成为部门精英。有 10 多名技术精英成为分公司或部门一把手。

营造匠心文化，培育工匠精神。什么是匠心？是能工巧匠的心思。怎样才能做到匠心？首先要做到虚心，只有虚心才能有足够的心里空间去发现技术或工艺当中存在的问题或技术和工艺更加完美的一面，对所从事的职业技术有更深刻的理解和感悟；其次要有恒心。持之以恒执着于一件事或某一领域，以其坚韧的毅力尽善尽美。你重复一万次把一件事情做成精品，这精品便是同类事情的标杆；三是要有细心。细节出完美，细微之处彰显本质。没有精益求精的心态，没有精雕细琢的功力，匠心无从谈起；四是要有执着心。一丝不苟，专心致志，心无旁骛，追求极致。

工匠文化是一种价值观，也是一种修行，是对工作认真态度和精益求精尽善尽美的呈现过程。夏方军说："工匠文化的核心和灵魂是工匠精神。这种工匠精神主要表现为尚巧求新、执着专注的创造精神；精工细做、追求卓越的敬业精神；尽美至善、道技合一的境界精神；继承发扬、创新发展的超越精神。这四种精神集中于华夏集团的具体工作就是：开发精美社区，建造精美居室，生产精美产品。"

华夏集团把工匠文化及工匠精神上升到时代潮流的高度，贯彻落实到具体工作中。

一是工匠文化来源于信仰的力量。"生无信仰心，恒为他笑具。"信仰是一种精神寄托、是一种观念、是一种归属感，归根到底一句话，信仰是一种符合道德规范、符合发展规律的终极追求。可以这么说：没有信仰就无从谈工匠文化。对于居住区的开发建设而言，华夏的追求目标是：人居+人文+生态+智能。对于一家一户的居室或别墅而言，追求目标是：质量+安全+绿色+服务。施工过程追求的目标是：绿色施工+规范保障+细节完美+节能降耗。追求精益求精的企业信仰转换成员工的行为准则，为工匠文化繁荣提供有利之源。

二是把工匠文化根植于文化传承。建筑是一门艺术。历数中国古代、近代，有无数建筑成为不可超越的蕴含民族文化元素的经典之作。那种千锤百炼精雕细刻巧夺天工的匠心精神，已凝结成一种精神财富被世人传承。夏方军说："华夏集团是搞建筑的，没有文化传承的精神，我们就无法完成'楚街'那些富含楚文化元素的建筑群；就无法打造出'翡翠蓝湾'具有古典园林美的现代社区；就无法完成'江苏运河文化城'融古代风格、现代风格、外域风格为一体的大型建筑……古建文化是我们搞建筑人最肥沃的土壤，是工匠们最富营养的精神家园。根植于此，我们才能把钢筋水泥黄沙配材演绎成凝固的音乐、凝固的艺术品。"

三是把工匠文化上升到诠释价值尺度、折射社会温暖的高度来认识。

为什么"江南水岸""翡翠蓝湾""棠颂 1927""丽都水岸"这些楼盘出现供不应求的场面？为什么"楚街"的门面房一抢而光？那是因为它们蕴含了生态、科技、智能、古韵、品质等文化元素，一梁一柱、一墙一瓦都呈现着工匠精神。以工匠精神为百姓建安心房、建放心房，建百姓想要的房，难道不折射社会温暖？

四是以工匠文化体现责任的坚守、绽放时代的光芒。工匠文化、工匠精神，说到底是责任坚守、责任担当。华夏集团需要这种责任坚守和担当，时代更需要这份坚守和担当。没有严谨的工匠精神，就无法保证产品的品质灵魂，就无力在竞争中取得成功。从一台水磨石机起家的夏方军，三十年来一直以责任坚守责任担当作为自己稳扎稳打、发展壮大的法宝。他本人就是一名工匠，他执着专注、追求卓越、品行合一、创新发展的风格，就是新时期所需要的工匠精神。

顺应时代要求，融入"中国梦"，带头创建"共富文化"。党的十八大以来，共筑"中国梦"，实现"共同富裕"成为时代主流。习近平总书记把中国梦定义为"实现中华民族伟大复兴，就是中华民族近代以来最伟大的梦想"。中国梦的核心目标是"两个一百年"的目标。中国梦归根到底是人民的梦，必须紧紧依靠人民来实现，必须不断为人民造福，小康梦、强国梦、中国梦，归根到底是老百姓的幸福梦。由此可见，中国梦的核心要求是：共富。这是时代的要求，是历史的担当，更是人民的诉求。作为宿迁地区颇有影响的建筑企业，华夏集团闻令而动迅速响应，把"带头致富、带领致富，实现共富"作为新时期企业发展的重要目标之一，且于2013 年就把"共富文化"作为公司主流文化提上议事日程。对于华夏集团"共富文化"建设，夏方军有自己一套独特的见解。他说："共富，说的是财富，属于物质。共富文化，就不仅仅是财富、物质的事情了，更是有关理念、信仰、精神、观念等意识的事情。就集团公司而言，落实'共富文化'关键要解决好两个问题：一是先富的人要眼睛向下，主动承担什么？二是贫穷的人要眼睛向上，应该努力什么？之所以提出'共富'，那是因为现实状况贫富差距明显，甚至是很大很大。作为一个沐浴改革开放春风发展壮大起来的集团公司应该带头践行新时代的价值追求，争当实现共富目标领头雁；作为一个享受政策红利先富起来的企业家应该带头改变追求物质利益的财富观，争当实现共富目标带头人。"

夏方军说："改革开放几十年了，新二代已经从业了，可以这样说，现在没有几个贫穷的人不想富裕，只是由于知识、观念、信息、能力、资源、门路等诸多原因，他们仍旧贫穷。要是能致富，他们早该富裕了。怎么办？我想重要的也是关键的是先富起来的人如何带领他们，给他们机会，补他们短板，让利他们，倾斜他们。所以，实现共富，除了各级政府的政策之外，重要的责任是先富的人应该怎么做，做什么。只有这样才能事半功倍。华夏集团的共富文化，就先从集团公司怎么做、先富的人怎么做开始。"

当初在山东和夏方军一起拼搏的华夏人经过三十多年知识和财富积累现在基本上都成了先富的人，且大都是集团中层以上的领导人物。如何带领这支队伍率先践行"先富帮贫穷，实现共同富裕"，成为"共富文化"的先锋模范，对此，夏方军底气十足。

夏方军一步一个脚印从贫穷奋斗成为今天华夏集团董事长，其间帮助他的人、帮助他的公司数不胜数。当初，夏方军就默默在心里发誓，有一天自己富裕了一定会像别人帮助自己一样去帮助别人，绝不亏待工人；以感恩之心，回报社会。几十年来，夏方军没有食言，从 1995 年修建万林四组的小学教室开始，他以一颗为富当仁之心，救济、捐款、让利、分红、利益倾斜、分享资源、教育投资、扶贫投资……从未间断。那时候他只是出于良心和自愿，现在应该成为先富者的责任和担当。华夏的团队是以夏方军为榜样的，榜样如此，蔚然成风。

"先富的人该怎么做"成为华夏集团先行先试"共富文化"最吸人眼球的亮点。

一是传承古训，勇立潮头。古有"不患寡而患不均，不患贫而患不安"理念；有"损有余以补不足"箴言；有"天下均平""大同社会""以民为本"的愿景；有"为富当仁，乐善好施""财要善用"的济世观念；有"博施于民而能济众""因民之利而利之"的共富之策。今有"中国梦""建成小康社会""实现共同富裕"。"共富文化"根植传统，花开当下。有良心的先富者自当尽责尽力。

二是知恩于心，感恩于行，回报社会。夏方军说："知恩图报，是人类与生俱来的本性，是人不可磨灭的良知。为富不仁、忘恩负义之人、失去本性泯灭良知的人，与禽兽何异？是谁施予你的恩德让你先富起来？往大处说，是国家的大政方针，是改革开放的大好形势，是时代赐予的机会。从小处说，是你掌握了人力、物力、契机、财运等诸多社会因素。没有改革开放，没有社会多因素促成，就没有所谓的富人。时代造就英雄，英雄推动时代发展。'先富时代'成就了我们，难道我们没有责任推动'共富时代'早日到来？"

三是树立正确财富观，以"共富文化"，拓展生命的宽度和长度。什么是正确的财富观？夏方军为大家讲述了小时候奶奶给他讲述多遍的故事：人为财死，鸟为食亡。话说唐朝时有兄弟二人，整日好吃懒做，游手好闲，不是偷鸡摸狗就是坑蒙拐骗，后经道人训斥指点从良，到终南山砍柴烧炭谋生，生活渐好。一日，二人在山洞里发现了满满一大桶金子，哥哥看守，弟弟回家取袋子。哥哥望着光闪闪的金子想，要是我一个人得到，岂不富裕三代？贪欲生，歹念起，他计上心来。弟弟在回家路上想着那么多黄金心里念叨，若是我一个人独得那些金子，岂不成了方圆百里的首富，广厦尽得，吃喝尽用，美女尽享，几世不辍。贪念一起即入魔障。弟弟携口袋买酒菜进山，哥哥趁其不备一斧以毙弟命。哥哥自认为酒足饭饱后独得黄金之时，不想酒菜有毒命丧黄泉。树上乌鸦见地上有美食，振翅而下，吃了，便也死了。夏方军说："这个故事告诉我们几个道理：君子爱财取之有道；人不能有独占的贪欲；财富有招来灾祸的一面；不能共财是杀身之源；不该吃的东西不要吃，不该得的钱财不要得。这是古人的财富观。现代人的财富观，应该是物质财富和精神财富的综合观。当你拥有一定的物质财富后，必须要有与之相匹配的使用钱物的精神财富，这种精神财富主要表现为以'怜悯之心、修恶之心、为富当仁之心'支配钱物，回报桑梓、回报社会。"

是啊，物质财富积累的是钱和物，精神财富积累的是德和仁。只有当"德和仁的积累"超越"钱和物的积累"的时候，你才真正算是拥有财富。

恰恰"德和仁的积累"决定着生命的宽度和长度。生命的宽度即是生命的价值和生命的意义，生命的长度即是肉体生命的长度和精神生命的长度。奉献，体现价值；追求，呈显意义。共富文化，对于富人而言，本质说来就是奉献。奉献财力、奉献物力、奉献资源、奉献知识技术、奉献聪明智慧，等等。对于生命个体而言，你拥有多少钱财并无意义，有意义的是你为社会做了多少贡献。古今中外，为什么有许多实业家，不仅高寿，而且留下宝贵的精神财富，永远令世人敬仰？大德必寿，精神长存。为什么有许多知名的富翁或英年早逝或隐退台后、销声匿迹或惨遭骂名、唾弃如粪，原因虽多，但归结到一点是财富观出了问题。修为不足，贪嗔痴慢疑，五毒之心有其一则废矣！

生命的意义和寿命长短是每个人十分关注的命题。华夏集团把实现"共富文化"上升到拓展生命的宽度和长度，可谓是切中先富人要害的明智之举。

四是弘扬艰苦奋斗精神，汇聚实现"共富文化"的强大正能量。有人问夏方军说："穷人因为穷所以要艰苦奋斗，富人已经富了还需要艰苦奋斗吗？"夏方军回答："当然需要。穷人艰苦奋斗是为了致富，理所当然。富人艰苦奋斗更有其必要性。一是守业和继续创业的需要；二是推进'共富文化'的需要；三是遏制奢靡享乐歪风的需要。有道是创业容易守业难。没有艰苦奋斗精神，再大的家业也会消失殆尽。守业的最有效办法就是与时俱进、继续创业。华夏集团仍然保持艰苦奋斗的作风，一方面是企业发展的需要，更重要的是企业壮大了能提供更多的就业机会，为怀揣梦想的人创造实现梦想的舞台。实现'共富文化'非一朝一夕、一时一地短期之事，也非'有钱了，过上好日子了'或'大家都富裕了'简单之事，内容庞大，任重道远。没有艰苦奋斗的精神就无法完成这宏大长远的目标。先富的人如果不能保持艰苦奋斗的精神，就势必纵情追求物质上的享受和肉体上的快乐，花费大量钱财和社会资源过着奢靡享乐生活，即是古人所说的暴殄天物、害虐烝民。骄奢淫逸、腐化堕落、思想空虚、精神萎靡、贪图安逸、不思进取的富人生活，不仅带坏了社会风气，而且抹黑了政府形象，影响经济、社会发展。"

如果"文化"堕落衰败了，"共富"还有什么意义？要知道，"奢靡之始，危亡之渐"啊！

拓展文化平台，浓郁文化氛围，做强企业文化软实力。华夏集团精心打造"六个一工程"，即办好一张企业报，唱好一首企业歌，策划一部企业宣传片，用好一所职工学校培育文化队伍，学好一本《华夏集团员工手册》，开展一系列有意义的文化活动。

一张《华夏建工报》，是华夏集团创办的内部报纸，是"华夏人"互相争阅的、最贴近自己工作生活的报纸，目前已刊印近150余期。《华夏建工报》搭建了行业和消费者的桥梁，增进了企业与市场互知和互信，提升了企业品牌、企业知名度。《华夏建工报》写身边人报身边事，形式多样内容丰富，为集团聚力凝神、开拓发展发挥了巨大的文化作用。2011年和2012年《华夏建工报》被评为江苏省建筑行业十佳报纸；2013和2014年被评为全国建筑行业优秀报纸；2014年，华夏集团官网荣获2013年度江苏省建筑业优秀网站，集团公司被评选为全国建筑行业信息传媒先进集体；2015年获得"全国建筑行业信息传媒先进集体""全国建筑行业优秀报纸"和"全国建筑行业精品网站"；2019年获得全国建筑行业精品报纸荣誉；2019年以来连续被评为江苏省建筑业优秀报纸。随着2019年1月《华夏建工报》电子版正式上线，在集团官网有了自己的独立版面。截至目前《华夏建工报》电子版上线54期，超60万人次阅读量，单期阅读量最高超7万人次。

一首《华夏建设之歌》，由华夏集团公司委托南京艺术学院教授创作的《华夏建设之歌》：骆马湖畔好地方/华夏工人有力量/不畏酷暑严冬/穿越雨雪风霜/天南地北转战场/脚手架上铸辉煌/来吧　来吧/亲爱的工友/相聚在华夏的旗帜下/赢得无上荣光。项羽故里好地方/华夏工人有力量/肩负人民重托/搏击四海风浪/幢幢高楼千万间/神州大地添新装/来吧来吧/亲爱的工友/团结在华夏的旗帜下/实现金色理想。歌词铿锵，旋律悠扬。华夏人唱着这首属于自己的歌，斗志昂扬，浑身充满力量。

一部《华夏的历程》宣传片，用激昂的文字、语言，用真实的资料、图片，用鲜活的工程案例、施工现场。把华夏历经的三十年风雨、三十年辉煌呈现给"华夏人",呈现给所有想认知华夏的关注者。艰难困苦的场面感人至深;大气磅礴的场面催人奋进;物质成果令人仰慕;文化精神令人称羡。有回顾,更有展望。凡是看过宣传片的人,都有一种置身于华夏波澜壮阔的历程、宏图锦绣的未来的感觉。荡气回肠,心潮澎湃。

一所学校,"华夏员工大讲堂",以"华夏员工学校"为平台,请专家教授讲,请领导讲,请先进人物讲,请员工自己讲。讲物质财富,讲精神道德,讲文化科技,讲质量安全,讲工期效益。选拔培养出一支德才兼备的文化宣传队伍,为华夏集团"双文明"建设、为实现"共富文化"助力。

一本《华夏集团员工手册》,集"华夏人"的道德规范、精神要求、工作态度、行为准则、规章制度、奖励措施等内容。一册在手,纵览"华夏"企业文化精髓。

一系列有意义的文化活动,多年以来华夏集团先后开展了几十次有意义的文化活动,其中华夏集团成立十周年文艺晚会、每年的集团春节晚会、建国七十周年文艺晚会、建党一百周年系列活动、抗美援朝七十周年系列活动……影响深远,收获颇丰。特别是建党一百周年活动,通过参观彭雪枫纪念馆、宿北大战纪念馆、朱瑞将军纪念馆,学习革命先贤追求理想不忘初心,勇往直前敢于牺牲的优秀品质,用具体行动实现共同富裕、实现中国梦;通过集体参观宿迁改革开放以来城市建设和乡村振兴建设的样板,增强集团发展壮大的信心;通过走访革命老区、山区、集团内员工生活,增强共同富裕的紧迫感和责任担当……

华夏集团以加强企业文化建设为己任,把文化强企的八大核心内容,即举旗帜、铸灵魂、建体系、强激励、促学习、重创新、立标杆、树正气,具体落实到工作中。集团上下"五大精神""九大文化理念"蔚然成风。契约精神:一言九鼎,诚行天下,言必行,行必果;工匠精神:良心、耐心、细心,专注、精准、完美;首创精神:与时俱进,锐意进取,勤于探索,勇于实践;协作精神:敞开心胸,打破壁垒,善于沟通,服从全局;团队精神:铁一般的信念,铁一般的纪律,铁一般的担当。九大文化理念是:发展理念,经营理念,诚信理念,安全理念,科技理念,质量理念，管理理念，忠诚理念，共赢共富理念。

　　华夏集团独具特色的企业文化呈现出强劲生命力，催生了"华夏人"精神风貌的勃勃生机。每当华夏集团举行大、中、小型的庆典活动，"华夏人"都能听到夏方军高歌一曲《众人划桨开大船》：一支竹篙耶难渡汪洋海/众人划桨哟开动大帆船/一棵小树耶弱不禁风雨/百里森林哟并肩耐岁寒耐岁寒/一加十十加百百加千千万/你加我我加你大家心相连/同舟嘛共济海让路/号子嘛一喊浪靠边/百舸嘛争流千帆进/波涛在后岸在前……

第七章 吾悦广场：打造大型综合体

金风送爽，雨润吾悦，朱弦玉磬，喜气洋洋。

2021年9月25日上午，宿迁市宿城新区吾悦广场人潮涌动、彩旗飘舞，成为欢乐的海洋。这一天，吾悦广场购物中心与商业步行街下相里同步开业，双喜临门，意义非凡，是华夏集团向市委市政府的隆重献礼。

7时28分，宿城区重点工程、宿迁人民翘首以待的吾悦广场盛大开业。宿迁市副市长曹秀明，宿城区区长陈伟、常务副区长张永杰，宿迁市商务局局长朱长途，宿迁华夏建设集团董事长夏方军，新城控股商业开发集团副总裁苟开刚、杨年进，新城控股商业管理集团副总裁钱文虹，宿迁华夏建设集团总经理张成瑞、宿迁悦嘉房地产开发有限公司总经理蔡军，以及新城控股、华夏集团和相关企业代表出席了开业仪式。吾悦广场的开业，标志着开启了宿迁城市生活新篇章！

曹秀明副市长在致辞中表示，吾悦广场充分展示了多功能、智能化、体验式城市综合体的品质和优势，充分挖掘了西楚文化、下相里文化和酒都文化，全力打造宿城区核心商业品牌，全力打造美丽宜居新宿城，把吾悦广场建设成为新区文、商、旅一站式终极消费体验地，让广大市民看到新区就能想到吾悦广场，有消费需求就能想到吾悦广场，让吾悦广场成为宿迁网红打卡地，让新区的烟火气更浓更旺！宿城吾悦广场追求卓越，文化独特，风格迥异，亮点纷呈，期待吾悦广场大放异彩，成为宿迁商业新地标！

城市商圈犹如"城市之眼"。宿城区吾悦广场位于新区核心地段，以领先的吾悦 4.0 商业模式，总建筑面积约 49 万平方米，涵盖 9 万平方米大型购物中心、3 万平方米主题商业步行街、22 万平方米高端品质住宅和幼儿园，为宿迁打造了一座一站式"吃喝玩乐购"的梦幻商业综合体。

探索发展新模式建设吾悦广场综合体。

开发建设宿迁市宿城区吾悦广场，是夏方军审时度势，经过深思熟虑后毅然决然决定的。随着宿迁市区的不断扩大，整个市区分为了三大商业区域。河东的宿豫区有万达广场，老城区有两个商业区，一个是以幸福南路的中央商场、人民商场等为主的商业区；一个是围绕金鹰、宝龙形成的商业区。而作为核心行政区域的宿城区，缺少一个大型的、有影响力的商业区，是一个不争的事实。所以，无论是作为区政府还是项目开发单位，建设吾悦广场项目都是一个皆大欢喜的事情。2019 年的经济形势以及房地产市场总体趋稳。这一年，宿迁市全年列统总承包和专业承包建筑业企业 395 家，实现建筑业总产值 677.53 亿元，比上年下降 0.8%；全年房地产开发投资完成 325.81 亿元，比上年增长 28.8%。网签数据显示，全市实现商品房销售面积 858.80 万平方米，比上年增长 10.2%。其中住宅销售面积 738.08 万平方米，增长 10.2%。

夏方军对于建设住宅小区有着成熟的运作经验，但是如何打造一个商业中心，说实话他还是很谨慎的。他永远知道自己的强项和短板。

华夏集团在本土建筑企业发展中一枝独秀，无论是经营模式还是发展速度，都引起了政府和社会的广泛关注。这时候，正在全国区域迅速扩张的新城控股伸出了橄榄枝，双方通过深入坦诚接触和了解，形成了统一认知。2019 年 2 月 1 日，夏方军与新城控股公司签订了战略合作协议。

没有路，就要创造一条道路。在大商业开发方面，夏方军充分借助新城控股的优势，开始借船出海，扬帆起航……

新城控股集团 1993 年创立于江苏常州，现总部设于上海。在全国 100 多个城市开业的吾悦广场城市综合体近 200 座。2019 年商业地产综合实力排名第 5 位。

夏方军在高层会议上说，单打独斗的年代已经过去了，这是合作共赢的时代。不怕被利用，就怕没有用。你为我用，我为你用，优势互补，强强联手，才能赢得未来。他认为，"吾悦广场"是新城控股的核心商业品牌，有成熟的经营管理模式，宿城区吾悦广场的品牌效应和本身的客流吸附能力，随着项目的加速推进，不久之后势必带动宿城新区的区域经济发展。

2019年4月1日，市委书记张爱军带队莅临华夏集团调研，夏方军做专项工作汇报，详细介绍了华夏集团的发展历程、经营管理理念和近阶段生产经营情况。市委书记张爱军高度肯定了"华夏人"取得的成绩，这给了夏方军更大的信心。

2019年年底，房地产市场形势明朗，夏方军根据市场发展态势，再次果断出手，摘牌了现在的宿城区吾悦广场地块，联手新城控股，打造宿城区商业中心。该项目位于宿城新区，东至黄海路，南至青海湖路，西至东海路，北至清水河绿化带。项目用地面积：约192亩，总建筑面积485808平方米。

从公建到房建，从自开自建到商业开发，夏方军跨出的每一步，都是对集团的经营、管理和技术的一次考验，都是华夏集团质的提升，都是华夏集团不满足于现状对未来发展模式的积极探索。

根据吾悦广场项目规划图，吾悦广场将建设集购物中心、风情街、街区商业、住宅、幼儿园于一体的城市综合体。主要分为商业和住宅两大类，其中住宅建面面积22万平方米，包括高层和洋房，可以容纳1660户。

夏方军认为，吾悦广场项目建设既填补了宿城区核心区域的商业空白，又大大影响了周边的房价。

吾悦广场地块本身地块位置就很好，丽景湾华庭、丽都水岸、吴中家天下、新城名居、恒力·水木清华、新城·水木清华、新城·玺樾府、中梁首府等小区环绕周边，积攒了未来新区商业中心的人气。

反之，吾悦广场加持自身商业属性，让宿城新区板块功能更趋完善和强大，也丰富了新区的商业和生活配套资源，未来该区域发展潜力非常大。

2019 年 11 月 28 日，夏方军志在必得摘下了吾悦广场地块，随即驱车赶到吾悦广场空旷的场地。彼时，碧空万里，寒风凛冽，夏方军望着眼前的这片土地，壮怀激烈，思绪万千，他仿佛看到了一副瑰丽壮美的幢幢高大建筑物雄伟轮廓艺术画面……

但是，明天和意外，我们永远不知道哪个先到来。距离 2020 春节只有 20 余天，这是建筑行业年前最忙的时节。夏方军一边忙着部署吾悦广场项目建设筹备工作，一边忙着安排给农民工发放工资。对于辛辛苦苦的农民工，他心里面总有一个情结。用他自己的话说，当年，十几岁的他也是扛着一个蛇皮袋外出打工的农民工，他曾经也是农民工中的一个分子。

一切都在有条不紊地进行中，但是意外和风险也在变化中形成。

2019 年 12 月 31 日，武汉突然爆发新型冠状病毒肺炎，刚刚出现即迅速蔓延。2020 年 1 月 23 日，在传统节日除夕的前一天，党中央国务院果断实施武汉封城。在全国人民坚强支持下，英雄的武汉封城 76 天，完成了艰苦卓绝的抗击疫情的任务，于 4 月 8 日零时开始解封。

国家通过近三年来对冠病"乙类甲管"严格管理，经受住了全球先后五波疫情的冲击，极大减少了重症和死亡，为疫苗药物的研发应用及医疗等资源的准备赢得宝贵时间，花了近三年时间筑起"清零"屏障，从 2022 年 11 月 11 日出台优化疫情防控"二十条"到 12 月 12 日颁布"新十条"，并宣布从 2023 年 1 月 8 日起对冠病实施"乙类乙管"，从清零转向开放。

但是，突如其来的超级疫情没有阻挡夏方军建设吾悦广场的施工脚步。

2020 年 1 月 2 日，项目团队进场建设临时设施。尽管受到新冠疫情影响，但是项目团队以超前、超常、超越的三超作风，迎难而上，克服重重困难，营销中心 34 天土建封顶，30 天完成装修，"五一"如期盛大开放。初试身手，首战告捷，圆满完成了看似不可能完成的任务。

吾悦广场项目建设进度虽然断断续续受到疫情和其他困难的影响，但夏方军咬定目标，如期在约定的 2021 年 9 月 25 日实现开业。正如新城控股商业管理集团副总裁钱文虹在致辞中所说，华夏集团用 18 个月的时间就实现了吾悦广场购物中心与商业步行街的同步开业，这在新城控股的吾悦广场建设的历史中，还是第一次，彰显了宿迁企业实干、拼搏的文化基因。

争创中国建设工程质量最高奖——鲁班奖。

吾悦广场建设之初，夏方军即为工程创建制定了精准明确的目标、方向，要求以提升宿迁建造水平，提升宿迁本土建筑业品牌形象，以创建促创新、以创新促创优为两大基本点，提高制度化、标准化、规范化、信息化的科学管理水平，提高新技术、新材料、新工艺、新设备的创新应用能力，努力打造一支高效团队，奋力实现宿迁本土企业"鲁班奖"零的突破。

鲁班奖，全称中国建筑工程鲁班奖，是中国建筑行业工程质量最高荣誉奖，也是每个建筑企业的梦之女神。因为它不仅代表了无上的荣誉，也是实力的证明，是企业呈现给业界一张最好用的名片。

鲁班奖之所以被称为国内建筑行业最高奖项，正是由于其一直本着对人民负责、对历史负责的精神，坚持"优中选优"、宁缺毋滥和公开、公正、公平的原则，制定了严苛的评选条件，才得以造就今日之鲁班奖！

除去工程设计先进合理，参评项目还必须先获得本地区或本行业最高质量奖。而在技术创新方面，需要至少采用一项具有国内领先水平的创新技术或采用"建筑业 10 项新技术"不少于 6 项。同时，要通过省（部）级的建筑业新技术应用示范工程或绿色施工示范工程验收。

企业价值观，决定了企业能走多远。

夏方军指出，华夏集团要紧跟时代发展趋势，积极响应《江苏建造 2025 行动纲领》，全面贯彻"文化强企，科技强企"的企业发展战略，以"筑建华夏美丽家园"为使命，坚持创新驱动，以精益化、绿色化、信息化、工业化为方向，逐步向高质量发展转型升级，奋力打造"宿迁建造"品牌新形象。

为成功实现创建鲁班奖，夏方军亲手选拔组建了项目创建团队，并亲任组长，带领团队制定了创建方针。在小组第一次会议上，夏方军明确指出，创建鲁班奖的难点，一是质量要求高，要求是优中选优；二是名额少，竞争激烈。据统计，30多年来，20%的承建单位获得了80%的奖项。一般的企业很难有机会站上这个领奖台。

夏方军要求，创建团队要以百分之百的努力积极去争创百分之一的机会。必须牢牢锁定创建方针，做到人无我有、人有我精、人精我突、人突我特。要充分体现项目上的"特"、技术上的"难"、质量上的"优"、环保上的"绿"、能耗上的"节"。集团公司一定从人才、资金、物资方面给予最大的支持。

创建任务之艰巨，不言而喻。创建领导小组积极响应，开始着手规划，详细研究了2017年修订版的《中国建设工程鲁班奖（国家优质工程）评选办法》，在专家的指导下，制定了严谨而详细的创建策划书，明确了小组人员的职责和分工，制定了工作进度，针对项目的重点、难点和特点，确定了施工工艺标准和质量验收标准、主要分部分项工程的质量控制措施、创新工艺应用等关键性因素，以及绿色施工等基础性创建工作。

项目创建主体为吾悦广场S-1#楼、地下室（地下2层，地上5层）；工程主体造价约7亿元（不含装修和机电等设备），工程规模158518.21平方米。符合创建标准。工程建设难点包括：基坑支护、土方、钢骨柱、BRB减震、铝板幕墙、钢结构采光井和公共装修等部分。

创建领导小组加强内部协调和信息交流。

三天三项创建会议，紧锣密鼓，全面推进。

9月15日全天，中建协专家组现场指导工作。9月16日下午，创建小组召开了鲁班奖创建工作现阶段工作提升研讨会。9月17日下午，创建小组再次召开会议，研究解决了现阶段存在的问题，确定了创建工作的整体路线图，部署了下一阶段重点工作。

会议指出，本次专家组现场指导活动，信息量大，目标性强，重点突出，细节明确。值此创建关键节点，专家组本次指导工作，承前启后，意义重大。

会议强调，要以确定的竣工备案这个重大的时间节点为主线，制定重大奖项申报工作计划，作为重点督办工作推进。

会议肯定了前期创建工作取得的主要成绩，总结了中建协四位专家提出的创建思路、目标、方案、措施和复查的要点、方法，结合项目现阶段急需解决的问题，进一步明确了方案和施工两大主体责任，进一步明确了小组成员的分工和职责。

会议强调，全体人员要坚定创建决心，统一思想，克服困难，勇往直前。各小组要深入学习，深入研究，对标找差距、找问题，创新工作，不断突破，不断完善。

会议指出，设备安装是创建项目的重点工作，也是难点和亮点。设备采购要注重符合创建的标准和规范，施工安装环节要高标准严要求，安装的结果必须达到创建的标准要求。要加强质量安全的过程管控，实行样板引路和技术交底，确保安全、质量等必须符合创建的规范和标准。

会议要求，要切实把科技进步、科技发明的成果转化为施工亮点体现出来。BIM 视频的内容要进一步丰富和完善，体现出项目的重点和亮点。要进一步提升安全文明标化、样板区、展示区的内容和标准，积极做好基础保障工作。

三天三项创建会议，预示着创建工作开始进入紧张的第二阶段，大量基础工作急需推进和完善，大量重点工作急需协调和攻克。会议要求全体人员不忘使命，牢记重托，以永无止境的追求、善谋新篇的担当，振奋精神、咬定目标、攻坚克难。

创建小组总结 2020 年度的创建成果。

2020 年，创建工作取得一定的成果，下面是华夏集团微信公众号发布的 2020 年度创建工作总结：

创建鲁班奖，实现新辉煌。

2020 年 5 月，集团公司决定以吾悦广场大商建设为契机，创建国优"鲁班奖"，以着力提升"宿迁建造"水平，聚力铸就宿迁本土建筑业品牌形象为中心，组建专项创建团队，践行"以创建促创新，以创新促创优"的两大理念，给予足够的"资金支持，足够的人才支持，足够的物资支持"，通过"提高制度化、标准化、规范化、信息化的科学管理水平，提高新技术、新材料、新工艺、新设备的创新应用能力"，奋力铸造苏北建筑企业品牌形象。至此，创建工作拉开大幕！

新形势，新要求。集团公司适时提出创建国优奖，是在新形势下，面对行业发展的趋势，经过审时度势、深思熟虑的决定。2021 年，是国家第十四个五年计划开启之年，也是华夏集团第四个五年计划的起始之年。在当前疫情和国际大环境以及双循环战略的背景之下，建筑施工企业传统粗放式的发展时代已经结束，传统建筑业面临着转型升级。2020 年 7 月，住建部等十三部门联合印发《关于推动智能建造与建筑工业化协同发展的指导意见》指出，到 2025 年，我国智能建造与建筑工业化协同发展的政策体系和产业体系基本建立，建筑工业化、数字化、智能化水平显著提高。到 2035 年，我国智能建造与建筑工业化协同发展取得显著进展，企业创新能力大幅提升，产业整体优势明显增强，"中国建造"核心竞争力世界领先，建筑工业化全面实现，迈入智能建造世界强国行列。这个指导意见，意味着建筑施工企业传统粗放式的发展时代已经结束，传统建筑业面临着转型升级，同时也为建筑业指出了未来发展的方向。

挑战自我，追求卓越。面对新形势，新要求，作为宿迁建筑行业重点企业，华夏集团与时俱进，顺应时代发展要求，抢抓机遇，挑战自我，追求卓越，充分利用吾悦广场项目优势，率先提出创建国优鲁班奖。通过创建积累经验，促进企业科技进步，提高企业管理水平，全面提升企业核心竞争力，逐步实现从高速度向高质量转变、从规模型向效益型转变的两大转型升级。

战略上藐视，战术上重视。明确思路，突出创建亮点、难点。创建小组积极完善组织架构，建章立制，明确创建目标、工作分工、成员职责。形成了科技引领，绿色施工的创建思路、目标和具体实施方案。召开各项专题会议达三十余次，研究部署创建工作的重点，要求注重节点，突出亮点、难点，有力推进了创建工作进度。积极组织"外学内培"工作，为创建工作提供有力支撑。创建工作开展以来，小组成员赶赴南通、南京和淮安 3 个项目现场考察学习创建经验；参加在南京、淮安、扬州举办的关于质量控制、绿色施工、精品工程等经验交流及现场观摩会。通过实地考察和交流学习，进一步提高了对鲁班奖各项标准规范的认识和理解。并与河海大学等单位建立产学研合作关系，围绕科技创新，结合智能化信息技术，研究工艺难点，组织攻关，为创建工作提供了有力保障。加强创建专业技术培训与指导，为创建工作提供有力支撑。创建工作开展以来，创建小组相继邀请了10余位省内外专家教授现场授课和指导。专家们具有丰富的课题研究、创建实践和管理经验，引导创建小组成员逐步深入认识到创建工作的系统性、复杂性和艰巨性，对创建资料、土建装修、机电安装的规范、标准和要求等有了具体的了解和认识，对项目创建的重点、难点和亮点的打造有了进一步的明晰的思路。

2020年6月14至15日，创建小组赶赴南通、南京2个项目现场考察学习创建经验；

6月10日，江苏省勘察设计行业协会理事长徐学军受邀现场指导创建工作；

6月13日，集团公司与河海大学专家畅谈院企携手合作；

7月2日，中建协建筑工程技术专家委员会委员、教授级高级工程师徐建荣受邀现场指导创建工作；

7月4日，南通二建公司工程总监、工程管理中心和技术中心主任、教授级高级工程师孙成伟受邀现场指导创建工作；

7月18日，中国江苏国际技术合作集团有限公司总工程师兼设计院院长、技术信息中心主任研究员级高级工程师唐来顺和江苏邗建集团有限公司副总经理、江苏省安装协会副会长、正高级工程师徐子根受邀现场指导创建工作；

8月、10月、11月连续组织参加南京、淮安和扬州专项学习交流；

9月15日，中国建筑第一工程局有限公司总工程师薛刚、中天建设集团有限公司总工程师蒋金生、云南省建设投资控股集团有限公司副总工程师罗保和南通安装集团股份有限公司总工程师尹振宗受邀现场指导创建工作；

10月31日和12月2日，中国装饰协会幕墙工程委员会专家、清华大学建筑玻璃与金属结构所研究生导师王德勤两次受邀现场指导创建工作……

此外，还邀请了建设部绿色施工科技专家、科技部科技奖评审专家、中建协鲁班奖和中施协国优奖专家、陕西建工集团科技委主任，教授级高工王巧莉等一大批专家教授授课和现场指导。

2020年度，创建工作取得了阶段性的成绩。项目文明标化、智慧工地、绿色施工、新技术应用等均按照创建规范和要求，突出了项目的重点、难点和亮点。项目工程共应用了江苏省推广的"十项新技术"中10大项38小项，通过精心组织、严密施工，赢得了良好的经济和社会效益，达到国内先进水平。

夏方军在总结中指出，十四五即将开启，未来的产业竞争是信息化的竞争，是科技的竞争，归根结底还是人才竞争。集团公司目的是通过创建工作，培养一批人才，发现一批人才，储备一批人才，建立人才团队，为企业发展提供源源不断的核心动力。通过创建，树旗帜，开新局，创金杯，建口碑，不断提升华夏集团的品牌形象，不断提升"宿迁建造"的影响力！

2021年元旦刚过，1月14日，刚刚经历过近一周最冷-10℃的气温开始逐渐回升。上午8时，宿城区吾悦广场项目迎来了江苏省建筑行业协会副秘书长兼质量安全部主任赵铁松率领的预报"鲁班奖"工程结构质量检查组，检查组现场仔细查看吾悦广场创优工程大商项目S-1#楼、地下室的工程地基基础和主体结构。集团公司总经理张成瑞、宿迁市建筑业协会秘书长丁方瑞、创建小组副组长王占聿、项目总工杜吉权，以及项目经理等主要负责人陪同检查。

此次创建项目的结构质量过程检查意义重大，其结果将直接决定项目能否取得预报"鲁班奖"的入场券，从而进入下一轮竞争。检查组分为2个小组，一组检查土建，一组检查设备安装（机电、暖通、消防和给排水等），根据检查标准，针对检查要点和重点，现场逐一查看，并不时与项目团队交流意见。

项目资料审核也是此次检查组的一项重要内容。在13日晚，检查组结束了徐州项目的检查后，即马不停蹄地赶赴宿迁，连夜组织审核了吾悦广场创优工程大商项目的相关资料。

宿城区吾悦广场项目是华夏集团的重点工程，也是市区两级政府重点工程。项目开工伊始，即成为全市人民关注的焦点。吾悦广场无论是大商工程创建鲁班奖还是建成后的商业效应，都与其工程的质量、风格和文化内涵密不可分。

为进一步提升吾悦广场商业综合体精品化质量要求，夏方军亲自率队赶赴西安、北京实地调研。3月14日下午，考察组到达考察第一站——西安雁塔区万众国际·W酒店，在那里会见了中国建筑业协会鲁班奖和中国施工企业管理协会国优奖专家王巧莉教授。王巧莉热情接待了考察组，亲自介绍了万众国际·W酒店的建设情况，她说，酒店总建筑面积约10万平方米，工程建筑造型独特，设计新颖，荣膺2019年度中国建设工程鲁班奖桂冠。她强调，酒店的外观设计前卫大胆，既承继了东方审美，又与世界视野完美契合。内部设计通过光影、线条、色彩等不同形式，来展现酒店的装饰美：摩登现代与大唐盛世隔空相遇，古典与潮流相结合，极具个性，魅力尽现。

随后，考察组实地考察了王教授推荐的西安交通大学创新港校区。西安交通大学科技创新港科创基地项目荣获2021年度第一批中国建设工程鲁班奖。该项目选址于新区沣西新城，占地1750亩，建筑面积159万平方米，包括教学科研机构和学生学习生活区共52个单体建筑，是鲁班奖有史以来获奖面积最大的群体性工程。

14日夜里，考察组风尘仆仆到达北京。第二天早上参观了中航资本大厦。

中航资本大厦于2019年度荣获中国建设工程鲁班奖，其大厦车库地坪采用的就是美地乐纳米硅材料，美地乐纳米硅是一个很前沿、高环保的新型多功能水性纳米材料，它有着优异的耐候性和使用寿命长的优点，以及可以常温施工、操作简便的特点。

此后，创建小组又多次组织到相关项目考察、学习，获益匪浅。

2021年4月24日上午，集团公司在14楼会议室召开了与河海大学的校企合作座谈会。会议由集团公司总经理张成瑞主持，河海大学蒋林华、储洪强、张风臣三位教授和创建小组副组长王占聿、总工杜吉权及有关负责人参加了座谈会，会议通报了吾悦广场项目技术创新阶段性进展。

三位专家从试验研究、有限元仿真研究、现场应用研究、现阶段研究成果四个方面介绍了吾悦广场地下室现浇混凝土防裂技术研究及应用，并对各方面的具体进展和关键节点作了讲解。

会议通报了研究成果：项目研究从国内领先技术标准着手，按照约定稳步向前推进，各项模拟研究、现场试验正在有序进行，并已经申请技术成果鉴定。目前已经申请发明专利 2 项、实用新型专利 3 项，其中 2 项实用新型专利已授权，1 项省级工法获批。

张成瑞代表公司对河海大学三位专家表示欢迎和感谢。他指出，科技创新是企业发展的根本动力，华夏集团历来重视技术研究并着重于应用到项目建设上，双方自去年 6 月份合作以来，依托吾悦广场创建工程，深入交流，开展课题研究，成绩显著，进一步提升了华夏集团科技进步和绿色施工水平，推动了企业高质量发展。同时要求各部门共同做好鲁班奖创建过程中的新技术研究和应用。

此次校企合作的目的是根据集团公司发展战略和当前吾悦广场项目创建鲁班奖的需要，以江苏省建筑业十项新技术的具体应用为切入点，充分利用河海大学前沿科技，研究国内相关领先的新技术，实现技术突破，形成项目亮点，大力推进鲁班奖创建工作。

2022 年，吾悦广场项目《坚持绿色施工，提高高大圆型柱清水混凝土浇筑成型质量一次合格率》获江苏省工程建设质量管理成果奖，充分体现了创建小组的工作成果。另一项课题《应用新技术，提高消能减震阻尼钢梁安装施工质量一次合格率》荣获国家工程建设质量管理成果大赛三等奖。该活动由中国建筑业协会举办，作为国内最高级别的 QC 小组活动赛事，吸引了全国多家企业参赛，经过激烈的竞争，创建小组研究的该课题，以高质量、高水平得到专家一致好评。

截至 2022 年底，吾悦广场 S-1#楼、地下室工程被评为华东地区建筑施工安全生产标准化工地、江苏省建筑施工标准化星级工地、江苏省建筑业新技术应用示范工程。产学研项目"地下室现浇混凝土防渗抗裂技术"，效果显著，经济效益明显。共完成研究报告并申报成功施工工法3项、QC成果2项、实用新型专利4项等多项技术成果。

在吾悦广场建设中，"精益建造"理念得到高效贯彻。吾悦广场项目面向建筑产品的全生命周期，紧紧围绕"零浪费、零库存、零缺陷、零返工、零事故、零窝工"的精益方针，以生产计划和控制研究、产品开发和设计管理研究、供应链和材料管理研究以及项目管理和信息系统结合，安全、质量和环境结合、合同和成本管理结合为切入点，着手建立健全制度、标准和流程，加强计划管理，大幅度减少了建筑施工过程中的浪费和不确定性，实现了经济效益和社会效益近300万元。

绿色发展理念也得到了进一步的提高和贯彻。吾悦广场项目根据绿色施工"四节一环保"的标准要求，组织管理到位、资金投入到位、措施落实到位、监督整改到位，践行了能源低耗型、资源节约型、施工高效型的绿色建设方针，项目共计节约水、电和材料等各种费用127.7万元。

值得一说的是，吾悦广场项目充分利用BIM技术，解决了外围幕墙曲面造型复杂、施工难度大等多项难题，大幅减少了材料、设备和人工损耗。通过物联网信息化管理，提高了机械设备和施工人员的安全系数，提高了产品质量和工作效率，为扬尘污染零投诉创造了条件。

在夏方军的强力推动下，华夏集团积极践行"装配建造"实施应用。吾悦广场项目紧跟装配建造发展趋势，"蒸压加气混凝土ALC隔墙板"使用量占比高达70%，既提高了施工效率，节约了成本，又降低了环境污染。

吾悦广场在建设过程中，大力实施应用新设备、新工艺、新材料、新技术，有效解决了多项重点难点技术，效果显著。

吾悦广场总造价约10亿元。项目建设体量大，结构复杂，技术难点多，施工难度大。回望建设之初，正是新冠疫情肆虐之时。疫情刚刚解封，华夏人立即与时间赛跑，践行高标准、严要求、快节奏的工作作风，64天完成营销中心土建和装修工程，420天圆满完成9万平方米购物中心、

3 万平方米金街的土建和装修工程，一座超大型、高品质、现代化的商业综合体拔地而起。雷厉风行的超前、超常、超越的三超作风，再次铸就了华夏速度。

华夏人"以创建促创新，以创新促创优"为理念，在项目建设的每一道工序每一个环节都倾注了激情、热情和感情。以专业、专心、专注，追求精益求精；以良心、耐心、细心，追求精雕细琢；展示了华夏人铁一般的信念，铁一般的纪律和铁一般的担当。

吾悦广场建设，彰显了华夏集团五大精神：提前开业，兑现承诺，彰显了华夏人的契约精神；精益求精，匠心情怀，彰显了华夏人的工匠精神；勤于探索，勇于实践，彰显了华夏人的首创精神；无缝对接，服从全局，彰显了华夏人的协作精神；携手奋进，攻坚克难，彰显了华夏人的团队精神。

五大精神，铸就了华夏集团质量第一、信誉第一、口碑第一的品牌形象，践行了华夏人"创一流企业，树百年华夏"伟大愿景！

在吾悦广场建设中，华夏集团在积极贯彻落实社会主义核心价值观的基础上，秉承"铸造精品，超越自我，创造价值，服务社会"企业核心价值观，服务人民美好生活需要，建造人民满意的好房子。

建成后的吾悦广场业态新颖，活力四射，文化独特，掀开了宿迁人生活新篇章！项目拥有强大的智能化、多功能、体验式城市综合体的品质和优势，蕴含了丰富的西楚文化、下相里文化、酒都文化和水韵文化，饱含了宿迁人的情感和情怀！目前，吾悦广场引进了 200 多个著名商业品牌，30 多个网红品牌，60 多个品牌首次进驻。开业仅一周，即实现销售额超 1 亿元。

吾悦广场工程建设在科技进步和绿色施工两大发展理念指导下，安全文明标准化和扬尘治理规范化多次受到主管部门的肯定，"四化融合"（精细化、信息化、绿色化、工业化）得到开创性的大量实施应用，代表了宿迁本土建筑企业实干、创新、拼搏的文化基因，探索出了一个适合华夏集团发展的经营管理模式，培养了一支年轻化、知识化、专业化的人才团队，大力提升了华夏集团的知名度和美誉度，大力提升了"宿迁建造"水平，大力提升了宿迁本土建筑业品牌形象，标志着华夏集团开始"从规模型向效益型、从高速度发展向高质量发展"转型升级，华夏集团开始迈进新的历史发展阶段！

吾悦广场项目建设，开创了宿迁本土企业首次开发商业综合体的历史先河，探索了华夏集团发展新路径、新模式；突出了绿色建筑和智能建造的特点，亮点纷呈，为宿迁再添一张靓丽的新名片，为宿迁的建筑文化和城市文化注入了新的活力！

第八章　绿色施工：文明标化创典范

　　一排排精致的小水管从墙上探出头来，持续不停自动喷洒的水雾形成一道道幕墙，将灰尘阻挡到围墙内，让周围的道路保持干净整洁，施工现场被人造草坪整体覆盖、看不到裸露在地表的建材和土方，垃圾集中科学处置，噪音得到降低，防护措施到位，扬尘现象得到有效遏制。当你走进华夏集团项目部时，"绿色施工"的现场俨然成为一道别致的景观，工地成了项目部的后花园，感受到的是清新的空气和一派怡人的景色。以往黄土裸露、污水横流、垃圾遍地、粉尘飞扬、灰头土脸的"标签"在华夏集团施工现场已荡然无存。

　　在湖滨新区的江苏运河文化城、宿城新区的吾悦广场等华夏集团的工程建设施工现场，你可以看到的是道路宽阔平坦，草木茂盛，郁郁葱葱，生机盎然，水渠纵横交错，辅之以精致的小品假山等，令人仿佛置身于一个赏心悦目、绿化怡人的公园。在这一幢幢高楼、一座座场馆的工程建设过程中，夏方军始终怀着对生态的敬畏之心、对环境的呵护之情、对节约的不变初心，不负使命，勇于担当，充分发挥既有的管理、技术和人才优势，努力践行四节一环保理念，谱写了一曲绿色发展的序曲。江苏运河文化城、凤凰美地、吾悦广场等工程分别被住建部和江苏省住建厅授予"全国建筑业绿色施工示范工程""全国 AAA 级安全文明标准化工地""江苏省文明标化示范工程""江苏省新技术应用示范工程"的荣誉称号。自2006 年集团组建以来，夏方军相继创建了多个江苏省和宿迁市绿色施工示范观摩项目，绿色施工技术和安全文明标化创建处于全国建筑行业领先水平。2012 年 10 月在宿迁召开的江苏省建筑业绿色文明施工和文明工地创建现场会上，对华夏集团在绿色施工和文明创建方面的做法，给予了充分肯定和很高的评价，大会号召全省建筑施工企业在绿色施工和文明标化工地创建要认真借鉴宿迁华夏集团的经验措施和具体做法。

江苏运河文化城项目是具有综合功能的大型公共设施，在工程建设过程中，夏方军倾公司之力、集全员之智，科学优化施工方案，聚焦开源节流，以科技创新为支撑，探索绿色施工新路径，不断提升现场管理的内动力和提质增效的驱动力，终将其打造成为江苏省建筑业绿色施工领域独树一帜的精典工程、标杆工程，并荣膺"全国第一批绿色施工示范工程"。

精典是品牌、是形象，也是市场竞争的制胜筹码。夏方军从创业开始，就不遗余力地在创精品工程上进行突破。江苏运河文化城作为宿迁市的重点工程，社会关注度高、施工难度大。夏方军高度重视，他持之以恒地秉承敢为人先、勇于担当、积极进取的开拓精神，高标准定位，确立打造国家级绿色施工示范工程的目标。为使"绿色"贯穿始终，项目从前期设计到进场施工，直至投入使用，做到高标准、严要求，积极推进建筑业新技术应用。夏方军以绿色施工的核心——环境保护、节材与材料资源利用、节水与水资源利用、节能与能源利用、节地与土地资源利用为切入点，在扎实推进绿色施工各项工作的同时，精准融入并全面应用包括垃圾分类、扬尘监测系统、人脸识别系统等现代化科技手段，期间，共打造绿色施工亮点 30 余项。为突破体育馆和会展中心大跨度、大体量混凝土高支模施工以及清水混凝土圆柱优质外观质量效果的施工技术难题，夏方军采用具有国际先进、国内领先的玻璃钢柱模技术和满堂脚手架支模分层浇筑法施工技术。不仅达到了避免资源浪费、对周边环境影响小、施工噪音低的文明施工良好环保效果，而且大大提高了施工质量和工作效率，有效地降低了生产成本。裸露土方处置是扬尘控制的关键点，传统加盖防尘网弊端很多，一是防尘网孔洞大，抑尘效果差；二是防尘网使用寿命短，高温暴晒一个星期就不能用了，需要再往上铺一层，一层叠一层，人工成本不断增加。为提升扬尘治理效果，夏方军选择了造价是防尘网数倍的人造草坪，除了硬化过的路面和作业面，其他区域全部用人造草坪覆盖，远看极像连在一起的足球场，大风吹过也不起灰尘。夏方军用科技手段，严格落实节能环保要求，向宿迁人民奉献了一个绿色环保的建筑精品——江苏运河文化城。

一花引来百花开，江苏运河文化城的高质量、高标准建设，体现着夏方军的智慧，彰显了华夏集团的品牌优势，展示了企业施工实力，让同行刮目相看，同时也大大促进了企业发展，在建筑市场竞争中，华夏集团的路越走越宽广，社会影响力得到逐年提高。

吾悦广场（大商）项目是宿迁中心城区新的商业地标，业态布局涵盖精品零售、精品服装、儿童娱乐体验、餐饮娱乐、影视酒楼等，集文、商、旅一站式终极消费体验空间。工程位于宿迁市宿城区青海湖西路北侧、东海路东侧，建设用地47860平方米，总建筑面积15.9万平方米，为宿迁市重点工程。此项目设计新颖，造型复杂、科技含量高、施工难度大，工期紧、任务重。为确保创建目标的高标准如期完成，夏方军亲自挂帅，专门成立了创建指挥部，配置一流的管理团队，为创建工作提供了强有力的组织保证。

为全面贯彻落实绿色施工创建计划，吾悦广场工程开工伊始，创建指挥部就高起点高标准制订了管理创建目标。安全文明施工目标：江苏省安全文明标准化工地；质量目标：确保杨子杯，争创鲁班奖；绿色施工目标：江苏省绿色施工示范工程；科技创新目标：江苏省新技术应用示范工程。同时确定了"全面策划，精细管理，打造精品"的施工理念和工作目标，围绕此目标，针对"四节一环保"及安全文明施工、质量管控等内容，成立了以项目经理为首，质量、安全、技术等各相关专业管理人员组成的管理体系和简捷高效的管理程序，并进行了责任到人的详细分工。根据绿色施工的要求，认真贯彻执行国家有关建设工程节能减排降耗和绿色施工的方针政策及有关规定，针对不同阶段主动进行绿色施工自查自纠，严格质量、安全等过程控制，大力实施科学管理和技术创新，最大限度地节约资源和减小对环境负面影响的施工活动，实现了良好的经济效益、社会效益和环境效益，为社会节约资源做出了积极的贡献。据统计，通过绿色施工各项举措的精准实施，吾悦广场项目累计节约资金600.8万元，占施工产值 2.03%。

因地制宜，策划先行，强化全过程管控。按照既定的工作目标，指挥部密切结合工程特点和施工环境，从准备阶段开始，就将绿色施工与项目前期策划同步进行，发掘实施绿色施工的着力点，制定了具体、可行、有针对性的管理制度与实施方案，把绿色施工贯穿于整个项目建设的全过程，从组织、规划、实施、评价等方面纳入绿色施工管理范围。着重对施工不同阶段、不同区域的节能减排等各类数据进行收集和分析，将整个施工过程作为一个微观系统进行科学的绿色施工组织设计，实现了绿色施工与技术创新、精细化管理、人文建设、自然环境的密切结合，达到了因地制宜策划和实施绿色施工的目的，确保了"四节一环保"各项措施在整个工程施工过程中得到全面、有效的落实，为顺利通过验收奠定了坚实的基础。

精细化管理，"四节一环保"措施有力。为确保"绿色示范工程品牌"目标的实现，指挥部全面加强精细化管理，确保一般项得分，强化优选项实施，狠抓"四节一环保"各环节保障措施落地，取得了明显的成效。在环境保护上，通过环境保护宣传栏、可拆卸周转利用围栏、设置扬尘监测点、专人定期洒水清扫、危险品化学品运输使用完全隔离、屋面喷淋降温及道路降尘、废弃物回收、现场绿化等多项措施，达到了良好的环境保护效果，最大限度减少了工程施工对环境的不良影响。在材料选择使用上，按照就地取材、就近采购、优先选用新型绿色环保材料的原则，优选使用防水材料、利用 BIM 技术砌筑排版等措施，提高材料利用率，减少资源浪费，做到物尽其用，坚持环保施工。在施工现场，专门设置建筑垃圾回收利用加工棚，将施工作业产生的建筑垃圾进行统一收集加工再利用。对于混凝土垃圾，将其收集后进行再加工，用于二次砌体斜砖、路砖的铺设。在节约水资源利用上，场区规划布置前期，设计雨水回收循环利用系统，将喷淋降尘、降噪、道路清洗、绿化养护进行联动控制，实现供排水系统合理适用。同时，利用回收并三级沉淀后的雨水，进行车辆冲洗、道路喷洒降尘、绿植养护、砼养护，并再次回收至三级沉淀池循环利用。同时，用塑料薄膜及透水土工布进行苫盖养护，有效地减少混凝土水分蒸发，节约养护用水。利用雨水养护砼 3 万立方米，绿植养护 1 万平方米。在节约电能方面：办公区域安装节能灯具，道路两侧 LED 太阳能路灯绿色环保、安装简便、使用寿命长。相关的施工设备也采用了节电型机械，同时，合理安排施工时间，降低用电量，节约电能。最为难能可贵的是，指挥部在贯彻环境保护的同时，注重将绿色环保理念贯穿于工程实施的各施工环节，实现了无机废弃物场内消化零外运、土方挖填内部调整零外购、施工用水循环利用零外采，取得了良好的社会效益和经济效益。

技术进步，践行智慧建造，提升品质内涵。项目策划之初，创建指挥部从目标提出、任务设定、措施保障等方面进行科学研判、精准实施、严格落实绿色施工主体责任。在施工安全方面，建立了智能化安全教育体验馆，场馆内集合了智能体验、安全帽撞击体验、安全用电体验、现场急救体验、虚拟灭火体验等多个项目，可以通过触摸、观察、操控等，切实感知施工风险，增强安全防范意识，确保项目参建人员思想"警钟长鸣"。同时，项目部建立了集环境监测、实名制管理、物料管理、现场安全质量监测、视频监控模块于一体的智慧工地管理平台，统一汇总数据，达到项目关键指标直观呈现，智能识别项目风险并预警，对问题追根溯源，通过数字化、系统化、智能化实现了项目的绿色建造、智慧管理。

工程建设坚持科技引领，降低能源消耗，有效保护环境，施工过程中应用新型建筑材料，全面运用铝合金模板和付着式升降脚手架等新型建材，既提升建筑的施工质量，又大幅降低了成本费用。铝模具有一次投入多次使用、易拆装好周转、无污染成品效果好等多重优点，使用它，犹如为工程注入了"绿色"内核，保障了高品质绿色建造的本质。附着式爬架组装完成后不需重复拆除及搭设，提升过程用人少，安全性能高，升降速度快，操作环境良好，劳动强度小，有助于加快工期进度，综合效益非常好。为突破传统施工无法实现的技术瓶颈，吾悦广场商业综合体项目施工过程中广泛采用了新技术新工艺，主要有：地基基础工程施工采用了基坑支护工程的五轴深搅桩技术、结构支护和抗浮用扩大头锚杆（索）技术、降排水信息化控制技术；混凝土防水采用了地下现浇混凝土现浇防渗技术、幕墙内保温层的基层防水透气膜施工技术；污水系统采用了成品隔油池技术、地下室采用的管道式日光传导装置应用技术；主体砼构建采用了冲击回波监测技术、主体结构采用的雷达检测技术、桩身静载检测采用的桩基光纤测试技术；型钢梁处楼板采用了 H 型钢现浇楼盖技术；直饮水采用的薄壁不锈钢管道锥螺纹新型连接技术、排水系统采用的 PVC 成品式预埋套筒技术、强电排管固定采用的模块化电缆密封系统技术；工程测量采取了施工放样的 JSCORS 实时定位技术、幕墙模拟施工三维激光扫描技术、土方工程无人机测量技术；建筑设备使用了塔式起重机辅助控制技术、室内地坪激光整平机技术、室内隔墙机械喷涂与抹灰技术、宅区外围防护组合式防护升降平台技术；外幕墙采用了金属幕墙施工技术、幕墙采用了板幕墙槽式埋件连接技术、室内装修采用的艺术涂料技术；金属幕墙使用了防水透气膜技术、槽式埋件技术、自清洁涂料技术、阳极氧化铝板技术等等。

这些新技术新工艺的应用，极大提升了吾悦广场绿色施工的科技内涵，使得施工效率空前提高，不仅降低了工程成本，同时也增强了施工的安全可靠度。

吾悦广场项目因绿色施工特色鲜明效果显著，被确定为 2020 年宿迁建筑业绿色施工示范工程观摩现场，大批同行前往观摩学习，赢得了社会广泛赞誉。正是精细化管理措施的落实，加之牢固树立精品意识，最终保障了工程建设绿色施工的高质量，检查专家组对吾悦广场工程的绿色施工给予充分肯定，一致认为这是近年来苏北片区建筑工程绿色施工验收中得分最高、水平最高的项目，整体水平达到优秀等级，顺利通过了"江苏绿色施工示范工程"和"江苏省新技术应用示范工程"的验收。这些成绩的取得，是创建指挥部和项目管理团队严格按照绿色施工"四节一环保"要求，全面贯彻企业环境保护和人文建设的绿色施工理念，充分发挥管理优势，全员参与，高标准实施的结果。充分体现了夏方军把绿色施工作为己任，勇于担当，甘于奉献精神，展示了华夏品牌的新形象、新风采！

推动绿色施工，是生态文明理念的重要体现，绿色施工，既是保护环境、节约资源的客观要求，也是施工企业转型发展的必然趋势，有利于促进企业综合效益的提高，有利于促进企业施工管理水平的提高。面对激烈的市场竞争，夏方军顺应行业发展趋势，他认为，作为一个诚实守信、负责任的企业，应该积极担当社会责任，每一项工程，既要对建设方负责，更要对国家、社会负责。秉承这样的理念，他对承接的所有项目提出了绿色施工全覆盖，加大"节能、节地、节水、节材"和环境保护的力度，确保绿色施工在所有项目部开花结果。

绿色施工是工程建设施工增效的亮点，作为绿色施工的主体，夏方军深知，要创造绿色施工的高质量，不仅需要以创新精神解决实际困难，更需要以卓越管理实现高效率，保证每一个细节都完成得尽善尽美。唯有如此，才能树立良好的口碑，才能在市场中立足，才能打造出有竞争力的品牌，才能做到厚积薄发，成就新的使命。

夏方军采取切实举措，构建促进绿色施工发展的长效机制。

为将绿色施工落到实处，夏方军在集团公司层面成立绿色施工领导小组，在生产管理部的指导下，强化管理上的执行力，策划绿色施工的各项措施并使之落实到实际工程施工上去。同时，在工程施工的各个阶段设置相关绿色施工负责人，工作不力者，将严厉实行责任追究，以确保工程绿色施工到达预期要求。在此基础上，项目部成立以项目经理为首，相关部门、各分包方参与的绿色施工管理小组，根据与公司签订的"绿色施工责任状"，项目团队从进场开始，在编制项目施工管理策划时，即明确绿色施工目标，形成规范化、标准化的四节一环保的具体实施措施，并制定切实可行的环境保护、节材、节水、节能、节地五大指标，为绿色施工的实施奠定良好的有章可循、有据可依、稳步推进基础。

鉴于一线施工人员受教水平低，环保节约意识差，导致对污染、浪费等粗放施工方式习以为常，加之执行绿色施工主体的管理人员对绿色施工方法、管理与技术要点等内涵掌握不到位，从而导致绿色施工难以被实施的现实。夏方军意识到，强化绿色施工推进，从传统的粗放型资源利用模式向节约型绿色施工转变，必须加大对全体施工人员的培训力度，要从意识形态上提高施工人员对绿色施工的认识，要从技术上提高工程技术管理人员的管理水平，只有让全体施工人员真正认识到绿色施工目的意义，才能达到预期目标。为此，夏方军采取多渠道、多形式的培训教育，致力于提高全员的绿色施工意识，起到了非常良好的效果。为高效精准落实绿色施工措施，快速实现绿色施工，夏方军加大绿色施工管理的投入，开工伊始，他便在全公司范围内选拔责任心强、技术水平高且综合素质过硬的人员组建项目管理团队，并通过内外部学习及"走出去"对标交流等多种形式，定期定时对技术人员进行培训，提高他们对绿色施工的认知程度，从而做到严格把控，精准的将绿色施工的各项管理举措落实到项目的每一个工序环节。

目标是成功的开始。对每一个新开工的项目，夏方军要求项目部在施工过程中善始善终地以信息化管理为依托、以标准化管理为根本、以科技创新为引领、以绿色建造为己任，以创建国家级和省级安全质量标准化工地、新技术应用示范工程、国家级和省级绿色施工示范工程为具体创优目标，高质量高标准的积极开展创建工作。项目部把绿色施工、文明标化创建作为项目建设的创新点和落脚点，紧紧围绕"四节一环保"的管理主线，以量化方式突出管理重点，为落实责任，明确工作标准，在指标的落实上"横向到边、纵向到底"层层分解，做到责任落实有合同、奖惩处罚有规章，确保创有所成，创有所得。

为加强过程监管，切实打造资源节约、生态环保、节能高效的绿色施工示范工程，夏方军要求所有项目部都要构建可把控、可量化、可考核的绿色施工动态评价体系，从事前控制、事中控制、事后控制对绿色施工进行全方位的系统评价，特别是加强事中控制措施，对施工过程中的绿色施工量化指标进行分析评估，确保绿色施工文明创建各项措施落地生根。在夏方军的主持下，数易其稿，多次修改，集工程技术人员集体智慧结晶的《华夏集团绿色施工示范工程实施方案》正式发布，成为绿色施工创建技术指导的指南针和方向标，有力地推进了施工的深入开展。

高效的管理机制运行效果明显，产生了良好的经济效益，自开展绿色施工及文明创建以来，项目部积极找准绿色施工创新突破口，组织各类专题策划研讨会议，分析工程施工图纸设计的特点、难点，在创建领导小组指导下，结合项目施工场地现状，精心策划、合理组织、科学施工，累计采用80多项绿色施工管理措施及建筑业十项新技术中的8大项27个子项。

据统计，这些管理措施和新技术的应用共降低生产管理成本达 3600 余万元。

夏方军认为，绿色施工不只是传统施工所要求的质量优良、施工文明，也不是被动地去适应传统施工技术要求，而是要统筹规划施工全过程，通过利用科学管理方式和先进技术手段，确保资源能够得到充分有效利用，在保证质量和安全的前提下，努力实现施工过程中降耗、增效和环保效果最大化。为把绿色施工做到极致，夏方军未雨绸缪，谋划在前，要求所有项目部在绿色施工中必须做到：坚持六结合、三统一、把好两道关口、实现四化目标。

坚持六结合：一是坚持绿色施工与绿色设计相结合。秉承文明、绿色、和谐、环保相统一的理念，在项目开工建设之初，全面实施品牌战略，注重施工现场平面布置的统筹安排，力求做到设计与施工环节相互渗透，绿色设计与绿色施工和谐统一，最大限度地降低资源消耗和减少对环境负面影响；二是坚持绿色施工与人性化管理相结合。本着以人为本的理念，在绿色施工过程中，高标准、高起点打造一流靓丽的员工生活区，达到"五化五统一"，即：员工生活设施标准化、娱乐活动多样化、住宿就寝公寓化、炊事机具现代化、院落卫生标准化；教育培训统一，住宿条件统一，就餐标准统一，工资发放统一，用工管理统一，劳动保护统一。"五化五统一"的实施，增强了员工的认同感、归属感和温馨感，提升了企业的凝聚力和向心力；三是坚持绿色施工与科技创新相结合。赋予文明创建和绿色施工科技内涵，提升文明创建档次，为节约建筑材料、方便施工、降低成本，提升了施工效率和产品质量，创造良好的经济效益，在绿色施工过程中大力提倡推广应用新技术、新设备、新材料与新工艺；四是坚持绿色施工与企业文化相结合。把企业文化理念转化为员工行为融入绿色施工创建工作中，通过实实在在的绿色施工标化创建具体行动践行企业文化，提升企业的美誉度和社会认知度，使之成为绿色施工的坚强有力支撑；五是坚持绿色施工与市场开拓和人才培养相结合。依托在建工程，以绿色施工为载体，加强队伍建设，促进各类人才综合素质全面提升和快速成长，为常态化的绿色施工开展提供坚实的人才支撑；六是坚持绿色施工与现代化管理相结合。文明创建绿色施工是一项系统工程，需要全员参与、全过程控制。注重绿色施工的规范化、标准化，采用 TQC 现代科学管理技术，一切工作按照 PDCA 建立"策划—实施—检查—改进"的封闭循环链循环进行，形成管理制度不断完善、过程控制不断细化、操作程序不断优化的持续改进机制，从而使绿色施工的各项措施最终顺利落实到位。实行三个统一：一是按照标准，统一制订《绿色文明施工方案》；二是成立指挥部，对标化创建按统一标准组织实施；三是确保实效性，对绿色施工实行统一管理监督。把好两道关口：一是把好绿色施工开工关口，施工前，对总体方案进行优化，充分考虑绿色施工的总体要求，为绿色施工奠定良好的基础；二是把好绿色施工现场关。模拟工厂化施工，施工现场周边按标准设置连续封闭的围挡，施工中认真贯彻落实"四节一环保"要求。实现"四化"：通过上述文明创建绿色施工措施，最终实现环境美化、工程亮化、施工绿化、心灵净化的文明工地目标。

对于夏方军来说，"绿色施工"并不是一个口号而已，他要将其化解为一个一个可供现场施工员工实操的标准、规范，各个环节要严格执行JGJ59-2011 标准。凡是新开工的所有工程建设，项目部均要根据实际情况提出绿色施工的要求和侧重点，按照"四节一环保"的施工要求，编制全面、详细的施工方案；生产管理部对绿色施工进行日常管理，技术总工对绿色施工进行技术指导，联合检查组每月度检查考评一次，以保证绿色施工有序进行。此外，为加强精细管理，落实绿色施工的重点措施，在环境保护、节材、节水、节地、水资源利用等方面都有严格的要求。

加强精细管理，采取可行有效措施，注重环境保护。在环境保护方面：加强施工中的"声、光、尘"控制，在施工现场四周设立噪声和监测点，对施工场地周围的噪声与扬尘进行实时检测。夜间施工时采取照明灯加设灯罩向工地内照射等方式，避免干扰到周边人群的休息；加强污水检测处理，对排放的污水进行监测，排放污水的泥沙含量和 pH 值达到排放标准后再进行排放，并指派专人不定时抽查施工排水是否顺畅，避免因废水排放而造成排水沟堵塞，确保排水排污满足环境保护的要求；制定建筑垃圾减量化计划，做好现场对建筑垃圾的分类和回收再利用过程的控制，对于碎石类、土石方类的建筑垃圾，采用场内周转、地基填埋、铺路等方式再利用，对不能重复利用的建筑垃圾进行分类，收集到现场的封闭式垃圾站集中运出；施工作业区和生活办公区分开布置，现场危险设备、地段、有毒物品存放地配置醒目安全标志，现场建立洒水清扫制度，配备洒水设备，并有专人负责；现场进出口设冲洗池和吸湿垫，保持进出现场车辆清洁；现场办公用纸分类摆放，纸张两面使用，废纸回收；现场临建设施、安全防护设施定型化、工具化、标准化；冲洗现场机具、设备、车辆用水，设立循环用水装置等。所有项目部施工过程扬尘防控均要求做到 8 个 100%，即：100%工地围挡，100%湿法作业，100%道路硬化，100%物料覆盖，100%密闭运输，100%车辆清洗，100%在线监控，100%机械达标。

统筹资源再利用，科学材料节约规划与管理。提前做好材料供应计划，用材所在地与工地之间的距离控制在 500 公里以内；选用高性能商品混凝土，采取增强混凝土耐久性、防止产生裂缝的措施，以延长建筑的使用寿命；增加模板、脚手架的周转次数；各项目的施工现场，利用废弃木方、剩余导管边角料制作实用景观路、花盆、垃圾桶等，将废料进行二次利用，为"旧物"赋予新的生命力，既节约了项目驻地建造成本，又美化了项目环境；现场建造的临时设施全部使用可周转材料，像消防水桶、钢制水箱、成品实验室、镝灯架、防护栏杆、定型化茶烟亭、定型化下基坑马道、模块化箱装拼接办公用房等，大大减少了混凝土等材料的使用量和建筑垃圾，临时设施安拆快捷，既美观又坚固，保证了可重复利用，达到绿色环保的要求，重复利用率达到95%以上。

科学用水有效节水、杜绝用水浪费、实现水资源优化配置。各项目部对雨水进行收集再利用，通过开挖排水沟渠，将雨水、生活用水收集起来变废为宝，用作车辆冲洗、喷洒路面、砼养护、浇灌绿化，实现水资源的综合利用，既抑制了扬尘，又营造了美化、亮化、绿化、净化的施工环境；设立用水定额，与施工班组签订劳务合同时，将节水指标纳入合同条款，专人进行用水记录考核；现场办公区，生活用水与工程用水分别计量，办公区厕所采用节水器具；车辆进出口采用循环冲洗的洗车台，在车辆冲洗的过程中，采用简易自动冲洗设施，通过排水渠将冲洗车辆的污水汇集到蓄水池内，经过多级沉淀处理后进入清水池，再由潜水泵加压运送给水管，对车辆进行自动冲洗，车辆冲洗后的污水再一次回流到沉砂池再汇集到蓄水池内沉淀，形成循环再利用，节约了水源的同时，更实现的资源的再循环、再利用。

挖掘行之有效的节能减排措施，努力实现能源资源节约。各项目建设临建时，在通道及楼道内均使用节能灯，现场采用太阳能路灯进行道路照明，即使不铺设线缆也可保障道路阴雨天 10 天正常亮度，有效利用可再生资源，生活区建设时采用空气能热水器提供热水，提高能源利用率。此外，项目在办公区、生活区醒目位置还张贴节约用电、节约用水、节约用纸标识。同时，采取了优化施工用电线路，降低用电消耗；合理安排机械，减少塔吊空车回转运行次数；用电计量管理，严格控制施工阶段的用电量，办公区与施工区用电分别计量，各主要耗能设备严格计量，提高节电率等节能降耗措施。

提高土地资源的综合利用效率，结合施工现场实际集约高效利用土地，在节地方面的严格要求和采取的主要措施有：驻进施工现场初期合理规划，坚持因地制宜，充分利用原有建筑物、构筑物、道路、管线，尽量减少道路硬化；合理布置地基与基础施工、主体结构施工，提高土地利用率；采取"永临结合"建造方式，临时道路结合永久道路提前设计，采用混凝土硬化、钢板铺路等方式，节约场地并减少灰尘；临时办公和生活用房采用多层轻钢活动板房搭建，减小临时用地面积；土方开挖施工采取先进的技术措施，减少土方的开挖量，最大限度地减少对土地的扰动。根据"永临结合"的原则，综合应用 BIM 技术进行场地布置及动态管理，优化后施工现场布置紧凑，减少土地占用；采用双层标准化装配箱式办公室，提升场地利用率；优化基坑施工方案，减少土方开挖及回填量，预留足够土方用以回填，减少土方外运。

项目通过"四节一环保"管理措施，保障了安全、提高了质量、增强了工效、降低了成本，取得了预期效益，项目绿色施工高质量发展成果显著。

现在，当你走进华夏的任一个施工现场，均能领略到华夏集团工地绿色施工文明标化的独特魅力和精心打造的项目施工场地内的美学生态施工环境。每个项目部的工地大门两侧，是宣传图板展示区，整齐有序地摆着各种新型的技术工艺小样，并配有详细的文字说明。施工现场内，看不到扬起的灰尘和横七竖八的钢筋材料，取而代之的是一片干净和整洁，工地上各个区域划分明确，井井有条，各类安全标语、警示牌、温馨提示随处可见，钢筋、扣件等建材摆放得整整齐齐，每一件材料上都有一块标牌，上面详细地写着材料的进场日期、使用部位以及验收人，让管理者、工人一目了然。进入施工建筑内，随处可见设置的安全防护栏，在这些墙上和防护栏上也在特定的地方，记录着详细的验收日期、责任人等信息。在各层楼还专门设有流动厕所及垃圾专用通道，各种人性化的设施一应俱全。绿色文明、赏心悦目、生机勃勃的施工环境随处可见，无论在施工区还是在生活区，多种绿色植物，形成了施工场内的园林景观。

建筑市场的竞争，突出表现在施工技术的竞争。占领施工科技制高点，已成为施工企业争相追逐的目标，夏方军顺势而为，抢占先机，及早从劳动密集型向技术密集型转变，向知识密集型发展，持续不断提高技术创新能力，坚持以科技创新引领绿色施工，提升绿色建筑施工的技术水平。

结合项目施工的难点及管理特点，夏方军在推进绿色施工的同时，以科技创新促进工程项目优化，实现项目提质增效，坚持把管理创新、新工艺新技术的应用与四节一环保有机结合起来。一是广泛应用新工艺新技术，积极引导项目部对工程建设的施工难点和重点进行技术攻关，支持鼓励工程技术人员将已发明创造的专利、工法、QC 成果等转化为生产力，全面推广 BIM 技术应用，建立场地总平面规划、钢结构设计深化、超厚大体积筏板施工模拟优化、公共区域地砖排布等 BIM 虚拟样板，极大提高施工效率，十项新技术是对传统施工工艺的突破性革新。所采用的新技术主要有：深基坑支护技术，大体积混凝土施工技术，自密实混凝土施工技术，钢结构施工技术等等，窗侧防渗漏、BDF 空心楼板、卫生间预留洞口防水、模板支架定型、无粘结预应力技术、钢与混凝土组合结构施工技术等均属于国内先进的施工技术；二是着力提升工程技术装备水平，施工现场大型机械均采用国内先进的全新设备，群塔作业采用了区域塔机安全监测仪系统，实现了对塔机全方位监测及多种不同危险的预警，塔机安全运作水平明显提高。所有施工现场临时用电的总配、分配、开关箱均为一流产品、最新配置，这些全新的设备在施工现场形成了一道亮丽的风景线；三是全面推广信息化技术。率先在宿迁地区使用信息化管理系统，远程视频监控系统以塔吊位置为监控节点，监控视角覆盖整个工地现场，实现了对各个项目部工程实时监控管理。远程视频会议系统以集团公司会议室为主会场，各项目部设分会场，一点辐射多点，跨越空间限制，根据行业主管部门的要求，对主要管理人员进行 LBS 定位考勤，以 IC 卡为信息载体，实行考勤、门禁、消费统一网络平台，用现代化的科学管理手段实现了集中控制，信息共享。

夏方军还积极践行智慧建造理念，全面推进智能化、信息化和集成化管理，辅助 AR 三维立体和动画虚拟演示，提高被教育者感性认知度。管理平台包括智能水电表、安全帽定位、塔吊安全监控、施工电梯安全管理、人脸识别、吊钩可视化及预警螺母，卸料平台安全监控、烟感报警、劳务实名制管理，以及质量、安全巡检、成本、进度、劳务管理等统一纳入智慧平台集约管理，利用物联网技术实现数据自动采集、传输，平台对数据自主进行统计分析，为项目质量、安全、进度、成本、劳务管理等提供依据，实现高效管理智慧平台中枢作用。

新技术的研发与采用，不仅展示出华夏集团的施工技术创新实力，而且也保证了施工进度和施工安全与质量，进而也取得了良好的经济效益，助力了公司发展。

幼虫完成化茧成蝶的蜕变，需要经历蛰伏和痛苦，而一个企业实现自身的华丽蜕变同样需要不断的历练和提升。作为宿迁建筑行业中排头兵，在"化茧成蝶"的征途上，不断地以高标准来严格要求自己，致力于将自身打造为行业的标杆，树立行业内绿色施工、文明施工的样板，华夏集团一直在路上。

安全是绿色施工的重要内容。绿色施工是指工程建设在保证质量、安全等基本要求的前提下，通过科学管理和技术进步，最大限度地节约资源与减少对环境负面影响的施工活动，实现"四节一环保"。如何在保持企业高质量展的同时确保施工安全，这是夏方军一直在思考的问题，如今在华夏集团的各个施工现场，形成了系统而具特色的安全文化。在施工安全的管理上，"安全第一、预防为主、综合治理"涵盖了安全工作的方方面面。

在华夏集团的工地上，随处可见"技能培训"的影子，各种各样规范的内容和操作标准挂在现场的醒目处，随时可以看，随时可以学，使这些知识成为他们日常生活的一部分。通过形式多样的自觉学习、教育培训、竞赛活动，工地班组的职工安全卫生知识水平、自我防护能力和突发安全事故的应急处理能力得到了整体提高，全体员工心目中牢固树立起"安全第一"的观念。

"防范胜于救灾！"夏方军要求现场施工的员工熟知并严格落实重点工作，设立安全生产管理机构，配备专职安全生产管理人员，做好安全检查工作；先期进行施工组织设计，按照其合理组织施工安全作业；同时对现场施工人员做好技术交底工作，在施工现场设置明显的安全警示标志，做好季节性施工准备工作；经常进行预防性试验，对机械设备做好常态化的维护保养和定期检修，确保设备性能符合安全标准要求；施工现场临时搭建的建筑物符合安全使用要求，对因建设工程施工可能造成损害的毗邻建筑物、构筑物和地下管线等，采取专项防护措施。

集团公司规定，一旦检查出安全防护不到位问题的，项目部安全、生产领导小组确保一次性整改到位，安全检查存在隐患及时进行整改；组织实施施工现场文明安全施工管理，督促现场检查小组落实创建安全样板工地，积极创建安全文明工地。在项目施工中针对工程特点制订切实可行、操作性强的安全生产实施方案、安全生产操作规程、安全隐患检查内容、安全隐患整改措施及整改落实责任人和整改期限等，使安全生产工作落到实处。加大日常安全隐患排查及整改，确保建筑施工安全生产形势稳定。建立健全项目部安全组织体系，各级人员按照安全生产岗位职责履行各自安全生产职责；危险性较大作业安全方案报批及时实施监控。

夏方军始终坚持绿色施工、文明施工、节能减排，绿色效应持续显现。他将心血汗水融入绿色施工中，用行动和智慧铸造精品工程，他用智慧与奋斗书写着奇迹，用创新精神克服了重重困难，与项目建设共命运，与绿色环保同呼吸。

绿色施工已然是新时代工程建设的风向标。夏方军牢记习近平总书记的指示，以推进生态文明建设为己任，坚持人与自然和谐共生。夏方军持续秉持初心，砥砺前行。一路走来，一幢幢气势恢宏的高楼、一座座绚丽漂亮的场馆，已成为绿色施工的缩影。夏方军留下的不仅仅是一个个精湛的工程，更留下了对生态保护的敬畏，对绿色施工的坚持和执着。

绿色建筑是在全寿命期内，节约资源、保护环境、减少污染，为人们提供健康、适用、高效的使用空间，最大限度地实现人与自然和谐共生的高性能建筑。发展绿色建筑，节能减排，打造生态文明社会，不仅是中国经济社会发展的需要，也是世界经济发展的趋势。

开发高性能的绿色建筑，实现"让居者更舒心，让建筑更节能"的目标，这是夏方军的愿景。

推动建筑领域新旧动能转换，必须变革生产方式。十年前，夏方军就依托技术、资金和人才优势，在稳固传统建筑市场的同时，开始布局绿色建筑产业，建设了环境友好型高性能绿色混凝土原材料生产供应基地，与中国建筑科学研究院进行合作，参与主编了全国高性能混凝土生产检测标准，投入巨资建造了江苏科曼装配式建筑材料产业基地，并组建省级技术研发中心，针对可持续建筑管理、绿色施工等进行技术攻关，为培育绿色建筑的生产奠定了坚实基础。

绿色建筑时代已经到来，夏方军将以对卓越品质的追求和勇于承担社会责任的担当，顺应科技进步和市场需求，积极践行绿色可持续发展这一理念，牢牢抓住绿色建筑大发展的历史机遇，心无旁骛、创新创造，为中国建筑产业进入新一轮的智慧建造时代高质量发展贡献自己的力量。

回顾过去，夏方军不屈不挠，顽强拼搏，谱写了无愧于时代的绿色施工华章。展望未来，与时俱进、大胆创新、永不服输的夏方军必将书写绿色建筑的新辉煌！

第九章　科技进步：壮大企业助推剂

在宿迁华夏建设集团总部办公大楼的内部文化墙上，赫然镶嵌着这样几个大字：坚持绿色施工与科技创新相结合，就像奠基石一样镌刻在华夏集团的骨子里。这是人们对这个企业追求科技进步最直观的感受。

当初的夏方军在工地出苦力、干施工的过程中对什么都充满了好奇，天生爱思考、爱钻研、肯吃苦的精神，是他不断探索研究新的施工工艺和方法的原动力。就拿水磨石来说，为了保质保量完成工程，他认真钻研施工，特别是水磨石地坪的上蜡问题，一丝不苟，从不弄虚作假，在最后的工序上做足功课。不认识水准仪，他就从拎箱子做起，跟在技术员后面学习水准仪的功能和使用方法，一步步地学会安置、粗平、瞄准、精平、读数等各个步骤的操作。因为对他来说，水准仪不仅是没见过的高科技仪器，而且是实实在在地帮助他在施工过程中提高了效率，保证了尺寸的精确性。

那时，曾经的泥腿子夏方军就已经深深地意识到，没有前沿的技术知识，没有先进的设备，没有科技进步，企业就谈不上发展。这种超出同时期一大批常人的认知，自然与他的打工和创业经历是紧密相连的，也为他以后在华夏集团发展过程中不遗余力地推进科技进步埋下了一颗充满活力的种子。

在 2006 年华夏集团组建后的第一个五年规划期间，华夏集团就以科技进步为目标，不断引进技术人才，组建科研领导小组，以建筑工地为依托，与高等院校相合作，向国家知识产权局申报并获得了《防止混凝土墙、柱孔道渗水的堵头》《控制混凝土灌注桩钢筋保护层厚度的滚轮垫块》《一种内墙抗裂薄层粉刷的施工法》《一种现浇钢筋混凝土柱模板固定装置》等发明专利和实用新型专利授权，获批了《弹性滑移隔震支座安装施工工法》《加气混凝土砌块内墙薄层粉刷施工工法》《超深基坑干成孔钢管立柱桩施工工法》等一批省级工法。

早在2012年，在江苏运河文化城的工地上，就遇到两个技术难题。一是清水混凝土圆柱模板技术。圆柱传统做法都是用木模板拼接而成，这种做法不仅存在拼模困难，不易加固，而且容易出现胀模、烂根、麻面等质量问题，严重影响混凝土成型质量。针对这个技术难题，华夏集团成立攻关小组，工程实践中采用了定型化、模具化圆柱模板，有效避免了上述质量问题。模具化圆柱模板施工前首先弹好定位轴线后安放工具化底板，在底板四周施打密封胶（可有效避免烂根现象）。其次定型化、模具化圆柱模板自带企口，模板表面光滑（可有效控制漏浆、麻面现象）确保了清水混凝土一次成优。圆柱模板的加固只需用固定的加固箍，安装操作简易，模具化圆柱模板周转利用次数多，从而节约施工成本，缩短了模板安装工期。二是型钢混凝土组合技术。该工程采用型钢混凝土组合结构技术代替了钢筋混凝土技术。型钢外包裹混凝土具有抵抗有害介质的侵入、防止钢材锈蚀、防止钢构件的局部屈曲并能提高钢构件的整体刚度的功能，可以改善钢构件的平面扭转屈曲性能。此外型钢混凝土组合结构节约钢材。由于以混凝土和型钢共同承担荷载，使型钢混凝土成为节约钢材的一个重要手段。

由于在混凝土领域的有效探索和杰出贡献，华夏集团作为工程建设国家标准《普通混凝土拌合物性能试验方法标准》的主编单位，提升了华夏集团在混凝土领域技术工艺的话语权。

对于一个建筑企业来说，科学技术的重要性不言而喻。夏方军总是不厌其烦地在企业内部管理层会议上说："科技进步是建筑企业兴旺发达和长盛不衰的不竭源泉，是建筑企业生产经营结构调整的中心环节，也是提升企业竞争力的关键中的关键。谁能率先运用新技术、新设备、新材料、新工艺，谁能率先掌握信息化、自动化操作，谁能拥有复合型、专业型、超前型人才，谁就能拥有最核心的竞争利器。"

假如把一个飞速发展的企业比作是一枚点火腾空的火箭的话，那么科技力量就是这枚火箭腾飞的助推剂。

作为华夏集团的领路人，夏方军当然比谁都更清楚"助推剂"也就是科技进步的重要性。为促进集团公司科学技术的发展，鼓励科技创新、推动科技进步、提升技术水平、培养科技人才、创造优质工程，充分发挥全体建设者的积极性和创造性，在经过缜密的调研和研究之后，他决定以奖励为主要抓手，鼓励企业员工投身科技创新事业。公司始终把科技进步和生产力的不断发展作为重要工作，把不断扩大科技优势作为企业持续、快速和健康发展的坚实基础，不断加大投入。

公司于 2007 年成立技术中心，2009 年成立技术中心委员会、专家委员会和职能部室，并在两个分公司成立技术研究办公室，从原来分公司各自开展科技活动，到现在由公司技术研究办公室统一规划，统一管理的格局，进一步建立健全了科技进步规划体系、科技进步管理体系和以现场攻关为主的科技开发体系。

2013 年，华夏集团技术中心通过江苏省经信委和省住建厅评审验收，升格为省级企业技术中心。

技术中心自成立以来，坚持"科技强企"的理念，积极开展科技研究开发活动，尤其 2007 年以来，技术中心紧紧围绕公司在工程施工中遇到的复杂结构、技术难点，通过技术引进、消化吸收、产学研合作以及新技术、新工艺、新材料和新产品的应用等，问题随即迎刃而解。

华夏集团多年来先后在国家级刊物上发表技术论文 200 余篇，多项施工技术处于全国同行业领先地位，获得全国科技创新成果奖 2 项，发明专利 11 项、实用新型专利 43 项、国家级工法 3 项、省级工法 22 项、QC 成果 32 项，科技进步成效显著。

技术中心建设，不断完善技术研发体系，加大研发投入，发明专利，新技术成果应用，推进校企合作，建立技术研究平台。在新产品、新技术、新工艺等领域的创新能力得到加强。完善多渠道引进人才与自主培养相结合的机制，先后引进研究生 20 余名，为集团公司可持续发展进行了有效的人才培养和储备。

先后与多家科研院所和企业单位在技术交流、规范标准制订等方面开展产学研合作，如河海大学、南京工业大学、扬州大学、徐州工程学院、宿迁学院、宿迁职业技术应用学院、中国建筑技术集团有限公司、上海市机械化施工公司、江苏省扬建集团有限公司、江苏邗建集团有限公司、江苏扬安机电设备工程有限公司、江苏省建筑工程集团有限公司、苏州一建集团公司、苏州二建集团公司、南通新华建筑公司、镇江市建筑业协会、南通四建集团公司、江苏建工集团公司、江苏中兴集团公司、江苏兴邦建设集团、江苏时代建设集团等，共合作完成了《静力水准沉降测量施工工法》《楼间橡胶隔震支座安装施工工法》《现浇钢筋混凝土柱施工工法》等专项科研课题。

为了提高公司自主创新能力和核心竞争力，加速科技成果转化，解决生产发展中急需的关键技术和核心技术问题，公司鼓励利用科研院所的科技与人才资源优势，进行产学研科技项目合作。这些合作项目紧紧围绕公司科技发展规划和科技发展重点，符合国家和地方的技术、产业政策要求，对公司的生产和发展具有带动作用，技术水平处于国内领先地位，创新程度和成熟度高，产业关联度大。

结合产学研计划项目实行专项资金资助和专款专用的指导原则，同时积极争取行业主管部门科技经费支持，以及承担单位、参加单位自筹等多渠道筹集的投入原则。项目各承担单位对项目实施负有同等重要的责任，按照承担单位之间签订的合作协议对科研经费进行合理分配，明确权责关系。

技术中心科技管理部负责支持和监督项目的实施，协助项目承担单位落实资金和有关扶持政策，协助解决项目实施过程中的有关问题，督促项目承担单位及时做好结题工作。项目验收的组织工作，由技术中心与合作单位联合或委托其他评估机构组织实施，对产学研项目所取得的科技成果水平、应用效果和对经济社会的影响以及经费使用情况等，做出客观的评价。

对在项目实施中取得突出成绩的项目承担单位和有关人员将予以表彰

及奖励，项目所形成的科技成果，其知识产权由各合作方共有，知识产权的使用、转让，以及收益的分配办法由技术中心与各合作方共同商定。

为推动科技创新工作持续、有效地开展，集团公司专门制定了技术创新实施战略，即不断完善技术中心的组织机构，优化中心人才队伍，以技术中心为依托，全面推广普及电子信息化，坚持技术创新、技术改造、技术引进相结合，从企业的施工生产实践出发，面向市场需求和现代建筑业发展趋势，研究确定企业的技术创新方向和科研课题，逐步加大设计、施工、建筑材料的新技术含量，在建筑业领域新技术、新材料、新工艺的开发方面占有一席之地。

在组织机构建设方面。集团公司拿出专项资金，对技术中心各方面条件进行完善，选派素质好、能力强、业务水平高的同志成立了技术创新工作领导小组。小组根据公司生产经营特点和建筑市场发展形势，对中心十多项管理制度进行了修订，使各项制度的内容更加充实和全面，成为推动创新工作的重要支撑。根据技术创新战略，制定了切实可行的战略目标实施计划，并就计划的实施与相关负责人签订了目标责任状，将任务分解到人，责任落实到人，形成"千斤重担众人挑，人人肩上有指标"的工作氛围，为技术创新战略的实施提供了强有力的组织和机构保证。

在人才队伍的建设上。集团公司不断加大投入，强化培养力度，对工程技术人员和项目经营管理人员进行长期培训，尤其对一级建造师等人才不惜花代价，送至高校进行深造，全面提升他们业务技术能力和经营管理水平。同时，集团公司注重人才的引进和管理工作，通过参加各类人才招聘，不断引进"高素质、高能力、高水平、年轻化"的实用型技术人才，不断更新优化人才队伍的结构层次，壮大技术人才的新生力量。同时在落实人才的经济待遇、提供工作机会、发展平台及精神激励等方面做好文章，对从事科技工作的人才实行高薪，在住房、福利等方面提供优厚的条件，在生活上给予关心。比如，集团公司对技术人员实行住房优惠政策。技术人员根据职称、工龄享受一定幅度的住房补贴，最高的每平方米可以享受到千元以上。同时，集团公司还拿出部分自己开发的精装修商品房用于招贤纳才，并使之成为公司建设的骨干力量。通过为科技骨干人才创造良好的工作、生活条件，以及发展空间，大力营造一个尊重人才、吸引人才、用好人才的良好氛围，形成稳定的科技队伍。集团公司拥有员工近1000人，多数具有专科以上学历，其中高级工程师26人，工程师56人，一级建造师51人，各类具有职称的工程技术人员超过500余人，以及一批经验丰富的监理工程师和造价工程师。

在信息化建设方面。集团公司投入了600万元资金用于公司信息化管理系统软件的开发和电脑、网络服务器等硬件设施的配置。进一步完善了公司网站，建立了内部局域网，为集团公司推进管理工作、上下沟通交流信息构建了平台。与软件公司共同协作，研发了一套适应集团公司经营特色和管理特色的自动化项目管理软件，并安装运行。通过互联网络，以信息管理系统软件为平台，实现了全国各地分公司经营管理活动的"一网连接"和集团公司对分公司的远程操控。通过管理软件的普及、运用、信息化人才的培养和建设，以及和公司上下持续不断地坚持和努力，集团公司的传统管理方法、工作方式、员工的工作习惯正在发生巨大的变化，信息技术得到了全员性运用。全面推广、普及电子信息技术在企业中的应用，目前公司的财务管理、项目管理、人力资源管理及日常办公基本实现了网络化、自动化，市场信息和内部经营、管理的信息快速传输，共享共用，对提高集团公司的管理水平和决策效率起到了很大的作用。

在技术创新方面。集团公司利用技术中心的人才、技术优势，开发具有国内先进水平的施工技术、施工工艺、建筑材料，并注重在公司内部工程施工、设计和外部市场推广。投入大量人力、物力、财力提高新材料、新技术、新工艺的转化率，使之产生真正的经济效益。

在技术改造方面。集团公司为提高施工效率，改进工艺流程，对施工中的关键节点和不适应的施工方法，组织进行科技攻关，发动各分公司、项目部施工技术人员查找施工中的老旧施工方法等，鼓励技术骨干提出改进的合理化建议、技术创新提案，在广泛调研、征求意见、科学论证的基础上，对建议进行整理、筛选，从中挑选有价值的信息，进行技术改造立项。如高层建筑深基坑的维护方法、深层搅拌桩钻头的改进等，经过改造，为企业节省了人力、材料、设备等成本。

在技术引进方面。集团公司通过产学研合作的渠道，在与挂钩高校的交流沟通中，了解合适的新技术、新工艺，进行有针对性的引进。积极参加国内和国际各种形式的技术交流，引进和吸收较为成熟的先进技术。在引进过程中，注重消化、吸收，组织科研人员在全面掌握这些新技术的特征和应用方法后，对公司原有的施工流程、工艺进行相应的改造、革新，借助外来技术提升自身技术水平。

从2012年开始，集团设立500万奖励基金，采取重奖和鼓励奖相结合的办法，每年对有突出贡献的科技人员进行奖励。特别是在年度公司工作大会上，对在技术创新工作中作出贡献的人员进行表彰奖励，并对有突出贡献的人员进行了重奖，极大地调动了科技人员的积极性和创造性。

现代管理学之父彼得·德鲁克说："组织的目的，就是要使平凡的人做出不平凡的事。"华夏集团正在成为这样一个组织。

在高质量发展的赛道上，华夏集团一马当先，科技成果显著。2016年主编了《普通混凝土拌合物性能试验方法标准》（国家标准），《DMTO联合装置施工综合技术》《耗能钢梁-型钢混凝土框架混合抗震体系施工工法》分别荣获全国建筑行业科技进步奖一、二等奖。

近年来，企业科技研发中心与中国建筑科学研究院等科研院校深度合作，在建筑外墙防水保温项目取得重大突破，夏方军作为代表宿迁华夏建设集团的参编人员，根据中国建筑业协会的要求，参考国内外相关标准，结合工程实践，深入调查研究，积极参加研讨会，以丰富的实践和理论，参编的《建筑外墙防水保温工程技术规程》（编号：T/CCIAT0042-2022）团体标准通过中国建筑业协会批准，正式发布，自2022年3月1日起实施。本《规程》由中国建筑业协会防水分会负责，邀请了全国41家单位参与编写，得到了行业的高度肯定与赞誉。

华夏集团承建的宿城区吾悦广场S-1#楼、地下室工程经公司申请、宿迁市建设主管部门推荐、专家现场勘察评审、省住建厅复查等严格评选程序，被评选为2021年度"江苏省建筑业新技术应用示范工程"。

夏方军带领的华夏建设集团始终践行"科技强企"战略，注重科技进步和技术创新，积极应用住建部"建筑业10项新技术（2017版）"，江苏省"建筑业 10 项新技术（2018 版）"，有力地提高了工程质量、进度和效益。工程开工伊始，项目部通过方案优化、对比分析、过程监控、效果评价确保使新技术的推广与应用在工程项目管理中效益最大化。编制了详细的施工方案，对应用的新技术、新材料、新工艺、新设备制定具体计划及要求，引领工程技术管理人员从思想上改变传统观念，牢固树立科学技术是第一生产力的思想，与企业一起成长，全面提升企业科技水平，努力把科技创新和技术进步成果转化为生产力，转化为企业核心竞争力，为推动企业高质量发展提供强有力的技术支撑和智力支持。

夏方军是一名非常开明、具有新锐思想和新经济发展理念的企业家。他非常注重企业的自主创新工作，曾先后参与多项自研开发和自主创新工作，真正把"科学技术是第一生产力"这一理念贯穿到企业生产、经营和管理全过程。由他倡导组建的华夏集团科协组织健全，技术力量和研发资金雄厚，自主创新力度强。他善于决策，科学管理，市场开拓和改革创新能力强。通过采取有力措施，多管齐下，多法并举，公司的技术发展和创新战略得到有效的贯彻实施。2011 年至 2022 年间，共投入科研开发活动经费超 4000 万元，平均每年增长 3%。项目研发经费投入近 1000 万元，其中，中长期（超前）研究开发、产学研项目共 5 项，经费投入约占全部项目经费投入的 30%。新成果转化率达 80%，实现利润近 5000 万元。

成绩属于过去。面对未来，华夏集团制定了属于自己的详细而具体的"第五个五年"科技发展的总体规划和目标——遵循集团公司总体战略规划和可持续性发展的精神，坚持"科技强企"的信念，按照总体部署、分步实施、重点突破的原则，以发展为主题，以工程项目建设为依托，以公司核心技术为主线，以科技成果转化为关键，以提高质量、效益、保持和发展企业的技术优势为目标，逐步建立并完善适应行业和公司发展的科技创新体系，实现公司的机制创新、技术创新、管理创新，大幅度提高公司科技的总体水平和自主创新能力，形成公司系统的核心竞争力，形成具有显著竞争力的技术优势和产业优势，从而提高公司的整体竞争力，推动公司快速健康的发展。

确立"第五个五年"规划的重点实施战略。

核心竞争战略。坚持以行业中长期发展战略为依据，市场为导向，现代科学技术为手段，把发展作为主题，提高企业市场竞争能力作为主线，创新和改革作为动力，围绕房建及相近领域，开发重大关键技术，全面提高集团公司的技术创新能力，形成集团公司系统的核心竞争力，促进企业的全面建设和协调发展。

科技创新战略。充分发挥公司的科技资源优势，瞄准建筑行业科技发展的前沿，集中力量，重点突破，争取更多具有国内领先水平的科技成果，大幅提升公司的科技创新能力。

人才激励战略。坚持"以人为本"，把高素质科技创新人才队伍建设和智力密集型的管理队伍建设摆在公司科技发展全局中突出的战略地位，打破体制、机制性障碍，激发科技创新人才发挥创造性和潜能，使各类科技人才的价值能够得到充分的体现。

明确"第五个五年"规划科技发展基本任务。

健全和完善技术中心的组织结构和激励机制，凝聚和吸引技术人才，形成以技术中心为核心、分公司技术研究办公室为骨干的科技创新体系，把技术中心建成公司自主创新的研发基地和人才培养基地。

升级公司信息化管理系统，建立大数据信息中心，实现综合项目管理、质量安全管理、人力资源管理、档案资料管理、科学技术管理、财务管理以及办公自动化管理的集成。完善科学技术管理体系，对公司的重要工程技术资料和科技成果进行收集、整理和管理。

以吾悦广场等重大工程项目为载体，开展专项和成套技术研究，形成一批新的技术工艺、工法和专利。

立足自主创新，服务于工程施工和企业发展，培养一批科技创新高级人才和智力密集型管理人才。

广泛开展技术交流和技术合作，承接并完成3—4个国家或行业标准，进一步提升企业在行业的话语权。

争创一批国家和省级新技术应用示范工程，推广公司新技术应用和科技成果转化，提高公司的技术素质和市场竞争能力。

引进专业设计人才，组建建筑工程行业甲级设计研究院。

结合公司发展战略，跟踪国内外同行业的建筑施工前沿技术，引进和研发核心技术，拓展公司产业结构，保障公司健康持续发展。

为了将这些目标落实到位，集团公司成立了专门的科技创新工作委员会。由董事长夏方军亲自挂帅，担任负责人，公司其他主要领导为主要管理成员。委员会下设办公室，作为科技创新的日常办事机构，与生产管理部协同办公，负责科技进步项目的申报、实施、督促、检查、评审等组织管理工作。实行"公平、公开、公正"的奖励原则。同时提出了非常明确的工作要求：各项目部负责人为科技进步和创优项目的第一责任人，要及时对所承接的项目进行创优、创新申报。作为实施主体，应加强科技进步和创新、创优工作的落实和实施工作，组织专门的技术骨干实施攻关、突破；科技创新工作委员会办公室应加强对此项工作的组织领导，提前策划，按时申报。在项目实施过程中加强监督检查，对实施过程中出现的技术难点给予技术支持和帮助。对不认真组织实施创新、创优工程项目的项目单位及时提出改进意见，确保申报成功；各项目部要充分发挥工程技术人员的积极性和主观能动性，积极组织申报科技创新及优质工程奖项，确保完成目标任务；集团公司将此项工作列入工作考核的重要内容。

高投入才能带来高产出。集团公司将加大科技创新资金投入力度，不仅要扩大奖励面，而且要让更多的科技人才走出去，进修深造。同时，聘请国内建筑行业顶尖的专家教授走进来，到华夏集团担任客座教授、技术顾问。

夏方军要求，科技创新工作委员会及全体员工要更加牢固地握紧科学技术这一利器，并且让它成为华夏集团披荆斩棘、乘风破浪的不二法宝！

第十章　强企之本：不拘一格纳人才

夏方军一直强调，人才是第一资源，也是企业最大的财富。夏方军重视全员学习，并且身体力行。正如他在《华夏集团员工手册》寄语中所说：

华夏集团是学习型企业。我们始终秉承"科技是第一生产力""创新是第一动力""人才是第一资源"的思想，坚信学习是企业发展的动力，也是每个人成长的唯一途径。我们希望大家通过不断的学习提升自己的能力和修养，与企业一起成长，全面提升企业科技水平，努力把科技创新和技术进步成果转化为生产力，转化为企业核心竞争力，为推动企业高质量发展提供强有力的技术支撑和智力支持。

一个人对事物的认知能力非常重要。夏方军说，学习不单单是学习文化，而是通过学习文化不断提升自己的认知能力。20 岁有 20 岁的认知能力不稀罕，20 岁具备了 30 岁的认知能力，你就超出了同龄人，你才有可能脱颖而出。可以说，认知决定了一个人的命运，同样也决定了一个企业的命运。

什么是认知能力？

就是对事物认识的清晰程度和掌握事物本质的深浅程度。它会影响人生的方方面面，是一切其他能力的前提，可以决定一个人的下限和上限。

夏方军是一个极爱思考、非常勤奋的人。生活的磨难让他不得不去思考自己的未来。虽然外出打工的那一年他仅仅只有 15 周岁，但是他的思想、他的认知，已经远远超出了他这个年龄段，他早早的就已经像一个成家立业的顶梁柱那样成熟了。小小年纪的他就知道，土里刨食也许能填饱肚子，但是决不能发家致富。在懵懵懂懂中，他似乎已经懂得"富在数术不在劳身，利在势局不在力耕"这句古语的精髓了。

一勤天下无难事。

夏方军是一个不折不扣典型的学习型人才。他凡事都爱琢磨，遇到新鲜的事物总是想：这是什么、为什么，他总是爱去思考事物背后的真相。他不懂就问，常态化地向有一技之长的同事学习，向经验丰富的老师傅学习，向书本学习。仅仅打工两年的时间，夏方军就学会了看施工图纸。

夏方军有着与其年龄不相称的成熟。无论是在同事们的眼中还是在打交道的外人眼中，这个小小年轻人有头脑有魄力，胆大心细能吃苦，为人诚恳又热心，说话得体，做事精明，干起活来有板有眼，做什么像什么，交给他的工作没有办不成的，大家都特别放心。

对于学习，夏方军有自己的认知，他深知理论指导实践的重要性，因为科学理论是从客观实际中来，由实践产生，又在客观实际中得到证明，它经历了实践的检验，正确地反映了客观事物的本质及其规律性，对实践具有指导作用，少走弯路，可以有效提高效率效益，事半功倍。

20年来，华夏集团在夏方军的带领下一路狂奔，迅速扩大。同样在学习的道路上，夏方军也是一路狂奔，常常是百忙之中挤出时间学习。1998年9月至2001年7月，夏方军参加了彭城职业大学的函授，学习工业与民用建筑；2002年9月至2006年7月，参加了北京长城研修学院的函授，学习工业与民用建筑；2007年11月，参加了全国建筑业专业技术人员高级研修班，学习项目管理。在别人的眼里，夏方军早就已是功成名就的人物，但是2021年3月，夏方军又报名参加了长江商学院EMBA班，积极学习商业创新理论，探索商业创新模式。

随着环境的不断变化，夏方军有了获得更多有效信息的渠道，从而不断提高了他对认识事物的认知能力。这种认知能力帮助他迅速对市场信息作出精准的预判，对企业发展战略和经营管理作出科学的决策。

火车跑得快，全靠车头带。夏方军现身说法，证明了学习可以改变一个人的命运，强调了学习的重要性。虽然当年外出打工时只是初中毕业，但是社会这所大学校，早已经把他千锤百炼成了一位胸怀大志、思想深邃、果敢刚毅的企业优秀领路人。

夏方军在各种会议上经常强调，当今社会，在激烈的行业竞争中，人才对于企业的重要性不言而喻，人才是发展的核心竞争力。全体员工必须要深入持续的学习，通过深入思考、提炼和总结，形成自己的知识储备、判断和认知，才能帮助自己实现人生的目标。而企业之间的竞争同样也是人才的竞争，有了人才，企业才能从市场竞争中取得优势。一个企业想要快速发展、扩张，需要有充足的人才保障，想要实现赢利，必须有优秀的管理人才和技术人才来支撑。

夏方军认为，学习是提高能力的唯一捷径，而培训是企业给员工最大的福利。随着企业的快速发展，企业越来越需要技术型和管理型人才，只凭满腔热血、吃苦耐劳、猛打猛冲解决不了企业当前的问题。集团的很多管理者都是从技术岗位转到管理岗位，对管理缺乏基础的认识，更缺乏管理理论指导，没有认识到管理的重要性和迫切性。工作永远做不完、忙不完，公司必须要抽出一定的时间和精力，给全体员工做系统的培训，只有培养优秀人才，才能为集团的稳健发展造血、输血。

为了凸显"华夏员工大讲堂"的重要性，促进全体员工认识到学习的重要性。夏方军挤出时间，自己整理课件"如何做一个合格项目经理"。2019 年 6 月，夏方军亲自授课，集团公司部分高管、相关部门经理，各项目部项目经理、技术负责人、生产经理共计 60 余人参加了培训。

对于许多企业来说，项目管理遇的瓶颈，就是项目管理人才的短缺。国内企业越来越意识到项目管理对项目成败的重要性，所以越来越重视项目管理。

夏方军首先提出项目经理的概念，并让与会人员结合自身工作实践交流对项目经理岗位的理解。大家结合自己的切身经历，一一讲述了自己见解。夏方军结合自身多年来的工作经验以及对建筑施工深刻了解，认为项目经理就是"项目的经营和管理者"，对整个项目建设全过程负责。项目经理不仅要具备较强的专业技术能力，还要具备较好的管理能力、协调能力、沟通能力、控制能力。

夏方军强调，项目经理是项目的成功策划和执行负总责的人。项目经理首要职责是在预算范围内领导项目小组按时优质地完成全部项目工作内容；项目经理要运用专业的知识、技能、工具和方法，全面控制质量、安全、进度、成本管理等核心工作，实现项目目标。

优秀人才的标志之一就是永不满足地学习专业知识。夏方军指出，项目经理要清醒地认识到自己的综合能力，只有做好自身的定位才能发现不足，找到差距，认清方向，列出学习计划，向书本学习，向身边的同事学习。不但自己学习，还要带动团队学习，形成良好的学习氛围。

常态化的"华夏员工大讲堂"，管理者上讲台，员工进课堂，拉近了各部门之间的距离，增加了相互之间的了解和互信，提高了员工的业务水平，取得了积极的成效。

人生之难莫过于经营之难，经营之难莫过于管人之难。夏方军明确提出，要实现科技强企就必须贯彻落实人才是第一资源的思想。因此，选好人、育好人、用好人、留住人成为企业人才引进与培养的核心内容。

选好人：企业不是缺人，而是缺能人。

企业的发展一定是建立在选对人的先决条件之上的，人错了，事必定跟着错。因为一切的事情都是人去完成的。所以，任何追求事业可持续发展的企业，一定要做到精准选才。如何做到精准选才，一要建立科学的选才标准；二要掌握人才的甄别方法。

因此，选对人比培养人更重要。领导者和用人部门都陷入了一个误区：人这么难招，先有差不多的能来就行。

但不好招人，就是随意选人的理由吗？

因为他们还有一个良好的愿望：到了公司再培养，人力资源管理和用人部门会管好他们。

很遗憾，往往愿望难以成为现实。

"合适"与"勉强"是有很大区别的，用人部门的领导由于着急补足岗位空缺，往往忽略了这个区别。

夏方军不止一次地指出，忽略用人成本往往不容易体现出来，尤其是整个组织还在惯性增长、一切数据看起来还比较良好的时候，而一旦需要攻坚项目或者突破难关时，这可能就是致命的缺陷。

培养人的成本很高，不仅仅是金钱和时间，更多的是精力和情感。因此，夏方军要求，企业选对人，是第一关。这一关口必须守好、把好。

建立基于"能不能+合不合＝行不行"的选聘标准与方法。

人力资源系统围绕如何"选对人"这个核心，理论结合实际，组织研究了具体措施和办法，并不断优化，建立了较为完善的招聘和面试管理体系，制定了1+3的选人标准。

第一个方面是看人的专业素质。也就是重点要考察人的行业经验、专业知识和工作技能。通常采取面试及考试等方法进行，一般由用人部门去主导，并担负这方面的判断责任。

第二个方面是看人的通用素质和职业兴趣。其一，员工的价值观要与华夏集团"铸造精品，超越自我，创造价值，服务社会"的价值观相匹配，这是基本前提。只有表里如一、言行一致地认可这个企业价值观，才能有培养的价值；其二，要有积极的学习态度，不断提高自身的业务水平并把这种能力转为生产效益；其三，要能很快融入团队并发挥积极作用，促进团队形成合力，产生1+1>2的效果。

总结起来，1指的是具备一定的专业能力，解决了"能不能"的问题；另外3个指标解决了"合不合"的问题。最终判定了"行不行"的问题。

1+3的选人标准基本满足了守好关、把好门的基本要求，为育好人提供了前提条件。

育好人：培训改变不了所有人，培训可以改变那些愿意改变的人。

任正非说过，要用最优秀的人才培养机制培养更优秀的人才。董明珠说过，人才是自己培养出来的。马云称根本没有"最好的人"这么一说，你没法找到最好的人，要通过培训把他们变成最好的人，最好的人都在你的公司里。

华夏集团历来有重视学习培训的传统。从2003年公司成立以来，夏方军不但自己学习，他还带领技术骨干学习，而且还是要持续深入地学习。

在他的积极推动下，行政人事管理部门有计划地组织系列学习培训。从EPC风险管控、施工项目质量安全管理、项目工程仪器使用、预决算及招投标管理、建设工程施工合同审查与风险防控、企业财税风险管控、企业合同管理实务、创建精品工程及创优申报、建设工程企业资质升级增项、信用管理……培训内容丰富多样，既有专业性，又有针对性。

与此同时，为了拓展视野，打开思路，夏方军数次组织中高级管理人员远赴澳门、香港、台湾、澳大利亚、欧洲等考察学习。把自己的产品、生产、服务等与行业内和行业外的典范企业、领袖企业做比较，找差距，借鉴他人的先进经验以弥补自身不足，塑造企业自身的核心能力，不断提高管理者的学习能力和综合素质。

近年来，特别是在吾悦广场创建鲁班奖的过程中，在外出培训、参观学习和邀请专家现场指导和授课，以及大力推行智能化和信息化建设，与相关单位进行产学研的项目合作等方面，夏方军都给予了充足的资金支持。据统计，仅2018至2020年，企业三年的平均科技活动经费达635万元。

为确保吾悦广场项目创建鲁班奖顺利推进，2020年6月10日，夏方军邀请了江苏省勘察设计行业协会理事长徐学军为宿迁吾悦广场项目鲁班奖创建领导小组、建设方、监理方及相关负责人进行题为"迈向新时代的江苏建筑业"的精彩授课。宿迁市建筑工程服务中心主任王媛、宿城区建管处主任丁宁、宿城区质安站站长崔埝强等主管部门领导受邀参加了本次活动。

夏方军在致辞中表示，华夏集团以吾悦广场项目建设为契机，聚力打造"三创三新"工程，即创建鲁班、创建国家级文明工地、创建智慧工地；推广应用新爬架、新铝模、新工艺，有决心有能力实现本土建筑业创建鲁班奖零的突破，实现企业转型升级。

吾悦广场以争创国优鲁班奖为目标，建立健全机制，组织系列学习培训，先后邀请专家教授30余人次，现场指导和培训人次达1000余人，促进"专业补短，技术补差，知识更新，岗位成才"，为项目建设提供了强大的技术支撑。

高质量发展需要高质量的团队建设。

夏方军认为，企业发展的两大核心主题：一是经营，二是管理。在新的发展形势下，为进一步提升团队的经营管理理念，学习新知识，汲取新力量，站在经营的高度，寻求突破，创新发展，打开华夏二次大创业、二次大发展的新局面，2021年12月26日，夏方军邀请长江商学院金融学教授欧阳辉现场授课。夏方军携管理团队六十余人现场聆听了这场盛大的思想盛宴！欧阳辉教授以"经济金融热点问题讨论"为课题，从宏观思考、股市、杠杆和投融资，股票市场、北交所、产业金融结合和2022年展望六个方面深入浅出地剖析了经济发展规律和房地产未来的发展趋势，从底线思维、中美竞争、风险、机遇四个层面阐述了当前经济发展的宏观背景，强调了非公有制经济在我国国民经济的重要作用，从"56789"五个数字阐述了民营企业对国家经济发展的贡献。根据三十年来全球上市公司的结构变化，结合国家十四五规划及GDP指标，房地产长期看需求（人口）、中期看供给（土地）、短期看杠杆（金融）。

欧阳教授指出，作为稳经济的重要抓手之一，十四五期间基建类重大项目，将加快推进或提前启动。跨周期调节下，政策更加注重长短期的平衡、稳增长与调结构的平衡。从十四五规划来看，基建类投资中可重点关注：信息基础设施、传统基础设施数字化改造、交通强国建设工程（东部与西部区域居多）、现代能源体系建设等。这预示着机遇与挑战并存，民营企业必须解决长期困扰的融资难题，方能在未来的大发展中大施拳脚，开辟新天地！

夏方军表示，此次培训为集团管理团队送上了一份金融大餐，思想盛宴！

守正笃实，久久为功。夏方军坚信，学习培训就像是涓涓细流，终将汇聚成为大江大河，为员工发展提供动能，为企业发展提供动能。

根据统计数据，从华夏集团成立以来，各种培训资金投入累计超过4000万元，众多员工从中受益脱颖而出，成长为技术骨干，走上管理岗位。

用好人：人尽其才、才尽其用、用有所成。

选对人，还要用好人，用好人更重要。用好了人，事半而功倍；用错了人，事倍而功无。

如何用好人，夏方军有三个观点和做法。

第一是让专业的人做专业的事。什么是专业的人呢？就是具备专业知识、专业技能、专业素养的人。简而言之，不能外行领导内行。

第二是放手培养。如何放手？疑人不用，用人不疑，然后扶上马送一程。

第三是最大化的发挥个人优势。夏方军认为，每个人身上都有优点都有缺点，与其把大部分的时间用来弥补缺点还不如把大部分时间都用来充分发挥优势。

价值足用，放手培养。放手使用是最好的培养，发挥价值是最大的激励。对于人才尤其是技术人才，让其找到自己的舞台、实现自身的价值，是鼓励积极发挥作用、施展才华的重要手段。确保人才有"用武之地"。要挥好考核评价"指挥棒"，进一步健全完善导向明确、精准科学、规范有序、竞争择优的考核评价机制，推动考核权重向创新能力、工作质量、发展贡献等方面倾斜，让想干事、能干事、干成事的人才得到合理回报，最大限度激发和释放各类人才活力。

识才所长，容才所短。夏方军认为，人才既有长处也有短处，因而识才不能求全责备，既要识才所长，又要容才所短。识才所长、容才所短是聚才、识才艺术的体现。考察识别人才要看本质、看主流、看潜力、看发展，区别主流和支流，用联系全面发展的眼光识别和选拔人才，既要看到人才的长处，也要看到人才的短处，既不能以长处掩盖短处，更不能以短处掩盖其长处，以支流代替主流。要科学的辩证的对待人才，真正搞清楚人才的长处和短处，充分了解人才的专业特长和兴趣爱好，做到识才所长。以宽广的眼光和开阔的心胸善待人才，坚持包容个性、尊重特点、善待差异。但是，容才所短绝不是降低标准、突破底线。容才所短的"短"应该是阅历尚浅、知识欠缺和经验不足等"小节"问题，而绝不是经济不干净、价值取向偏颇、道德品质败坏等涉及根本原则的"大节"问题。因此，善待人才，容才所短须有"度"。凡是涉及根本原则的"短"绝不能容，更不能用，否则就会危害企业的发展。

扬长避短，化短为长。夏方军强调，选才的目的在于用才，用才贵在扬长避短、化短为长，做到人尽其才、才尽其用。一要扬长避短、以长克短。用才所长，则天下无不可用之才；用才所短，则天下无可用之才。在人才使用问题上，必须任人唯贤、德才兼备、以德为先，既要在其位、谋其政，也要修其德、养其才；要解放思想，破除用人上的偏见和保守思想，敢于使用具有开拓创新精神的人才，以"论大功者不录小过，举大善者不疵细瑕"的气度用好人才，敢用优点突出但缺点也很明显的"争议人物"，善用人才的长处、放大人才的优点，避免人才的短处，在用才所长中避其所短，善于通过教育引导，帮助其克服缺点，做到扬长避短、以长克短。二要补其所短、化短为长。人才使用既要用其所长、以长克短，更要补其所短、化短为长，为人才创造"补短"的机会和渠道。人才的成长，既要靠个人努力，又要靠组织"给力"。补才所短需要把个人努力与组织"给力"有机结合起来。职能部门要以提高人才综合素质和增强人才可持续发展能力为目标，全面客观分析人才的能力素质结构，帮助人才弄清"短什么""补什么""怎么补"，以便"缺啥补啥、对症下药"；要重视人才的再开发，通过培训进修、学术交流、基层实践锻炼等方式提供各种"补短"的机会和渠道，提升人才的层次水平；要善于采取必要的激励约束措施，保证在一定期限内实现从"短"到"长"的转化，为人才搭建全面发展和充分发挥才干的最佳舞台，使其如鱼得水、得心应手地施展才干。

用当其时，用在其位。夏方军在数次谈话中指出，人才的使用，一要择时而用，用当其时。人才使用具有很强的时效性。只有在最佳时机使用人才，才能最大限度地发挥人才的使用效益。因此，必须准确把握用人的时机，注重择时而用，在人才精力最旺盛、创造力最活跃的黄金时期及时使用好人才，把人才用在最富激情、最有干劲、最具创造力的时候；必须破除人才使用中的"论资排辈、平衡照顾"现象，大胆使用、及时使用勇于创新、敢于开拓、个性鲜明的年轻人才，以防止人才在"等、耗、熬"中被湮没或者浪费；对看得准、发展潜力大的优秀人才，应注意把握好时机，综合考虑其年龄、专业、能力、潜力等优势，保证各类优秀人才发展有空间、干事有舞台、成事有地位，最大限度调动各方面人才的积极性，在人才"保质期内"或者"峰值阶段"释放最大能量。二要量才使用，用在其位。人才各自具有不同的性格、能力、阅历、兴趣，不同的岗位对人才的要求也各不相同。人才放对位置，就能施展其才华；放错位置，可能变成庸才。位置不对，小则屈才，大则误事。所以，用好人才，关键在于知人善任，量才使用，用在其位。要把人才的优长与岗位要求紧密结合起来，善于根据人才的性格、能力、阅历和专长，区别不同的岗位需要，给适合的人才以最适合的"岗位"，量才适用、量才使用，做到因事用人、因能授职，实现人才意愿与组织意愿的对接、人才优长与岗位要求的对接，使人尽其才、才尽其用、事尽其功，最大限度地发挥人才的价值和使用效益。

在华夏集团20年的发展历程中，华夏集团建立了"讲文凭更讲水平，讲职称更讲称职，讲阅历更讲能力，讲资历更讲贡献，讲道德更讲风格"的选人、育人、用人、留人理念。不拘一格使用人才，提拔和培养了一大批的基层员工，如王磊、张建明、张成宇、王斌斌、王星星、王浩、蔡振兴、张玉龙、张京京、张厚胜等年轻人，他们已经逐步走上了中高层领导岗位，成为第二梯队的四梁八柱。

留住人：用情留人，文化留人。

人才流失是企业经营的风险之一，尤其作为企业直接的用人部门及各层管理人员，更应把员工离职管理作为工作职责中重要的内容，贯彻到日常工作中去。

夏方军强调：管理者要走出两个误区，一是员工在提出离职请求时的个人原因、薪资原因和职业发展等"经典原因"；二是管理者认为是企业给自己的权限太小、无法满足员工提出的福利待遇及职位晋升上的要求。这两个误区，作为管理者要深入探究和寻找避免方案。

在决定企业对员工是否有吸引力的因素中，薪资、福利与职位固然重要，却不是唯一因素。

研究显示，影响员工留在企业的原因依次为：与主管积极良好的关系；提高自身能力的机会；共享财务成果。在员工离职的原因中，大多数的员工辞职，是辞掉了他们的主管，而不是公司。可见主管本身在员工离职因素中占有很重要的地位。

在了解了这些原因后，针对管理人员如何做好人员离职管理，便可以重新开始，也重"心"开始。夏方军认为，要留住人心必须通过努力使其对公司和工作产生认同感、归属感、知遇感、成就感，才能形成内在的持久的凝聚力。

认同感：形成统一的意志和行为规范。

新员工虽然入职了，如果对岗位工作兴趣索然，缺乏热情，那么结果要么是辞职，要么是效率每况愈下，正所谓人虽在，心已死。员工是否愿意到一个单位工作并长期留在那里，要看这个单位有无发展前途和有无适合员工的发展空间。

因此，华夏集团采取会议、座谈会、培训、微信公众号、"华夏员工大讲堂"和《华夏建工报》等多种途径宣传企业的发展方向、企业经营理念，灌输企业精神、价值观，介绍企业优良传统、人才环境等，使员工全面了解和参与到企业的经营与发展过程中，从而对企业的发展目标和企业文化产生认同，逐渐树立主人翁的责任意识和建功立业的使命感，对职业生涯充满期待，对生活充满希望，从而形成统一的意志和行为规范。

归属感：员工与企业的心会贴得越来越紧。

夏方军认为，人力是资本，是企业财富，而不是成本，更不是包袱。员工的归属感首先来自待遇，具体体现在员工的工资和福利上。衣食住行是人生存最基本的需要，买房、买车、购置日常物品、休闲等都需要金钱，这都依靠员工在公司取得的工资和福利来实现的，所以待遇要能满足员工最基本的生活需求才能在最基本的层面上留住人才。华夏集团的工资在本地区行业中处于偏上水平，在企业文化、学习培训、办公条件、福利待遇、团队建设等方面皆位居行业前列。

个人的未来是赋予员工归属感的重要组成部分。每个人都会考虑自己在企业中的位置与价值，更注重自己未来价值的提升和发展。企业提供机会帮助员工增强能力，是企业增强魅力、吸引人才的重要手段。毋庸置疑，华夏集团有计划、有针对性地开展卓有成效的学习培训，成为企业的一大亮点。

夏方军还特别提醒行政人事管理部门，注重每个员工的兴趣同样是增强员工归属感的重要手段。兴趣是最好的老师，有兴趣才能自觉自愿地去学习，这样员工才能做好自己想做的事情。

同时，他强调，管理者要具备领导的胸怀、艺术和魅力，因为事实证明大多数的员工离职与主管领导有着直接的关系，他要求管理者必须不断提高自身的素质。

夏方军经常在各种会上说，管理者的使命是为下属指出工作方向，给出工作思路，积极帮助下属解决问题；坐在管理者的位置上，是要为企业创造价值的，而不是要威风，谋私利，以权压人，以权为他人制造麻烦的。管理者要以身作则带团队，对下属包容不纵容，保护不包庇，不摆架子，不甩脸子，不情绪化。待人接物要既原则又圆润，既正气又和气，让别人认可你，让别人信服你。只有让员工有了归属感，才能最大限度地发挥他们的潜能，员工才会把公司当成自己的家一样看待。

用夏方军的话说，企业为员工服务的工作做得越多越细，员工与企业的心就会贴得越来越紧。

知遇感：风雨同舟、不离不弃。

以人为本是华夏集团企业文化的核心内容之一。人才是技术创新的灵魂，共同发展的伙伴，密不可分的手足，这是夏方军在一次活动中的讲话。

人与人之间需要认可与尊重、需要帮助与理解，员工取得成绩的时候总希望得到别人的认可；在困难的时候总希望得到别人的帮助支持；在失利的时候总希望得到别人的宽容呵护。领导对员工的一句表扬，一句鼓励，一句安慰，有时胜过万金，让员工有遇到"知音"之感。

华夏集团的文化要求管理者放下架子，抽出时间，深入到员工生活中去和他们谈知心话，交知心朋友，架设心灵的桥梁。

夏方军要求管理者要从每一件小事做起。在华夏集团，员工生病住院要及时看望，丧事要登门致哀，结婚要到场祝贺，家有难事要关心慰问。员工对企业有了感情，即使工作困难再多，他们也会与企业一起风雨同舟、不离不弃。

所以，华夏集团能在暴风骤雨中冲出三次危机，平稳着陆，靠的就是日积月累的春风化雨，润物无声。

成就感：发挥所长，创造价值。

夏方军认为，在企业注重员工培育与成长时，留住优秀人才最重要的一点是要让人才有实现自我价值的成就感。要不断给他们压担子、交任务、下指标、提要求，对其工作形成必要压力，同时对工作成绩突出和有创新成果者授予荣誉和重奖。

华夏集团发展的 20 年来，在各项重大工程施工中，制定了进度、质量、安全等目标责任状后，夏方军都是重奖轻罚，对于按时完成目标任务的团队和先进工作者，从不吝啬地给予——兑现奖金，多则大几十万元，少则四五万元。

夏方军清楚地记得每一个管理者和技术骨干的专业特长、爱好兴趣、能力水平，给予其择定最佳工作岗位，使其感到自己找到了理想的表演舞台，从而爱岗敬业。他指出，行政人事管理部门要针对员工的欲望、能力、特长、潜能等帮助其拟定一个能体现企业和个人共同发展的生涯发展规则，使其看到自己的发展前景，增强努力进取的内在动力。要根据有多大本领就提供多大舞台空间的原则，最大限度地发挥每个人的作用．当个人的能力水平超过其岗位需求时，一定要及时授权重用，将他们推上管理和科研生产更重要的岗位，同时赋予必要的参与权、决策权、处置权，使其看到自己在逐步走向成功。要树立全新用人理念，不拘一格使用人才，切实做到能者上、平者让、庸者下，让每个人都感到有挑大梁、唱主角的机会。要增加智力投资，给人才不断学习提高和创造的机会。

在选好人、育好人、用好人、留好人的前提下，夏方军迫切要求管理者留心观察与发现，并最终留住员工的"心"。他说，其实留住人才并不是很难，而且这种努力还会带来企业团队整体素质与工作绩效的不断提升，并最终带来企业人力资源管理各个方面的全新面貌。

人才是科技强企的重要支撑。在夏方军支持下，行政人事管理部门创新人才选拔机制，完善人才培养机制，建立人才激励机制，促进了专业补短，技术补差，知识更新，岗位成才，为打造年轻化、知识化、专业化的高素质人才团队作出了重要贡献。2019 年发布《员工证书奖励和补助管理办法》（43 号）文件，激励技术骨干提高业务能力，加强学习，从 2019 年截至目前，发放补助资金达到 600 余万元，补贴约 8000 人次，申报千名拔尖人才、苏北计划人才引进、购房券等政府人才补助 12 人次，总补助金额 150 万元。

周生银是夏方军最先引进的技术人才。

夏方军第一次认识周生银是在承建的宿迁府苑中、小学项目建设中。当时，作为徐州矿大监理方的周生银任宿迁片区的项目总监，经常到府苑中、小学项目检查工作，周生银除了履行自身管理工作的职责之外，还主动帮助夏方军优化图纸设计，为项目建设出谋划策，有力地推进了工程进度。

府苑中、小学项目结束之后，夏方军接手承建宿迁市卫生学校工程，在这个项目总投资达 3 亿多元的大项目中，周生银作为矿大监理方的项目驻场总监，积极发挥个人的技术优势，协助夏方军全盘统筹规划，为关键部位的质量问题提供解决方案，为项目质量控制作出了积极的努力。

周生银是原徐州中国矿业大学建筑设计咨询研究院有限公司技术骨干，拥有一级建造师、高级工程师和监理工程师三大证书。周生银是一名从基层锤炼出来的技术骨干。先后在新疆工地任施工员，大庆油田胜利油田项目担任技术员；在徐州敬文图书馆、宿迁学院、宿迁卫生局大楼、宿迁教育大厦、宿迁师范学校、睢宁欧洲花园、项王小区等项目担任总监理工程师。

周生银扎实的技术理论、丰富的管理经验、勤于钻研的学习劲头、积极负责的工作态度深深打动了夏方军，他诚恳邀请周生银加入华夏集团团队，并给予平台让其在项目建设中发挥所长，展示才华，实现人生的价值。

周生银被夏方军的真情实意所感动，华夏集团的发展虽然刚刚起步，但夏方军的闯劲与拼劲，让他看到了华夏集团的日新月异和精彩的明天。宿迁市卫生学校项目结束后，2010 年，周生银毅然决然辞去了矿大监理安稳舒适的工作，加入华夏集团。随即，参加了轰轰烈烈的昆明螺蛳湾项目建设，主持小商品加工基地项目工作，担任昆明螺蛳湾市场二期项目经理，协助夏方军抓好项目进度、安全、质量等核心工作，提出诸多合理化建议，为项目建设作出了应有的贡献。

2011年10月18日，江苏省运河文化城项目举行隆重的开工奠基仪式。周生银作为项目总指挥负责项目质量、安全和进度，圆满完成了项目建设任务。随后相继负责宿迁科技城、康师傅水厂、可发科技F区厂房、泰州科利厂房、泗阳时光印象等项目经理或现场总指挥。2020年，周生银担任宿城区吾悦广场综合体项目建设副总指挥，协助夏方军克服项目建设体量大、施工难度大、质量要求高、进度要求快等困难，为项目按时开、竣工贡献了力量。

作为优秀的技术骨干，周生银先后获得宿迁市优秀监理工程师、江苏省优秀建造师、江苏省建筑业企业绿色施工先进个人等荣誉称号。

周生银退休之后，作为优秀技术人才，继续被返聘留用，担任主城区君邑湾项目的技术负责人，为项目建设继续发光发热。

杜吉权是华夏集团优秀技术人才的代表。2010年前，杜吉权在北京城建集团工作，获得北京城建第八建设工程有限公司2003年度、2004年度双文明先进个人奖。主持施工建设的北京华纺朝阳家园项目获得两项建筑结构长城杯银质奖。在参加2008年奥运会场馆48项设施建设中，杜吉权担任项目总工程师，大力采用新工艺、新技术，有力推进了项目创优工作。

杜吉权拥有高级工程师、一级建造师资质证书，是江苏省公共资源评标专家库专家。他的专业技术突出，基础理论扎实，组织能力较强，有指导解决复杂技术问题的经历，是夏方军亲自谈话并邀请入职华夏的技术人才。

2011年，杜吉权入职华夏集团，担任副总经理。2017年，杜吉权入选宿迁市"千名拔尖人才培养工程"第一层次培养对象。作为技术带头人，杜吉权积极发挥技术优势，带领团队攻坚克难，取得了卓越的业绩。主导完成的主要施工项目有凤凰美地小区、霸王举鼎地下人防、华夏现代城、棠颂花园、海棠樾、丽都水岸、京东华东云数据中心等工程。这些工程多次荣获江苏省优质工程扬子杯、宿迁市优质工程项羽杯等奖项。

当时，主城区凤凰美地项目属于国务院督办工程，项目建筑面积达56万平方米，是苏北最大的安置小区；项目地下2层，地面高度接近100米，属于超高层建筑；项目所属位置周边皆是老旧民房，基坑支护深、难度大。杜吉权担任项目总指挥，以过硬的技术带领团队不辞辛劳，积极攻关，圆满完成了项目建设任务。

霸王举鼎项目，是苏北最大的地下人防工程。项目为新建掘开式人防工程，地下负一层、局部负二层。总建筑面积53269.47平方米。其中负一层建筑面积40946.15平方米（含下沉广场2650.40平方米），负二层建筑面积2323.32平方米。项目最大的难点是深基坑支护，地下室开挖深度最大约14.50米（大部分开挖9.0米左右），框剪结构，采用筱形基础，并采用抗拔桩进行抗浮处理。人防地下室结构形式：基础为筱板基础，主体为框架剪力墙结构。人防墙板主要包括：临空墙、密闭墙、防护密闭墙、封堵墙、活门墙。人防防倒塌棚架共三部。杜吉权不负众望，带领项目团队周密计划，刻苦攻关，圆满完成任务，项目获得2015年江苏省建筑施工标准化文明示范工地。

2020年，杜吉权负责吾悦广场项目技术及创优工作，大力贯彻科技强企战略，着力推进科技引领和绿色施工。一是技术创新运用。根据吾悦广场的施工特点采用新工艺新方法，有效控制了质量通病，从而保证了施工质量；二是大力实施应用新型建材，降低了能源消耗，有效保护了环境；三是使用BIM技术，利用计算机建立建筑信息模型，将计算机技术和建筑信息有效结合，技术人员通过对建筑模型的理解和分析，完成对实际建筑工程情况掌握，从而更加方便快捷地对建筑工程的建设起到推进作用，提高了建筑工程的效率。

在混凝土防水方面采用了地下室现浇混凝土现浇防渗技术、幕墙内保温层的基层防水透气膜施工技术；在绿色施工节能方面采用了污水系统成品隔油池技术，应用江苏省十项新技术，取得了明显成效。

在杜吉权的带领下，吾悦广场项目被评为省优质结构工程，获江苏省建筑施工标准化星级工地。实施的"采用智能温控模板工法降低地下室砼侧墙温度裂缝率""提高绿色施工能力创建环保资源节约型工地"分获江苏省工程建设质量管理成果二、三等奖。

崔文禄是华夏集团的中青年技术骨干，1999年毕业于彭城职业大学房屋建筑工程专业，同年就业于兴邦集团前身的宿豫县第二建筑工程有限公司。其间，他参加淮阴工学院土木工程系学习，获得大学本科学历。崔文禄于2010年初受聘于华夏集团，任集团公司计划经营部经理，对外负责集团公司所承接的工程结算审计工作、关注省内发布的招标公告，对优质工程的投标。对内负责施工项目分包工程招标预算、公司合同审核、施工班组工程量结算等工作，同时兼任生产管理部技术负责人。

崔文禄是典型的从基层干起来的优秀人才，精通国家、省、市有关建筑方面法规、文件、条例、规范，业务扎实过硬，工作原则性强。在工程结算审计方面能根据建筑施工合同收集完整与结算有关的相关资料，提供充足的涉及审计条款及依据，与审计方逐条核对，分文不让，在审计过程中和甲方审计单位保持积极有效的沟通，及时跟进审计进度并处理审计中存在争议的事项，以确保审计工作按计划顺利完成、实现审计目标，为集团公司争取利润最大化。根据项目的大小，为公司多争取资金少则几十万元，多则几百万元乃至上千万元。每当有投标项目，他都能认真吃透招标文件，做精技术标，结合施工组织设计和施工方案以及相关定额、文件、做硬商务标，利用自身良好的专业素养和丰富的经验，决定投标报价金额不但要保证中标概率大，还要确保公司有合理的利润，有时为一个标，能熬上几天几夜。在2019年度中标了8个项目，中标价16.9亿元。在合同签订方面，能够严格把关，条款严谨、详实，依据充分，双方的权利义务明确到位，多年来经他审核的合同无一有争议的地方。农民工班组结算方面能够坚持原则、从不接受个人利益和小恩小惠，不讲私情，依据合同，公平、公正、合规、合理进行结算，既不让公司在结算中受到损失，也确保班组合理正当的利益，受到公司和班组的一致认可。

崔文禄没有在取得的成绩面前固步自封，而是在工作之余认真学习，深入研究国家法规和政策，不断提高自己的理论水平和技术能力。他不仅在审计和预结算方面很有建树，而且在论文、工法和专利方面取得优异的成绩。参与国家标准 GB/T50080-2016《普通混凝土拌合物性能试验方法》编写，在国家级优秀期刊《中华建设》上发表《探究建筑施工工程管理的现状与创新途径》等数篇论文；其参与编写的"地下室混凝土侧墙温度裂缝智能控制施工工法"获得江苏省省级工法；《脚手架杆件挠度以及立杆沉降的检测装置》《建筑用隔振支座上预埋板快速固定安装结构》等获国家知识产权局实用新型专利。

崔文禄从基层技术员到技术骨干、部门负责人，一路成长为集团公司副总经理、总工程师。在 2019 年被宿迁市人才工作领导小组确定为宿迁市"双千工程"本土千名人才第二层次培养对象。在 2022 年八月被江苏省建筑行业协会、工程建设质量与技术管理分会评为优秀总工师。这取得一系列成绩和成长的背后离不开他辛勤的付出和执着的努力。他不仅自己注重学习还要求部门员工利用业余时间好好学习，员工在工作中遇到难题他也总是不吝赐教，为公司培养了一大批专业素质过硬的技术人才。崔文禄为华夏集团的发展和经营决策作出了重要的贡献。

2011 年 5 月 19 日，夏方军签订江苏运河文化城的施工总承包合同后的第五天，在省住建厅领导的协调下，率队赶赴常州武进建安第八分公司参观学习，受到总经理黄才良的热情接待。此时，夏方军正准备充分利用江苏运河文化城项目组织冲刺建筑业最高奖——鲁班奖，项目急需安全文明标准化方面的人才，通过省领导的斡旋以及夏方军与对方的深入恳谈，对方同意借调季汉岐和冯学清两名骨干，支持江苏运河文化城的创建工作。

季汉岐和冯学清具体负责江苏运河文化城安全文明标准化的策划工作，两人充分发挥业务专长，利用丰富的工作经验为项目创建出谋划策，在他们的积极努力下，突出重点，项目安全文明标准化工作亮点纷呈，结果达到预期。2012 年度，项目举行了江苏省建筑业观摩大会，观摩人数超 2000 人，受到了政府、主管部门和行业协会的高度肯定。

2013 年 2 月，江苏运河文化会展中心科技馆被江苏省住房和城乡建设厅和江苏省建设工会工作委员会评选为 2012 年度第一批"江苏省建筑施工文明工地"；2013 年 6 月，城市规划展览馆被评选为 2012 年度第二批

"江苏省建筑施工文明工地"；2013 年 10 月，体育场被评选为 2013 年度第二批 "江苏省建筑施工文明工地"；2014 年 6 月，体育馆、游泳馆被评选为 2013 年度第三批 "江苏省建筑施工文明工地"。

2013 年 11 月，会展中心科技馆被中国建筑业协会评选为 "AAA 级安全文明标准化工地"；2014 年 11 月，体育馆被评选为 "AAA 级安全文明标准化工地"。

江苏运河文化城的安全文明标准化创建工作取得了巨大的成就。

在引进和培养人才方面，夏方军是不计投入的。他认为是人才支撑了技术，技术提高了质量，质量铸就了品牌。归根结底，人才是第一资源。

为此，人才培养成为夏方军核心工作之一。无论是组织内部培训还是邀请专家授课，无论是组织出国考察还是团队建设，夏方军都要挤出时间参加，他用实际行动告诉大家，学习是成就自己的唯一捷径。

夏方军在聚力培养中高层技术人才的同时，始终没有忘记基层技术人才是企业发展的奠基石。因为，所有的重大技术的组织实施，都要紧紧依靠一线人员贯彻落实，否则就成了空中楼阁。

在他的推动下，云南中厦公司在昆明呈贡大学城云南交通职业技术学院组织了技术类人员进行了基础知识培训，数次带队到常州武进建安第八分公司参观学习，并带队到德国、香港、澳门、马来西亚、泰国、新加坡等国家和地区学习考察，多次邀请行业专家来集团指导工作，常态化地组织管理和技术骨干参加户外拓展训练及 "技术大比武" "流动红旗" "比学赶超" 等活动，大力支持参加政府主管部门和行业协会组织的技术论坛与交流活动，大力支持技术骨干向中高级工程师职称晋升，大力支持 QC 小组攻关、工法、论文、专利以及行业标准的研究与科技成果的实施应用……华夏集团从上到下的学习氛围浓厚，形成了你追我赶的良好学习环境。

2010 年，宿迁市三县两区电焊工技能大赛在华夏丽景工地举行，集团员工崔宏亮在本次比赛中获得一等奖。

2013 年 12 月，泗洪县红星花园项目塔吊工郜运柳获得泗洪县 "华晨杯" 建筑塔吊司机技能大赛一等奖，项目部荣获 "优秀组织奖"。

2017年10月至11月，由宿迁市散装办举办的全市首届预拌混凝土（砂浆）技能竞赛在华夏集团下属公司贝斯特建材举行。贝斯特建材荣获"宿迁市预拌混凝土（砂浆）技能竞赛先进单位"荣誉称号，公司试验员赵永玲荣获"宿迁市试验人员技能能手"荣誉称号。

为了深入贯彻党的十九大建设创新型、技能型、知识型劳动者大军的工作要求，遵照宿政发〔2018〕90号《市政府办公室关于印发第四届江苏技能状元大赛宿迁选拔赛暨宿迁市2018年职业技能大赛方案的通知》文件精神，2018年9月18至19日，由宿迁市住建局主办，华夏集团冠名的宿迁市"丽都水岸杯"砌筑职业技能竞赛圆满结束。华夏集团选手赵兵军获得比赛一等奖。

竞赛分为两个单元，分为理论考试和实操技能，分别占总成绩的20%和80%，最后按照两项总成绩来排名。组委会规定：获得一等奖的选手，奖励5000元，市政府授予"宿迁技能状元"荣誉称号，经市总工会综合考核合格颁发"宿迁市五一劳动奖章"，破格推荐申报高级技师职业资格；获得二等奖的选手，奖励3000元，由市人社局授予"宿迁市技术能手"荣誉称号，破格推荐申报技师职业资格，已有技师职业资格的推荐申报高级技师职业资格；获得三等奖的选手，奖励2000元，授予"宿迁市技术能手"荣誉称号，晋升高级工职业资格。

9月19日，宿迁市"丽都水岸杯"砌筑工职业技能竞赛在丽都水岸施工现场隆重举行，市住房城乡建设局副局长吴克文出席开幕式并致辞。

比赛当天下起了小雨，但却丝毫影响不了参赛者的热情，随着主持人一声令下，参赛队员迅速投入到紧张的比赛当中。比赛中，只见大家分工明确，一个负责砌砖，一人辅助，放线、摆砖、砌墙、勾缝，检查水平、垂直度……进行了长达7小时的精彩角逐。

本次竞赛通过选择重点行业和新兴产业、特色产业领域集中组织职业技能大赛，示范引领各行业企业广泛开展全员技术比武和岗位练兵，激发广大劳动者创造活力和技能成才热情，促进了高科技人才成长，加快了高技能人才培养。比赛既是对建筑行业施工技术的一次检验，也为建筑工人提供了一次充分展示自我的机会和公平竞争的舞台。

江苏技能状元大赛是我省职业技能大赛中规格最高、范围最广、表彰奖励力度最大的赛事活动。同年 11 月 23 日，由省政府主办，省委组织部、省委宣传部、省人社厅、省教育厅、省工信厅等 15 个部门共同承办的第四届江苏技能状元大赛总决赛在镇江开幕。宿迁市政府副市长马爱平、市人社局局长孙登怀带领宿迁代表队参加。

此次大赛为期两天，全省 26 支代表队共 463 名选手展开巅峰对决。华夏建设集团代表赵兵军作为宿迁市砌筑类技能比赛第一名选手参加此次大赛的建筑砌筑组比赛。

大赛设职工组和青苗组两个组别。职工组参赛对象为企事业单位生产一线职工，设立建筑类砌筑技术、数控加工中心（四轴）、电子技术、焊接、中式烹调、汽车技术、农机修理、网络安全、通用工程机械（挖掘装载机）操作、紫砂陶制作等 10 个项目。青苗组参赛对象为在校学生或企事业单位生产一线职工，设立电子技术、汽车技术、CAD 机械设计、工业机器人、园艺、信息网络布线、餐厅服务、烹饪（西餐）、重型车辆维修、家具制作等 10 个项目，这 10 个项目均为世界技能大赛竞赛项目。

11 月 26 日下午，大赛胜利闭幕。赵兵军获得了砌筑类技能比赛第十一名的好成绩。他表示，参加这次比赛是一次学习的机会，只有走出去，才能了解建筑行业基础技术水平；只有走出去，才能知道自己的不足，才能在平凡的岗位上做出不平凡的业绩。

促进技术练兵和技术大比武，造就了一大批基层技术人才，赵兵军这样的故事还有很多很多。为华夏集团的快速发展不断输送新鲜血液，为夏方军的大战略，大布局提供了强大的支撑。

华夏集团始终把科技进步和技术创新作为企业发展的核心竞争力。在夏方军的积极推动下，华夏集团深化与中国建筑科学研究院等科研院校的合作，在高层、超高层施工、大跨度钢结构安装、高性能混凝土及特种混凝土研发生产与施工、清水混凝土综合施工、大型公共建筑与工业设施建造、复杂大型超深基础施工等方面形成了较为明显的技术优势，70 余名技术骨干先后在国家级刊物上发表技术论文 300 余篇，多项施工技术处于全国同行业领先地位。

夏方军在质量管理上舍得投入成本，在人才培养方面舍得投入资金。有人不理解，说你下大力气培养人才，人才走了不是就赔本了吗？

夏方军却认为，员工既然选择了华夏集团，就是对华夏集团的认可，华夏集团就有责任帮助每一名员工提高自己的业务水平，而帮助员工成长也是企业责无旁贷的责任。员工成长了，业务水平提高了，就是帮助了企业的发展。天下没有不散的宴席，聚散皆由缘。即使员工离开了企业，他也能凭自己的一技之长立足于社会，养活自己，养活一家人，成为一个对社会有用的人，这也是华夏集团对社会作出的贡献！

第十一章　品牌实力：坚守质量生命线

　　回顾夏方军这些年来走过的路，以及华夏集团的创业史、发展史、壮大史，我们会赫然发现：夏方军之所以能从一个默默无闻的打工仔化蛹为蝶，蜕变成一位影响一方的知名企业家，华夏集团之所以能从当初的一个名不见经传的小小施工队摇身一变成为远近闻名的知名企业，其最重要的原因就是坚持产品至上，质量为王，靠作品赢得信誉，靠品牌站稳市场。

　　作为一名成功的当代企业家，夏方军深深知道品牌建设对于企业的重要性。

　　夏方军有一句时常挂在嘴边的话，那就是：华夏集团要做的每一个工程，都要是一个独具匠心的作品。做的每一个建筑，都要像写一首哲理诗一样，反复推敲，不断打磨，妙笔生花。

　　是的，少年时代的夏方军搞施工做建筑只是为了养家糊口，为了能从事一份挣钱的工作。在时代的洪流中，他从一名小工到包工头，从包工头再到项目经理，从项目经理再到公司的董事长，一路摸爬滚打，吃尽了苦，受尽了累，似乎已经实现了当初的目标。然而随着年龄的增加，阅历的增长，随着时代的变迁，随着个人思想的升华，他越来越清楚做这项事业的意义。在他的心中，创建的公司就是自己的孩子，塑造的建筑作品更像是一个老朋友。如今的他早已把承接一项工程当作是打造一项杰作，把开发一个小区当作是雕刻一件艺术品。通过一项项工程，通过一件件作品，来完成他的使命，在艺术品之间进行对话和交流，互相诉说着彼此的往事，静看着时代的变迁。

在夏方军的身上,有太多的辛苦、太多的追求、太多的梦想。他通过一件件建筑作品、一件件工程精品在不断地向人们诉说着、表达着、传递着。

可以这么说,在为他人、为社会完成一座又一座有形的建筑作品的同时,夏方军和华夏人也用聪慧和汗水,为自己浇筑起了一座无形的、坚实的精神丰碑、品牌大厦。

在宿迁众多建筑施工企业中,华夏集团的品牌质量建设是当之无愧的一流。而他们在品牌质量建设中的一些卓有成效的探索与做法,也是很值得津津乐道的。

在宿迁建市后的发展历史上,夏方军和他的队伍毅然加入了建设大军,在建设的滚滚浪潮中鹰击长空,成了耀眼的一面旗帜。伫立在宿迁的车水马龙中,放眼望去,无论是充满市井气息的楚街、义乌国际商贸城,还是优雅高端的翡翠蓝湾、丽都水岸、君邑湾,抑或是市实验学校、运河文化城、吾悦广场……每一个都是一项万众瞩目的工程,也都是一项有口皆碑的精品工程。每一块砖头都在诉说着这座古老而年轻的城市变迁,每一个建筑也都在见证华夏集团的发展和壮大。

特别是华夏集团自己开发建设的项目,充分彰显了夏方军朴实、真诚和智慧的思想,夏方军和华夏集团也正是通过它们,向人们展现着自己。

翡翠蓝湾小区项目是华夏集团早期开发建设的作品之一。

翡翠蓝湾小区是一个高起点、高定位、高标准、高质量、高档次的楼盘,是华夏集团发展转型的扛鼎之作。项目总建筑面积为26万平方米,由19栋连体别墅、3栋大平层、5栋小高层、4栋高层,以及商业服务中心和幼儿园组成的建筑群,欧式建筑风格得到了充分体现,倾力打造的园林景观典雅精致,各种经典户型能够满足不同住户的理想愿望。经典中给住户带来别样的高端生活体验。户型设计从实用性出发,布局科学合理,空间设计大方精致,为业主打造绿色、健康、环保的高品质居所。翡翠蓝湾大门的建造,运用了新古典的风格,没有复杂的机理和装饰,却让人感受到传统的历史痕迹与浑厚的文化底蕴。古典、开朗两相宜,尖塔形斜顶,经典而不落时尚,浪漫与庄严的气质,挑高的门厅和气派的大门,拱形的侧门和转角的石砌，尽显雍容华贵。透过完美的曲线，精益求精的细节处理，带给人不尽的舒服触感。大门旁边钟楼的设计来源于将西方国家的建筑风格与中华传统文化相结合的思路，使其建筑融合了中西方之美，让业主在感受中华文化的同时也能更好地了解西方文化，这种大型钟表即是我们专业所说的"塔钟"，它体型大，安装难度高，安装位置一般在钟楼或塔楼的顶部。但是因为其可以方便地给人们提醒时间，加之设计美观大方，成为建筑上不可或缺的一道靓丽风景。当代人对人居品质的考量，早已不局限于建筑结构和常规设施，小区规划的细节也至关重要。其中，翡翠蓝湾的人车分流设计更是体现出了小区的人性化与专业化水准。小区内实现人车分流，对于行人，特别是老人和孩子来说更加安全。人与车减少了交集，能避免很多安全事故的发生，同时提高了出行的效率。得益于人车分流设计，更多地面空间可以腾位给景观规划，多重园林景观得以完美呈现。翡翠蓝湾小区滨水风光景色宜人，"小桥流水人家"的梦幻景观，将地域现有的"水"元素引入社区，使社区内部水系景观与周边的河岸风景内外呼应，融为一体。

为了将翡翠蓝湾描绘得更好，更能凸显出庄重、古朴的景貌，将设计风格和理念切实落到实处，真正地将翡翠蓝湾做成一件艺术品，夏方军从设计到施工，从材料选用到空间布局，更是亲力亲为、层层把关、不计成本。仅以外墙装饰材料而言，同时期居住小区的开发商大多选用普通的大理石等材料，而夏方军却破天荒地使用名贵的澳洲砂岩作为装饰石材，成本是普通石材的数倍之多。澳洲砂岩有着区别于花岗岩和大理石的诸多特点，自然环保、纹路丰富华丽有艺术感、防潮、防滑、隔热、吸音、保温、透气、不反光无光污染、无辐射、耐磨、重量较轻、易加工、可雕性强，且冬暖夏凉。翡翠蓝湾小区有着40%园林绿化覆盖率，公司花重金购买百年樟树和各品种的乔木和灌木，园林种植错落有致，赏心悦目，花红柳绿四季如春，走在社区小径里，仿佛徜徉在四季观景公园中。分区域设置给社区带来情趣化生活空间，社区里建有大型的商业服务中心和配套建设的幼儿园，带来不一样的休闲体验和舒适生活，给人一种家与自然、健康有机结合产生的美好体验。小区宜居的生态特点和亮点让人充分感受到梦想的幸福生活就在翡翠蓝湾。

翡翠蓝湾项目先后获得多项大奖，成为当时宿迁市最为引人关注的楼盘之一。2014 年 12 月获得由亚洲住宅环境研究会与亚洲国际住宅人居协会共同颁发的"2014 亚洲国际住宅人居环境奖"，2015 年 1 月荣获中国房地产品牌企业联合会、博鳌论坛·房地产协会共同颁发的"中国地产十大最佳城市宜居典范别墅"和"中国地产十大最佳人居环境典范楼盘"大奖，同时获得由宿迁房产行业网举办的"宿迁房产行业聚焦城市目光"栏目评选的"2014 年度宿迁市十佳好楼盘"称号。

弗里德里希·谢林在《艺术的哲学》里说："建筑是凝固的音乐。"这说明了建筑的艺术性和欣赏性。正像翡翠蓝湾一样，人们居住生活在这里，甚至远远地眺望，依然会情不自禁地与她神交，不需过多的语言，就能领会她不断泛出的美。

建筑在不同时代不同背景下，它的意义也表明着建筑的发展方向，由满足抵御恶劣自然环境的基本需求到提升人们精神感受及生活品质需要，并陪伴着人们的日与夜。伟大的人对建筑的理解与定位总是更深、更高，总是能够卓尔不群、洞悉底蕴。

在众多的建设大军中，夏方军为什么能够交上那么多优质作品？华夏集团为什么能够建造那么多影响深远的重大工程？答案是不难说出的，那就是因为在华夏集团的发展中，质量与品质，永远是企业的灵魂和生命。

近年来，华夏建设集团本着"干一项工程，创一方信誉，占一片市场"的理念，紧紧围绕新时代高质量发展新要求，在营造优美的施工生活环境、彰显企业活力的同时，通过提升华夏品牌质量的影响力和社会认知度，为开拓市场和可持续发展夯实根基。

丽都水岸是近年来夏方军和华夏建设集团开发建设的又一力作。

时代在改变，从毛坯 1.0 到基础配套 2.0，到全装修 3.0 再到智慧生活 4.0，人类居住正在经历一场场的新变革，丽都水岸历经几十次科学考量打造"十大智能社区系统"，以高标准、高质量、高品位的社区服务引领宿迁智慧人居新高度。对于建筑与人居、城市与自然，复归属于生活本身的高度。丽都水岸以全新创作缔造宿迁前所未见的臻藏大平层，不再只是简单的大户型，而兼顾城市生活与景观资源优势，内置大师级棕榈园林景观，内外兼修。

把花园搬到天空，丽都水岸从第四代住宅立面出发，打造出新古典主义建筑风格。经典的三段式构图，从传统建筑中提取建筑元素，融入立面设计中使建筑呈现浓郁的文化气息。为打造舒适人居不断斟酌，立面建筑材质外墙特别增厚保温层，是普通住宅的 1.5 倍，同时外窗采用 Low-e 中空玻璃不仅安全系数更高，隔音、节能环保效果也更加显著。

从冰冷的一砖一瓦，到一个有温度的建筑，影响居住品质的多是那些容易忽视的细节。丽都水岸根据不同生命阶段的不同需求，植入全生命周期景观系统形成共享社区，构建出全龄段业主的梦想生活空间，规划了母婴室、儿童综合活动区、成人健身场所、老人康体活动区等四大梦想主题生活空间，满足全龄化、高层次化的业主需求。

匠心需要时光雕琢，工程品质是生命线，是品牌核心，亦承载着业主的未来生活。

在集团组建之初，夏方军就提出了"质量为本、诚信经营"的企业发展理念。打出了集团"做一项工程、竖一块丰碑、响一方市场"的企业口号，理清了"质量，精品，信誉"的企业发展思路。夏方军认为，树立质量意识是搞好工程质量管理的首要条件，它起着主导和支配的作用，集团牢固树立"百年大计，质量第一""质量是企业的生命"的思想理念，要求员工要有高度的责任心，将保证和提高工程质量作为企业生存和发展的头等大事，用优良的工程提高企业的品牌和竞争能力。

君邑湾正是这样一个项目，承载着夏方军和华夏人的情怀，是华夏集团在宿迁本土的又一张名片。

作为引领宿迁本土住宅升级和建设方向的君邑湾项目，从建设伊始即备受关注。

君邑湾是宿迁首座钢结构小区，共计住户 520 套，分为 8 栋叠墅、5 栋高层。高层住宅采用钢框架偏心平行支撑结构体系，充分利用钢结构材料的延展、抗弯、轻质等优越性能，大大优化了室内空间，减少承重墙，优化室内功能布局，在满足建筑设计规范的基础上，充分考虑业主的居住性能。抗震防风性能强大，更安全，可根据业主的需求改变空间布局。项目外立面创新采用公建质感设计风格，主要为玻璃系统窗及层面铝板线条，实现观景端厅阳台的全幕视野。虽然造价较高，但是物有所值。

君邑湾的高品质地下车库，车位配比远高于市面标准，车库层高超出常规近2倍，地库行车通道精装后净高3.2米，车位精装后2.7米。地库、墙面、顶面通体采用2毫米壁厚的优质铝板饰面，车道吊顶简约且大气。柱面铝板结合了线性灯设计。地库地面材质采用了聚氨酯地坪漆，经久耐用，节能环保，使用寿命长。

项目在小区出入口、单元门设有人脸识别、二维码识别、刷卡、密码等全套入户方式，满足不同人群需求。业主在家中通过室内终端可以预约呼叫电梯，入户大堂内设置红外人体感应探测器，自动感应后打开单元门。访客呼叫下来的电梯时，相应住户层的层号开放或被选中，并自动打开电梯门，将访客直接送到相应的楼层。电梯智能化设置有电梯厅信息发布、电动策划梯控系统、电梯紫外线病毒灭杀系统；大区设置监控AI系统，楼宇地库BA系统，兼容在智能化管理平台，与业主手机端APP实现互动功能。

下沉庭院设计，根据"回归自然"的造景理念，打造出层次丰富、错落有致的组团绿化，作为一个静谧的下沉空间，婉转不失优雅，在静谧的氛围之中感受光阴的流逝，共同营造着一个不染尘埃的世外之境。

君邑湾坐落在古黄河千年来静静呵护的那一道湾，充满了宿迁一代又一代人的温暖记忆，铭刻着一代又一代人的平凡故事，承载着夏方军和华夏集团对宿迁建筑业发展的使命和责任。有人说，一座有年轮的城市，都会有一个安静的倒影。在岁月变更的交替中，已不见了当年的河滨新村，在新宿迁车水马龙的繁华中，君邑湾继续见证着宿迁的发展，见证着宿迁人幸福的生活。

《包豪斯宣言》指出，一切创造活动的终极目标就是建筑！完美的建筑乃是视觉艺术的最终目标！建筑师们、画家们、雕塑家们，我们必须回归工艺！

归根结底，目标的实现要靠工艺的把控，靠质量的把控。

为强化全员质量意识，集团积极引入"凡事有人负责，凡事有人监督，凡事有章可循，凡事有据可查"的管理文化，结合实际提出"以制度代替人情、以程序代替习惯"的管理理念，不断完善管理制度、工作程序。为确保各项目标管控到位，项目部在实施绩效考核办法时，推出了《项目部工作质量及业绩考评办法》，每月进行一次绩效考核，直接将绩效工资与当月业绩结合，严格实行质量与经济三挂钩，即：质量与班组工程款拨付相挂钩；质量与项目部管理人员的工资挂钩；质量奖罚连带责任制，经考核，凡施工班组和管理人员负责的工程质量不达标的，分管领导、生产管理部、项目经理负连带责任，并在当月工资中兑现，同时记录备案与年度绩效挂钩。

夏方军从华夏集团的管理层面入手，牢固树立集团中高层人员的质量意识。依法依规管理项目，建立和完善工程质量领导问责制，项目经理对所承建项目的工程质量负有领导责任及终身责任。按照"谁主管，谁负责"的原则，从人员、材料、设备、工序、技术措施等方面层层落实工程质量责任，做到一级抓一级，层层抓落实，确保工程的品位质量。各项目部必须严格执行施工标准，在以往经验积累的基础上，继续全面推行旨在有利于工程整体质量提高的创新举措，切实加强产品质量的事前控制，确保工程质量处于可控范围。生产管理部门利用视频教学，通过声像、动画及文字的综合处理，展示每道工序和施工工艺标准，以此规范操作程序，不断提高操作层面的标准化水平。

为控制好施工质量，夏方军要求在集团公司全面推行样板引路制度。样板制度与主体结构同步进行，切实做到"一户一验，一层一验"，整体推进。夏方军说，集团在建或即将开工的项目，必须根据工程的特点、施工难点、工序重点、防治质量通病措施等方面的需要，把施工过程中主要的工序和部位按现行相关规范标准的要求制作成实物质量样板，主体工序样板、粉刷工序样板、水电安装样板、交付样板。每个班组进场前都在样板区进行详细的现场交底，让工人对施工的过程和工艺、把控的重点、验收的流程有深刻的认知。样板引路制度效果斐然，能够使技术交底和岗前培训内容更直观、清晰，更易于了解掌握，同时也提供了直观的质量检查和质量验收的判定尺度，它是施工质量管理的一种行之有效的做法，有利于加强对工程施工重要工序、关键环节的质量控制，消除工程质量通病，提高工程质量的整体水平。针对施工过程和质量控制的薄弱环节，集团还成立了 QC 质量管理小组，对质量通病进行集中攻关，切实解决工艺技术难题，取得了一系列质量管理成果，如君邑湾项目 QC 小组实施的《提高施工质量，降低房屋建筑外墙结构渗水点发生率》，取得了明显的成效。

夏方军要求，项目部对在建工程施工的质量考核检查要常态化，检查过程中，凡发现质量问题，现场分析，现场整改，从而使工程质量在组织上得到高度重视、在技术上得到充分保障、在实施中得到具体落实。通过质量行为的控制，使工程质量处在一个可控的范围内，保证工程施工质量的稳定性，消除质量隐患，同时通过质量行为的控制还可以使工程项目施工人员行为更为规范，提高施工效率，促进企业和管理人员的施工管理水平不断提升。

夏方军提高建筑质量和企业品牌信誉的另一项措施是严格管控工程材料的采购使用。工程材料是工程建设的物质条件，材料的质量是工程质量的基础。因此，采购和使用的工程材料质量必须符合标准规定。要严格检验进场的材料和设备。夏方军要求，进入现场的工程材料，必须有产品合格证或质量保证书，并应符合设计规定要求；需复试检测的建材必须复试合格才能使用；使用进口的工程材料必须符合我国相应的质量标准。同时，还应注意设计、施工过程对材料、构配件、半成品的合理选用，不能混用。

提高工程质量，树立品牌，必须推行科技进步。施工质量控制，与技术因素息息相关。技术因素除了人员的技术素质外，还包括装备、信息、检验和检测技术等。国家住建部《技术政策》中指出："要树立建筑产品观念，各个环节要重视建筑最终产品的质量和功能的改进，通过技术进步，实现产品的更新换代。"这句话阐明了新技术、新工艺和质量的关系。在夏方军善始善终、持之以恒的长期坚持下，华夏集团不惜成本，大力采用新技术和新工艺，为提高建筑产品质量打下了坚实的科技基础。科技是第一生产力，体现在施工生产活动的全过程。技术进步的作用，最终体现在产品质量上。为了工程质量，华夏集团特别重视新技术、新工艺的先进性和适用性。在施工的全过程，建立了一整套符合技术要求的工艺流程、质量标准、操作规程，建立起了严格的考核制度，不断地改进和提高施工技术和工艺水平，确保工程质量。

夏方军清楚，要想提高工程质量，把企业品牌做大，最重要的还是拥有一支什么样的队伍。建设队伍素质是搞好质量管理的基本条件，对工程质量的优劣具有决定意义。因此，华夏集团注重队伍建设，致力于队伍综合素质的提升，加强建设队伍的业务技术，使之掌握本职本岗位的各种技能，努力提高建设的技术水平和操作熟练程度。为此夏方军大力实施"走出去，请进来"战略，就是将技术骨干人员送到上海、北京、深圳等一线城市去观摩、培训，或者聘请外面的一些专家学者到集团内部来为技术骨干讲学，以此来提高建筑队伍的整体水平，甚至不惜重金将集团管理人才和技术骨干送到国外去学习、考察，让他们学习新知识，接受新思维、掌握新本领。

近年来，夏方军更是在全集团推行实施"比学赶超"制度，夏方军说："我们既要低头拉车，更要抬头看路。要不断创新工作思路，打造学习型团队。绩效考核必须紧贴岗位核心工作，要比、学、赶、超，让想干事、能干事、会干事的人享受到切切实实的利益。提高工作积极性、增强工作能动性、提升管理水平、树立企业形象。"通过实行比学赶超，华夏集团在各分公司、子公司和项目部评选出先进和落后单位，分别给予相应的奖罚，并分别授予流动红黄旗。掀起了一股跨越发展、争创一流，比学赶超、奋勇争先的华夏时代精神热潮。

企业发展的基础和振兴的希望所在是品质的不断提升，强化精品和诚信意识，提升企业品牌效应是不可回避的永恒主题。为此，集团将代表着工程建设综合管理最高水平的鲁班奖和国优工程奖作为集团追求的目标和梦想。夏方军说，集团全体员工特别是管理层要更新理念，深化精品意识，对承建的工程，无论规模大小，都要以创建精品为目标，精雕细琢，以此提升企业的品牌知名度，带动质量管理转型升级。

集团开发建设的项目把让消费者买得放心、住得舒心，打造老百姓信得过、叫得响的品牌作为永恒的宗旨。

集团投资建设的吾悦广场以争创国优鲁班奖为目标，坚持创新驱动，以精益化、绿色化、信息化、工业化为方向，积极践行"精益建造"理念、"绿色发展"理念，积极推行"智慧工地"、信息化技术、"装配建造"的实施应用。君邑湾项目约1.2万平方米沉浸式中央园林，以罕见奢阔尺度围合自然，开放、互动的社交空间里，呈现出国际前沿的生活方式。打破传统会所单一的功能，开启空间美学、生活方式、圈层社交的全方位延伸，定义宿迁人居新高度。

吾悦广场、君邑湾等项目建设承载着夏方军和华夏人对建筑业发展的使命和责任，在践行绿色建筑发展方向的同时，大力提升了华夏集团的知名度和美誉度，也标志着华夏集团开始"从规模型向效益型、从高速度发展向高质量发展"转型升级，华夏集团开始迈进新的历史发展阶段！

功夫不负有心人，经过不懈的努力，华夏集团凭借自己的作品赢得了社会广泛的信任与尊重，所承建的工程6次获得"全国AAA级安全文明标准化工地"、2次获得"全国绿色施工示范工程"、51次获得"江苏省文明施工标准化工地"、6次获得"江苏省优质工程扬子杯"、29次获得"宿迁市优质工程项羽杯"；公司7次获得"宿迁市建筑业综合十强企业"、1次获得"宿迁市市长质量提名奖"、10次获得"江苏省建筑行业竞争力百强企业"，7次获得"江苏省建筑行业百强企业"，企业综合实力不断增强。董事长夏方军先后荣获"全国住房与城乡建设系统劳动模范""江苏优秀企业家"和"江苏省优秀总工程师"等荣誉称号。

打造企业品牌，"诚信"是企业持续发展的根本和基石，是企业重要的无形资产，以诚取信，以信立誉，是华夏集团优良的传统和宝贵的精神财富。为此，夏方军要求进一步加强精神文明和职业素养建设，严格遵守诚信准则，认真履约，为业主做好优质服务。集团要求每一位员工，始终以"我是华夏的主人翁""我自己是自己命运的主宰"来严格要求自己，从身边做起、从小事做起、从细节做起，提高诚信意识，增强企业的信誉度、美誉度。

企业品牌打造意义深远，责任重大。华夏集团在这方面已经作出了积极的探索并结出了丰硕的果实。厚重的文化历史底蕴使华夏集团从企业成立之初就确立了"以人文本、科学管理、团结奋进、铸造辉煌"的理念。在长期的建筑施工实践中，华夏培育和形成了以自力更生，奋发图强，不畏艰险，艰苦创新，勇于克服各种困难的创业精神；讲究科学，精心施工，踏踏实实做好本职工作的求实精神；吃苦在前，享受在后，不计较个人利益得失的奉献精神。这些厚重的文化底蕴是宝贵的精神财富，为公司梳理和浓缩企业文化建设提供了丰富素材。面对新形势、新任务和新情况，公司始终坚持与时俱进，加强对企业品牌建设重要性的认识，引导广大员工认知企业精神，让企业精神在实践中得到升华。企业精神是一个企业基于自身特定的性质、任务、宗旨、时代要求和发展方向，为谋求生存与发展，在长期实践中经精心培育逐步形成的、并为全体员工认同的价值取向，并经过反复征求方案和反复筛选，华夏集团最终确立形成了"以人为本、以诚信为本、以质量为本、以客户为本"的企业经营理念，"现代、安全、文明、高效"的创业理念。集团公司通过开展学习企业品牌建设、质量管理有关内容活动，不断加深加快对企业品牌建设的认识，统一思想，凝聚力量，鼓舞斗志，有力推动各项工作的顺利进行。

随着时代的发展、建筑行业竞争的日益激烈。夏方军与时俱进，多次召开专题会议，对实施的企业制度和管理模式进行自我诊断，系统分析，回顾集团自创建以来，已经形成了什么样的传统作风、行为模式和价值观念，同时对外界进行深入细致的调查研究，以明确现有企业管理理念中哪些是积极向上的，哪些是符合时代要求的，应该发扬的，哪些是落后于时代发展的，应该淘汰的。在对原有企业制度进行彻底、全面再思考的基础上，结合未来发展趋势，使华夏员工形成企业所倡导的价值观和理念，同时建立与此相适应的管理制度和行为准则。

同时，夏方军在华夏集团原有管理积淀的基础上，认真总结，积极变革，顺应时代潮流，顺应建筑业市场需求，明确提出了集团要重点建设、着力打造以下几个新的品牌理念。

首先是速度意识。对于建筑企业来说，"慢生活"和"慢节奏"就意味着落后，甚至是淘汰。网络技术的迅速发展使传统竞争因素的重要性不断减弱，竞争越来越表现为时间竞争。速度问题和时间观念不仅可以决定一个企业的盈亏，也可以决定一个企业的生死。所以，培养员工的时间意识，发展企业的速度文化，已经成为一个现代企业必须面临的文化课题。

第二必须进一步发展品牌创新意识。在夏方军看来，在新的历史时期，企业生产规模或成本的重要性大大降低，而创造性和灵活性将成为最宝贵的资源。创新将成为企业的灵魂，离开创新，企业必将成为无源之水、无本之木。在科学技术迅速发展、经济全球化激烈竞争的今天与未来，面对复杂多变的市场需求，技术创新早已不是某个工程师或者技术员一个人能应付了，而是企业全体员工创造性的发挥与体现。因此，夏方军强调，华夏集团一定要发挥集体的智慧，充分挖掘每个人的创造性，最大限度地发挥全体员工的创新热情和团结协作的"团队精神"，形成品牌的创新意识。

第三个需要加强的是学习意识。学习型团队是华夏集团着力打造的企业文化，而且收效明显。但是夏方军和他的"智囊团""核心层"认为，在近十年来，知识迅猛增长，知识总量急剧膨胀，知识过时快，知识就像产品一样频繁更新换代，使企业持续运行的期限和生命周期受到严峻挑战。华夏集团只有通过培养整个企业组织的学习能力，在学习中不断实现企业变革，不断开发新的企业资源市场，才能应对这样的挑战。因此，如何使企业成为学习型企业，在企业内部形成一种学习意识，就成了华夏集团品牌建设中一项十分紧迫和重要的任务。

第四是全力打造诚信文化。在夏方军看来，现代的市场经济其实从某种程度上说就是信用经济，企业或商家未来之间的竞争，不仅仅是产品的竞争，更是信誉的竞争，是经营道德的竞争，尤其是对于一个从事建筑行业的企业来说，企业信誉已经成为企业社会责任的一部分。企业要坚持诚信为本，大力塑造企业的诚信精神，培育企业的诚信文化意识，增强企业的社会责任。

为了将企业的诚信建设抓牢抓实，从而让诚信成为华夏人良好的生活习惯和行为规范，夏方军以身作则，首先从内外两个方面树立自己的诚信形象：对内，言必信，行必果，说到做到，君子一言，驷马难追。对待合作方、对待社会，夏方军更是如此，说好的交工日子，绝对不拖延！别说下雨下雪了，就是天上下刀子也要按时竣工！硬性的工程质量，绝不打折扣。

夏方军不仅对自己严格要求，而且通过建章立制的方式来强化员工的诚信意识，通过日常生活中的点滴小事来教育和影响员工。

当然，一个企业，特别是一个建筑企业，只有诚信是远远不够的。因为现在的市场竞争非常激烈，甚至是残酷、惨烈，要想屹立于建筑企业之林，进而超出同行、引领先河，另一种意识，也就是危机意识，必不可少！

"墨菲定理"告诉我们：任何事都没有表面看起来那么简单；所有的事都会比你预计的时间长；会出错的事总会出错；如果你担心某种情况发生，那么它就更有可能发生。中国古代《易经》上经第一卦乾卦九三爻辞说：君子终日乾乾，夕惕若厉，无咎；又有"安而不忘危，存而不忘亡，治而不忘乱"的至理名言。其实均有共通之处，无外乎告诉我们要有"危机意识"。

"危机意识对我影响至深。"夏方军曾在 2019 年的集团员工总结表彰大会上说，"所以，我们在企业中也要形成一种危机意识，把危机和压力传递给每个人，广泛开展关于危机的讨论，讨论企业危机，讨论其所在部门的危机，讨论其所在科室的危机以及改进的可能性和如何改进，这样使员工们超常规的发挥潜力。"

孟子曰："生于忧患死于安乐。"华夏集团的危机意识建立让员工人人居安思危，进而防患于未然。从而调动了深藏的潜能，让企业焕发出勃勃的生机和活力。

品牌是企业的软实力，但是，以夏方军为首的华夏人的指导思想是：将企业品牌这个软实力做硬，让它成为助推企业发展的强劲的核动力！华夏人是这样想的，也是这样做的。而且，他们的确做到了！

第十二章　善待民工：建筑施工主力军

在华夏集团 20 年的发展历程中，在夏方军个人奋斗的 35 个春秋里，有一个挥不去也绕不开的响亮而重要的名字——农民工，这既是一个群体也是一个人。近些年华夏集团拥有的农民工数量基本保持在 6000 余人，高峰时超万人，如果把华夏集团比作金字塔，那么广大的民工就是金字塔的基座，基座牢固，风吹雨打，屹立不摇。

但是，无论这个群体的数量是多么的庞大，多么的难以管理，夏方军的态度始终坚持如一：只要踏进了华夏集团这个大门，无论他是谁，从事什么工种，处在什么位置，都是华夏集团的家人，都要善待他们。因为在华夏集团，没有人能比夏方军更能体会善待民工的意义，善待民工就是善待家人，也是善待自己。

这与他是从农村一步一步走出来，也是从农民工一步一步干起来的缘故是密不可分的，因此他对广大的农民工倍加体恤、倍加同情、倍加爱护。

作为华夏集团这个大家庭的掌门人，夏方军认为自己应该一碗水端平，决不能有亲疏远近之分。为此，他常思考："这么多的工人，来自全国各地，知识水平不同，生活习惯也不同，怎么来管理？又怎样来照顾？他们的期盼和他们的愿望又怎样来实现？"每当想到这里，夏方军总是情不自禁地想起山东十年的日子，想到那打工时因要工钱而睡在公园里的冷冰冰的夜晚，想到那一次次血和泪的经历……

夏方军明白，现如今身份互换了，他要照顾和善待的不正是当初的自己吗？他越想目光越坚毅，越想思路越清晰，多年的摸爬滚打经验告诉自己，要想真正地让民工学到本领、苦到钱，就应该让所有的管理者都明白和践行他的想法，就要有制度来约束管理者，就要以制度来保护农民工。

为了更好地将想法落地，夏方军专门召集集团的主要领导和项目经理开会研讨，很快出台了一份关于保护农民工权益的制度文件，这份文件大致内容是这样的：

一、严格执行公司《关于农民工工资发放管理办法》的文件要求。

二、各项目部在使用、招用民工时，与农民工在形成劳务关系之前双方必须签订书面劳务（用工）合同，约定工资支付办法，班组（劳务公司）必须签订农民工工资发放承诺书。

三、各项目部要真实、客观地对农民工的出勤进行考核，应设立考勤处，使用统一的考勤本。必须将工资直接发放给农民工本人，严禁发放给"包工头"、班组长或者其他组织，此项将纳入项目经理月、季度及年终考核内容，如发生不按文件要求办理的且造成相应后果的，评奖评优实行"一票否决制"。

四、对于班组临时性借支借款等，项目部要严格把关，不得超出合同付款比例范围，并且要在下次支付劳务款项时扣回。对于特殊的工程（如体量大、工期短、突击抢工期及民工流动性较大的工程等），项目部要采取有效防范措施，确保民工工资发放到位。

五、各项目部在签订分部分项分包合同时，必须使用具有相应资质的合法分包队伍，并且要分析出承包范围内所含的农民工工资的数额，以便缴纳保证金。

六、对于在集团公司内能认真遵守公司规定、积极响应公司号召的施工班组（劳务公司），在劳务合同履约期内没有发生一例农民工工资纠纷事件的，视为守法诚信施工班组（劳务公司），在公司网站上公布。

七、对存在不按公司要求瞒报考勤人数、拖欠、克扣工资数额问题的施工班组（劳务公司），集团公司将按照有关规定，责令其改正，对拒不改正的，除没收保证金外还将处以罚款。对无故拖欠或克扣农民工工资数额大、时间长、性质恶劣的施工班组（劳务公司），公司将申请建设、劳动行政主管部门对此类班组（劳务公司）拉入黑名单、降低或取消资质，并移交司法机关立案处理。集团公司也将此类班组（劳务公司）在公司网站上公布记入黑名单，各项目部不得继续使用。

农民工背井离乡，出来出大力流大汗，目的就是一个：苦钱养家。所以，钱多还是钱少、能不能及时拿到手，就成了民工衡量一个建筑企业好与坏的最重要的标准。

铁打的营盘流水的兵，一些民工在所在项目结算工资时，因找不到相应的具体负责人而不知所措，有的不知道去哪找要工资，有的不知道自己工钱的具体结算方式，夏方军更是亲自牵头成立了农民工工资处理专项领导小组，集团骨干成员作为小组的成员，以保证解决农民工急难愁盼的工资问题。

在华夏集团的建设工地上，有着这样一对夫妻，他们都是宿豫区大兴镇逸奇村人，男的叫张百荣，女的叫王秀珍，都是四十多岁。他们上有父母双亲，下还有一双儿女，是本地成千上万"摩托大军"（宿迁人对那些骑着摩托车早出晚归进城务工农民的形象化称呼）中很普通的一对。

按照宿迁人的传统观念，夫妻俩最好在两处工作。这样可以回避一些风险，比如：一方工作的企业效益不行了，或者拖欠工资了，好歹还有另外一个，东方不亮西方亮。如果同在一个企业，就像把鸡蛋同时放在一个篮子里，有风险。

夫妻俩为什么选择在一个工地上工作而不是像传统观念那样分开工作，张百荣夫妻俩曾这样对其他新来的工友说道："咱们夫妻俩之所以长期在一个工地上做工，不是咱们俩不怕风险，换一个工地也不是不行，但在华夏的工地上我们放心，因为华夏的董事长不差钱。"

"不差钱？"

"对，不差钱，咱们都有工资卡，月底了，工资直接由公司财务室打到咱们的卡上。中间谁也不过手。"

"中间不是还有包工头和管理人员吗？"

"他们只负责工程和管理，不经手钱。"

原来是这样，工友担忧的表情变成了期待，紧接着问："你们一个月能挣多少钱？"

张百荣说："九千。"

"夫妻俩一个月才挣九千？难怪不差钱。"新来的工友略显失望地说。

王秀珍在旁边笑了，说："咱们一人九千。两人一月一万八。"

"这真不少。"

"是啊，华夏的董事长我们在工地见过，人特别好，有才能，有实力，更有人品，对咱们民工特别宽厚，不仅工钱不少，而且工资标准也是同行当中最高的，要不我能跟着他干将近十年吗？"张百荣说。

"你跟着他干将近十年了？"工友很惊讶。

"是的。"张百荣说，"那时候他的公司才成立不久，名气没现在这么大，实力当然也没现在这么雄厚。但是我一眼就看出，他是一个能成大事的人。"

"为什么？"

"还是德，得人心。举个例子吧：那时候整个建筑行业民工工资都是小包工头发的，而一些小包工头经常见钱眼开，卷款跑路。小包工头一旦跑路，工人工资基本上就泥牛入海了。有一年年底，华夏集团公司里有一个小包工头子也跑了。我们都以为钱完了，没地方要了，因为董事长已经按照规定将一年的工钱准时地结算给小包工头子了……可是董事长考虑到临近春节，多少人家的父母在等着，多少人家的妻子在盼着，多少人家的孩子在期待着。如果拿不到工钱回去，他们的父母是多么的落寞，他们的妻子是多么的不安，他们的孩子是多么的失望！最终，董事长还是将钱垫付了。那时候董事长刚创业，也没钱，都是从亲朋好友那里借来的。董事长说借来的账可以慢慢还，跑了的人可以慢慢找，但是兄弟们的血汗钱不能少。做人得有良心，那种只管自己吃肉、不管弟兄们喝西北风的缺德事，咱不能做……"

对于卷款跑路的包工头，夏方军是深恶痛绝：他们是强盗！他们卷走的不仅仅是工人的钱，更是强偷了他们的血和汗，甚至是他们一家老小的希望。

面对夏方军的善意之举，一些班组和包工头甚至伪造名册，骗取集团的工人工资，甚至组织一些根本不在工地上打工的民工或无关人员到公司和有关部门恶意讨薪。

如果把夏方军和华夏集团的一次次包容当作愚蠢和无能，他们就错了。

为了有效控制这些情况，挽回损失，更好地确保农民工工资发放，夏方军在集团成立了农民工工资专项处理小组。要求按项目、按班组一一核对名册，核实完成的工程量和付款节点，由项目部、财务、领导小组成员签字确认。工资发放必须有农民工本人签字确认。对于携款跑路的班组长和包工头，搜集证据，达到起诉条件的，交由法务部进行起诉。

同时配合有关主管部门，上报恶意讨薪和携款跑路的班组长信息，建立黑名单，坚决杜绝此类班组再承接集团公司工程项目。

有了制度保护农民工的权益，也只是最基本的保证农民工可以拿到辛辛苦苦的血汗钱。如何能够提高农民工的知识水平和综合素质，如何能够让每一位农民工多赚钱又成了夏方军心头牵挂的事情。

现在大部分农民工都是来自农村，文化程度不是很高，大部分是小学或是初中毕业。他们大部分的人没有经过系统的学习，大部分是在务工过程中慢慢学习掌握相关技能，所以整体的水平有所欠缺。

夏方军对身边的人这样说道："农民工之所以背井离乡出门打工，目的很简单，就像自己当初出去打工一样，就是为了挣钱，养家糊口。但是，绝大多数的农民工除了一身力气之外，没有特长，没有技术，所以工钱相对较低。假如农民工兄弟能掌握一门技术呢？不仅可以提高收入，而且增长了一样本事、一样才干。现在的工程，没有特长、没有技术、没有证书都无法进入工地打工。那样一来，岂不是一举多得的好事吗？我刚开始打工时，一开始就是干死活出苦力，后来觉得这不是长久之计，没有特长没有技术，提高不了自己，也拿不到更高的工钱。我很幸运能遇到我的师父，不但学到了更多的技术，开拓了眼界，而且还学到了一些管理的能力。但是谁给他们找师父，他们又去哪里学习？"

"学校，可以尝试成立农民工学校来给他们业余培训和学习，既能进行一定的知识培训又能解决下班之余乏味的生活状态。"夏方军在不断地思考总结后和他的同事们说到。

思想碰撞的火花总是惊艳和智慧的，成立华夏集团农民工业余学校的计划开始紧锣密鼓地实施了。

农民工业余学校是夏方军专门为农民工弟兄们设立的学校，凡是华夏集团旗下的建筑工地，建立入学、培训、考试、发证等规程。并且聘请相关专家进行专门的专业培训。

为了将这一件一举多得的好事做好，夏方军经过广泛调研、慎重决策，成立了由公司领导担任组长、各有关部门领导为成员的农民工业余学校创建工作领导小组，负责对各项目部的农民工业余学校创建工作的宏观指导和督查，在此基础上，明确责任，将创建和办好项目部农民工业余学校及办学所取得的成效与项目部的工作业绩考评、信用、创优评先紧密结合，确保农民工业余学校建设达标，做到有教学场地、有管理制度、有师资队伍、有教学计划、有经费保障，同时，积极探索教育培训的有效途径，为全面提高农民工综合素质和专业技术能力、增强项目施工综合实力做出了不懈努力。确保创建经费的投入；确保教学师资力量；确保必修课和选修课的编制课程安排；确保教学设备设施配备齐全；确保所属项目部农民工全员参学。为强化民工学校管理，集团公司对每个项目部采取奖惩激励措施，将农民工业余学校的创建质量和成效作为工程"安全质量标准化现场"考核的否决指标，促使该项工作保质保量完成。

业余学校设校长、教务处负责人，下设必修课老师和选修课老师，统筹安排农民工业余学校所需师资。编写培训教材和教学光碟，以建筑业中级工职业技能标准为教材，以各主体工种职业技能为主要内容，兼顾安全生产和卫生防疫等相关知识，通俗易懂，使农民工"坐得住、听得懂、能应用"。落实办校经费。项目部设立专项办学经费账户，为办学添置一批硬件设备。如电视机、DVD影碟机、黑板、本子、笔等学习用具，公司在资源紧缺的情况下，调拨办学经费数万元，确保了项目部教学硬件软件的配备需要，为农民工业余学校创建了一个良好、舒适的学习环境。

同时，确保农民工业余学校建设具备"六个有"，即有一个固定的教学场所，有一套相对规范的管理制度，有一支相对稳定的专兼职师资队伍，有一份较为科学的教学计划，有一个不断创新的活动载体，有一批学以致用的优秀学员，并对各项要求规定了量化指标。

另外，充分发挥业余学校载体，积极开展各种培训工作。结合民工自身文化水平偏低的特点和施工要求，撰写了农民工业余学校教学课程大纲，学校按照大纲完成教学内容，为了充实教学内容，编辑制作了《宿迁华夏建设集团农民工业余学校电子系列教材》光盘 2000 份，并与《农民工常识读本》近 3000 本一同免费发放作为日常教学使用，教材涵盖了民工所需的法律常识、文明礼仪、安全生产、施工技能、生活常识等方面，注重实效和通俗易懂。

以江苏运河文化城项目部农民工业余学校为例，自从学校创建开始，参加业余学校的农民工学员超过 2000 人，其中共有 800 人取得了职业技能上岗证等证书，大大提高了建筑工地持证上岗率和农民工的综合素质与劳动技能。

为了更真实地了解民工——构筑华夏集团这座企业大厦基石的生活学习真实情况，夏方军还专门成立了集团督查办公室。督查办公室工作人员不定期到工地进行检查了解。一次在华夏集团的运河文化城项目工地上，正是午饭时间，工作人员走进生活区的食堂，和农民工朋友一起就餐。伙食应该说非常的不错：鱼肉荤腥、蔬菜水果、米面精粗……不仅品种多样荤素配搭、赏心悦目、色香味俱佳，而且价格非常低廉实惠，不由得让人感慨万千。

不过让督查人员更加感慨的是，当时有一名工人正在请工友们分享生日蛋糕，因为恰好就坐在他的附近，所以也跟着一起分享了一块。在品尝着鲜美的蛋糕、分享他生日喜悦的同时，心里不由得有些嘀咕："要知道，一般来说，我们只想着为年长者或者年幼者庆生，并一定要订一盒精美的生日蛋糕当作礼物。处于中间地带的，如我们自己，平时为繁忙的工作与平庸的生活所累，常常连生日都忘了，更别提什么蛋糕了。而他只有三十出头，何况，这还是在繁忙的建筑工地呢！"

督查人员忍不住心里的好奇，搭讪道："兄弟贵姓？""免贵姓王，王新福。""听口音不是宿迁本地人？""山东临沂的。""祝你生日快乐啊！""感谢感谢！""这蛋糕是真不错！你自己去订的？""我哪有时间啊，工地上忙着呢。""怎么？是朋友订的？""不是。是我们项目经理订的。""项目经理订的？""就是的，我们项目经理让人登记下我们每个民工的生日。到了那一天，不但要送蛋糕，还要发一些其他的小礼品……有一次一个河南的工友六十大寿，我们项目经理恰好在家，还让人定了一桌宴席，亲自给他敬酒了呢……"

农民工自豪地诉说，正应了孟子那句流传千年的名言："得天下有道，得其民，斯得天下矣。得其民有道，得其心，斯得民矣。得其心有道，所欲与之聚之，所恶勿施尔也。"

这就是夏方军和他的华夏集团成功的秘诀了：以诚生德，德行天下。

夏方军深知，支撑华夏集团的是建筑施工，而农民工是建筑施工的主力军，城市日新月异的建设，集团发展目标的实现，一砖一瓦都浸透了农民工的汗水，离不开最基层最庞大的农民工兄弟。他们和奋战在各条战线上的人一样，都作出了巨大的贡献，是城市建设和发展的主要贡献者。他们为了生存，为了生活，背井离乡，加入城市建设的大军中来，在城里闯荡，在工地上奋战。工作时，手脚就是丈量工具，休息时，砖头也可以当枕头，没有白天不想黑夜，不知道辛苦也不在乎冷暖。没有他们24小时的轮番奋战，何谈华夏速度？没有他们身上的脏和臭，何谈华夏质量？没有他们敢闯敢拼的劲头，何谈华夏进步？没有他们脸上的沧桑与笑容，又何谈华夏文化……

一个建筑企业的命根子，从表面上看起来是这个企业的建筑作品，而本质上，却是千千万万围绕这作品辛勤工作的人。特别是那些用一砖一瓦、一沙一石将这作品一点点亲手浇筑出来的普通劳动者，也就是民工。而且，民工最庞大，最底层，最弱势，对待他们的态度，最能体现一个企业或者企业家的精神与品格。

换言之，一个企业或企业家如果能视民工如兄弟、爱民工如手足；能赢得民工的爱戴与信任，那么，何愁市场不能做大？

随着建筑市场的逐步扩大，农民工数量呈大幅增长的趋势。时下，企业的用工难、用工荒已经成为一个老大难的问题，特别是劳动力密集、劳动强度极高的建筑企业，在招工的时候，常常会遇到"门前冷落鞍马稀"的尴尬处境。但是华夏集团的情况却恰恰相反，每次招工，报名者便踏破门槛，有的还是从其他建筑企业的工地上"跳槽"过来的，有的还是从省内其他地方或者千里之外的省外闻讯赶来的。人数常常要超出用工量的几倍，弄得招录人员不得不"挑肥拣瘦"、优中选优。

在华夏集团目前近 6000 余名奋战在一线的建筑大军中，多数都是年轻力壮或者年富力强的中青年人。一些还是拥有中专、大专、甚至本科文凭的文化人……那么，华夏集团如此强大的"磁场"究竟是什么？它不可抗拒的魅力究竟从哪里而来？夏方军和华夏建设集团给出的答案是：优厚的物质待遇，温情的人性化管理，安全而和谐的工作环境。

夏方军提高农民工待遇的第二个做法是：让民工像白领一样有尊严地生活。

在华夏集团运河文化城项目部的民工生活区，可以远远看见一个很上档次的巨大舞台。舞台前面的场地上足足可坐千人。舞台遮风挡雨的顶棚上只只镭射灯像累累果实一样相互交错着，舞台的水泥地面上则铺着鲜红的地毯。舞台左右两边的红绸竖幅上写的是"但愿人长久，千里共婵娟"，舞台上方的横幅上写的则是"庆中秋文娱晚会"。一般人都会很奇怪：只听说机关搞晚会、学校搞晚会，还从来没听说建筑工地上也可以搞晚会。而这却真实地发生在华夏集团的工地上。

工地上来自泗县的一位叫朱锦玉的工友说："今年的中秋晚会搞得非常热闹。我在其他的工地上从来没经历过，逢年过节时候为了多挣点钱也舍不得回去，冷清寂寞的时候就跟家里煲个电话粥，但今年让我在相思之余感受到了大家庭般的快乐和温暖。"

中秋的夜晚在夏方军的心里是感触颇深的，在创业的头十年，他不知道熬过了多少个难以承受的孤独苦寂的夜晚。年轻的他，又何尝不想带着挣到的钱，回到家里和奶奶、父母、兄弟姐妹吃顿香喷喷的团圆饭。这种离愁、困苦、不安、向往的滋味早已经深深烙印在他的心里。

争得大裘长万丈，与君都盖洛阳城！这是夏方军曾经的写照也是他积淀下的宝贵精神财富。华夏集团一个非常重要的企业理念就是人本主义，人文精神，人性关怀。在华夏集团，员工不论岗位，不论文凭，不论大小，不论男女，不论远近，人格上一律平等，享有一样的尊严和一样的尊重，特别是对工作在一线的民工，大家更是高看一眼，多爱一分。

对民工的尊重与爱护不是一句冠冕堂皇的空话，而是实实在在、点点滴滴地落实在了对民工物质利益的保护和对民工精神生活的关心上。

说到民工的生活，夏方军更是深有体会，也更加注重对民工生活的点点滴滴关怀。

在华夏集团的工地生活区，与其他工地大不相同的是，不仅看到了可供重大节日表演的舞台，而且看到了很多可供民工日常休息、消遣、娱乐、学习的设施：淋浴房，多媒体放映厅，篮球场，乒乓球台，图书室……甚至，连民工的情感上的需求：父母情，儿女情，夫妻情，夏方军也考虑到了。

在华夏集团一些项目建设工地的民工生活区，专门为有需要的人设立了夫妻房。有时会看见年轻漂亮、穿着时髦、浑身上下干干净净的女子。这些打扮的楚楚动人的女子并不是工地上的民工，而是刚结婚不久来工地和丈夫相聚度蜜月的。虽然结婚了，但每天柴米油盐酱醋茶少不得，她们的丈夫不得不还在如胶似漆的时候马上到工地打工挣钱。对这种情况，夏方军单独安排项目部要设立夫妻房，以便他们既能安心在工地工作又能照顾到家庭情感。

夏方军曾半开玩笑地说："我处对象的时候不是办公室恋情，也不是大户人家门当户对的媒妁之言，就是在工地上摸爬滚打，一路风雨过来的。所以最能理解现在工地上的工人们。"

世上最难做好的是小细节，世上最能打动人心的也是小细节。凡事都能换位思考，就像曾和夏方军一起打天下的老功勋们说的那样，华夏集团之所以能够成为一个远近闻名的大集团，也许，就是因为他们把所有的小细节全做好了的缘故吧。

夏方军对待农民工的第三个态度是只有该伸的援手，没有不该帮的困难。

对于来自河南焦作的工友徐步清来说，在华夏集团工地劳作是一段值得他一生铭记的时光。有天深夜两点，原本一觉睡到天亮、响雷也打扰不了一下的他，忽然醒过来了，是被一阵刀绞似的腹痛痛醒的。

徐步清一开始以为是不小心着凉，闹肚子了，因为自己年轻力壮，而且从来没病没灾的。可是跑了一趟卫生间回来，肚子还是照样痛。而且比刚才痛得更厉害了。徐步清连忙叫醒了工友郭永乐。郭永乐又及时地报告了带班的章荣泰。

也就一两分钟的时间，集团负责安全生产的分管领导就得到消息了。按照集团制定的章程，他一秒钟也没耽误，就拨通了120电话。10分钟后，一辆急救车飞速而至。

是急性阑尾炎，需要立即动手术。动手术需要交押金，需要签字，交押金和签字需要病人亲属。亲属远在千里之外。不过不用担心，因为危急时刻，集团领导就是病人的靠山和亲属……这次徐步清在医院住了半个月。集团不仅补贴了他的医药费，而且还专门安排一名工友服侍和照顾他……

在徐步清恢复了健康后，面对同行的工友，他动情地说："说起来，领导能及时地将我送到医院，就已经做到仁至义尽了，根本没有责任补贴我的医药费，还安排人照顾我。因为这毕竟是阑尾炎，不是什么职业病，更不是工伤。"

其实像这样的事情多着呢，而且不仅是民工遇到了难事公司帮，民工家里遇到难事公司也帮。

一个叫杨于民的安徽砀山籍工友，小儿子考取大学，学费需要近万元。老杨家庭负担较重，一时拿不出，儿子面临无法准时报到甚至被动辍学的危险。项目部负责人将此事报告夏方军，夏方军知道后，立即批准预付了他两个月的工资，而且还另外资助了他儿子两千元的助学金。南通通州籍工友罗进财，爱人不幸患上重症，花光了家里所有的积蓄，依旧债台高筑。夏方军知道后，不仅在中层干部中专门为他组织了一次捐款，而且另外资助了他一万元……

夏方军曾经说过一句话："集团的靠山是员工，反过来也一样，员工的靠山是集团。"对于广大员工，特别是较为弱势的民工兄弟而言，集团只有该伸的援手，没有不该帮的困难……

是的，一件件鲜活的事例表明，华夏集团的理念和行为是高度统一的，它满怀感恩之心，在倾情地反哺员工，更在不遗余力地回报社会。

"把以人为本作为企业最根本的价值取向，把科学管理作为企业最现实的经营理念，把创新发展作为企业最重要的动力源泉，人性化管理、构建和谐，注重打造以人为本的环境氛围。关爱员工，特别是生产一线的农民工，人性化管理，营造蓬勃向上和热情饱满的活力氛围，是企业文化建设和文明创建的根本。只有充分体现以人为本的管理理念，企业的向心力、凝聚力才能与日俱增。一是充分体现人文关怀和人性化管理。本着人性化管理的理念，让企业发展的成果惠及每位民工，我们要不断完善各个项目部的配套设施，高标准、高起点的打造一流靓丽的员工生活区，实现了农民工住宿条件统一，就餐标准统一，工资发放统一，用工管理统一，劳动保护统一，生活设施标准化，员工娱乐多样化，职工宿舍公寓化，炊事机具现代化，院落卫生标准化。二是努力构建文明和谐创建的交流平台。理解源自交流，和谐在于沟通。为及时掌握农民工的思想动态，有的放矢地做出决策，实现工作秩序良好、职工心情舒畅、施工和谐稳定的目的，我们要搭建干部与员工交流互动平台，倾听农民工的心声，使其成为促进和谐施工、文明创建的重要载体。在此基础上，我们还要在项目部设置沟通信箱，把员工的意见和建议作为改进各项管理工作的重要参考，增强员工的认同感、归属感、安全感、温馨感。"夏方军这样对集团员工总结说。

在国家相继出台保障农民工工资支付和合法权益的各种条例和政策的大背景下，夏方军指出，要认真贯彻落实政府和主管部门的各项政策，不断研究和改进相关制度机制，建立农民工实名制考勤系统，建立诚信班组名单和黑名单，保证农民工合法权益。

天行健，君子以自强不息；地势坤，君子以厚德载物。德行天下、诚行天下、爱行天下、善行天下。德如暖阳，诚如厚土，爱如细雨，善如和风——正是得益于广大民工的辅佑，华夏集团这朵奇葩才如夏花般绚烂，惊鸿耀眼。

时至今日，"农民工"的称呼已成为历史，取而代之的是向"建筑工人""产业工人"的方向转变。然而，在夏方军的心中，无论是农民工还是建筑工人，进了华夏门就是华夏人，都要善待。因为善待他们，就是善待自己。

第十三章　融资让利：企业发展加速器

　　2018 年 11 月 1 日，习近平总书记在京主持召开民营企业座谈会并发表了重要讲话，在充分肯定我国民营经济的地位和作用时，概括了民营企业具有"五六七八九"的特征，即："贡献了 50% 以上的税收，60% 以上的国内生产总值，70% 以上的技术创新成果，80% 以上的城镇劳动就业，90% 以上的企业数量。"这无疑表明我国民营经济已成为推动我国经济发展不可或缺的力量。纵观中国民营建筑企业在行业中的地位和作用，毫不夸张地说就是民营经济在全社会中的缩写。

　　融资成为民营建筑企业发展的最大困难。

　　长期以来，中小民营建筑企业在迅速发展的同时，由于自身缺陷和外部环境多种因素导致面临着许多问题，其中特别突出的困难就是建设资金困难。据悉，非国有建筑企业除"三资"企业具有较顺畅的融资渠道外，中小民营建筑企业普遍缺乏融资渠道，出现了建设资金短缺、建设项目资金周转困难等实际问题。银行金融机构出于资金安全和赢利考虑，往往给中小民营建筑企业额外设置严厉的贷款门槛和增加繁杂的手续，信贷条件苛刻或者干脆拒绝贷款。即便如此，还得经过长时间的层层审批，中小民营建筑企业能够贷到手的资金很有限。而且，敢为中小民营建筑企业担保的机构数量少、担保品种单一、贷款期限短、风险性大。因此，建设资金短缺的问题已成为阻碍中小民营建筑企业发展的核心问题。

　　虽然在发展中存在很多的问题，但是如果没有融资机构对中小企民营企业的资金扶持，那么中小民营企业想做大做强也是不可能的。

一个好汉三个帮：夏方军的第一笔贷款。

宿迁市实验学校二期项目是夏方军回乡创业的第一个工程，在这个项目，夏方军作了第一笔贷款。这一笔贷款的艰难程度貌似山穷水尽，却又柳暗花明；看似有如神助，却又是自然而然。至今回想起来，夏方军也是时时感恩，念念不忘。

宿迁市实验学校包括小学部和初中部，紧邻府苑小区西侧，而小区的东侧就是新建的市政府办公大楼。夏方军承建的是二期项目，小学部建筑面积约 5200 平方米，初中部建筑面积约 7100 平方米，合同金额 900 多万元。项目在 2000 年 10 月份开工。这是宿迁刚刚建市的第 4 个年头，政府工程四处开花，市财政资金相当紧张。

那一年，夏方军刚刚 26 岁，年轻帅气，精力旺盛，他把全部的时间和精力都放在项目建设上，抓进度，抓质量，抓安全，搞检查，搞评比，再苦再累他都不放在心上。但是工程款无法按照合同及时回笼，自己一而再再而三地把有限的流动资金全部投进去，几次之后，财务账上面的资金已经见底了，眼看着工程款还是遥遥无期，项目停工待料，自己又贷不了款，夏方军陷入了巨大的焦虑之中。

那时候，夏方军每天吃住在工地，到处都能看到他的身影，到处都能听到他的声音。夏方军对工作的态度是兢兢业业，从不推三阻四；对质量的把控是一丝不苟，从不马马虎虎；待人接物更是既稳重又豪爽，既干练又实诚，这深深打动了甲方代表。负责学校后勤管理的领导也是看在心里急在心上。

面对项目生产资金的困难，二期项目如不能按时竣工，必将影响新学期的招生计划，打乱教育局的招生部署。人说急中生智，一个大胆的想法在夏方军头脑中生成，那就是采用甲方担保的方式向银行贷款，向老师个人借款，以此保障项目的施工进度，确保项目按期完工。

因为项目是自己学校的工程，老师们知根知底，这是政府投资的工程，虽然一时资金紧张没有到位，但是该支付的工程款也是一早一晚的事。再说，学校的发展也是关系到国计民生的大事。于是，以学校担保形式，夏方军从民丰银行贷出了第一笔资金 130 万元。此后，许多老师又以个人借款，学校出面做担保，又陆续贷款融资了 300 余万元，有效地化解了项目生产危机，确保了项目按期交付。夏方军"干一方工程，交一方朋友"的经营理念，为深化合作和共赢发展打下了坚实的基础。

打造商品混凝土板块：充分利用产业链优势解决项目建设资金。

无船出海，就要借船出海；没有优势，就要创造优势。

在成立华夏集团的前一年，也就是 2005 年这年，宿迁青华中学和宿迁义乌国际商贸城正在如火如荼的建设之中。虽然财务账上的流动资金少得可怜，而两大项目建设进度又刻不容缓，但是在第一时间听说宿迁泰玛士新型建材有限公司要出售全部股权的时候，夏方军立即毫不犹豫迅速与对方接洽，经过友好协商，并以合理的 600 万元价格买下宿迁泰玛士新型建材有限公司的全部产权，并接受了全部的债权债务。

其实，对于收购商品混凝土公司，夏方军早有打算。随着社会的发展，商品混凝土公司每年的收益无疑是可观的，不仅可以实现项目建设进度自主掌控，而且又可以充分利用这个实体扩大社会融资。

流动资金贷款是为满足生产经营者在生产经营过程中短期资金需求，保证生产经营活动正常进行而发放的贷款。流动资金贷款作为一种高效实用的融资手段，具有贷款期限短、手续简便、周转性较强、融资成本较低的特点。就在成功收购泰码士之后不久，华夏混凝土公司就从民丰银行成功申请了第一笔流动资金贷款 300 万元，不久又从中行申请了 800 万元的贷款。华夏混凝土为集团公司提供了大量的混凝土，为集团垫付了大笔资金，为生产经营提供了强有力的保障。

此后，夏方军开始筹划混凝土板块的运作，2011 年 9 月收购了江苏汇丰混凝土有限公司，2013 年开工建设了宿迁贝斯特建材有限公司，并同时收购了泗洪县华升建材有限公司，2018 年底租赁了泗阳鑫泰建材有限公司，形成了混凝土板块的五大公司，以质量好，信誉佳，服务一流的企业信誉赢得周边 100 公里的业务范围，有力地助推了建筑板块的项目建设，为房地产开发提供了强大的动能，有效解决了项目资金这困扰夏方军挥之不去的心痛！

断臂求生，圆满化解昆明财务危机。

2008 年开工建设宿迁市卫生学校之后，夏方军开始运作开拓外埠市场。此时，昆明的城市建设如火如荼，备受瞩目。战略合作伙伴邀请夏方军一起远赴昆明参与地方建设。

夏方军清楚，华夏这只大船一定要走出去经历暴风骤雨的洗礼，否则就只能是骆马湖里的小船，永远见识不到大海的波澜壮阔。

雷厉风行是夏方军的一贯工作作风，夏方军立即组织精干力量，奔赴昆明。2008 年 9 月，队伍迅速投入到昆明螺蛳湾市场一期 A 标的开工建设。2009 年 10 月，螺蛳湾仓储一期 E 标开工建设。截至 2014 年，夏方军相继承建了螺蛳湾创业园小商品加工基地一期、二期和三期、昆明螺蛳湾市场二期和三期、昆明民生银行、湖北中豪襄阳国际商贸城商业街市场、浙江义乌商贸服务综合体等多个项目，短短 6 年之内，华夏集团累计施工面积约 300 万平方米，合同金额达 20 亿元。

企业的发展就如大海的浪潮，起起伏伏。这时候的华夏集团犹如烈火烹油、鲜花着锦。随着承建工程的体量增加，资金投入这一条血液大动脉成为夏方军最为关心的核心业务，信用贷款、项目贷款、抵押贷款等不同的贷款不断增加。可是，谁也意想不到的危机却在一步一步悄悄逼近。

2015 年 3 月 15 日，昆明事件发生，战略合作伙伴资金链断裂，全部工程烂尾，欠下华夏集团工程款达 16 亿元。而此时华夏集团的银行贷款达到了 25 亿元的历史最高峰值，夏方军陷入了腹背受敌的两难境地。这一年，夏方军 41 岁。

《菜根谭》里有一句话说得好："每临大事有静气。静而后能安，安而后能虑，虑而后能得。"

山一般的压力扑面而来令人窒息，一时间，团队不知所措。但是，多年来的磨砺和历练告诉夏方军，此时此刻，必须冷静，不能自乱阵脚。他告诫团队，不要慌，沉住气，难题总有办法解决，没有过不去的火焰山。

凭借着在昆明当地银行业的良好口碑和信誉，经过艰苦洽谈协商，夏方军与昆明当地多家银行达成共识，同意贷款展期 2 年。为华夏集团的发展争取了宝贵的时间，为华夏集团的发展留下了极大的回旋余地。2 年时间，700 多天，可以干出很多业绩，这就等于给了夏方军喘息的时间。

此时，合作多年的战略伙伴已经完成破产重组，法定代表人更换。

对于夏方军来说，这 2 年的时间，是那么煎熬，又是那么飞快。他日思夜想：如何化解昆明地方银行的 11 亿元贷款，万一处理不善，这将成为引爆华夏集团保信用、保平台的核弹。外界一些人又开始唱衰夏方军了，就等着看华夏公司的大门何时关闭。

性格倔强的夏方军既没有低头，也没有怨天尤人。他一边组织公司正常承接业务，一边四处奔走想办法，2 年的时间，精神和经济的双重压力是何等的巨大，但夏方军依旧是斗志昂扬，激情四射，对华夏的未来充满自信。

宿迁市政府一直在关注着华夏集团的债务危机，2017 年底，市政府出面与昆明当地银行及重组后的法人会办协商如何解决华夏集团的工程款和贷款。

长痛不如短痛。夏方军意识到，决不能无休止地陷入在这个困境里，由此牵扯团队的精力和企业的发展。夏方军毅然决然地决定，用 16 亿元的债权冲抵昆明当地银行的 11 亿元债务。这就是等于白白丢失了 5 亿元的债权，或者说是公司纯利润。而建筑行业的利润在市场激烈的竞争下，利润极低，有目共睹，可以说是几年来的辛苦所得付之东流。

白白丢了 5 个亿的解决方案，当时集团公司高管们还是不能接受的。现在看来，夏方军当时忍痛割肉，断臂求生，不求一城一地之得失，而是从集团全局出发，丢掉幻想，集中精力办大事，可谓是明智之举。

后来，夏方军总结说，吃亏是福。如果我们一味地盯住这 5 个亿不放手，一定要拿到 5 个亿，就肯定要投入大量的时间和精力，华夏集团就有可能走不到今天。也就是说，舍得舍得，没有先舍，哪来后面的得。

与此同时，宿迁市政府出面指示宿迁金融系统对华夏集团进行重点帮扶。三大银行和多家地方银行组织成立了金融同盟，出台专项扶持政策，原则是不抽贷、不断贷，在不违背政策条件下，大力支持华夏集团的发展，每季度召开一次会办会，协调解决问题，为华夏集团迅速走出困境作出了巨大的努力。

滴水之恩，当涌泉相报。时隔多年，每每说起这段难忘的往事，夏方军说，患难见真情。宿迁市政府和银行当年对华夏集团的帮助，铭记在心，不可忘却。所以，也就不难理解在后来的农房改善和学校建设中，夏方军总是不讲条件，一马当先。

让利于人，合作共赢。

钢材是工程建设中资金占比较大的材料。苏北最大的霸王举鼎地下人防工程的钢材用量就达到 1.5 万吨，江苏运河文化城的钢材用量就达到 2 万吨，即使是一个普通住宅项目的钢材用量也大都超过 1 万吨。高峰时期的钢材价格每吨超过了 6000 元，即使是低谷时期的每吨价格也在 3000 元以上。钢材的使用量之大，占用资金之大，可见一斑。

项目的生产进度与钢材供给息息相关，没有钢材，项目就要停工，停工就影响如期交付。不但合同无法履约，而且还影响公司的信誉。如何解决购买钢材的资金问题，是夏方军日思夜想的一件大事。

"天下熙熙，皆为利来；天下攘攘，皆为利往。"最早出自先秦的《六韬引谚》中。后在西汉著名史学家、文学家司马迁《史记》的第一百二十九章"货殖列传"出现并流传。这句话意思是说普天之下芸芸众生为了各自的利益而奔波。

夏方军说，这是人性的本能。如今的市场，是既有竞争又有合作。市场已经发展到你为我用、我为你用的互助共赢、相互成就的时代。

为此，夏方军筛选了一批有实力讲信用的钢材经销商，以巨大的用量、持续的合作、可观的利润吸引其自愿为项目长期提供钢材。

在合作中，双方秉承互助共赢理念，坚持协商自愿的原则，以徐州钢铁西本网的价格为指导价，合同单价基本上高出指导价的 5% 以上。以 1 万吨为单位，11 个月为周期。由经销商先期垫资 3000 吨钢材，然后每进场一批钢材，项目就支付一批资金。最后时间付清全部钢材费用。

木方模板以及脚手架在项目建设中也占据了一部分资金。在资金捉襟见肘的情况下，如何解决这部分资金，夏方军自有他解决的办法。

与其他单一经营的建筑企业不同，夏方军目光远大。自 2006 年收购华夏混凝土公司并组建华夏集团以后，开始逐渐涉足房地产行业。由于手中拥有房产资源，夏方军充分利用资源的优势，转而推行以货易货的形式来解决资金的问题。在木方模板、脚手架的合同签订中，单价基本上要高出本市同行业。在资金支付中，给予对方最优惠的价格、最优质的房源，打动对方自愿把资金用于购买住宅或商铺。以至于建筑行业很多人说，是夏方军屡屡打破市场价格，提高了项目建设材料成本。

《汉书·元帝纪》说："安土重迁，黎民之性；骨肉相附，人情所愿也。"中国人自古就有房子情结，把房子当成安身立命之所。

众人拾柴火焰高：互惠互利内部员工优惠购房，加大资金回流推进项目生产。

在集团房地产板块发展过程中，2008 年，世界金融危机爆发，国家为救市砸出 4 万亿元，拯救了市场。这一次危机发生之时，华夏集团还未涉足房地产行业。但是 2014 年房地产遇冷，特别是 2021 年 1 月 1 日颁布的房企三条红线给华夏集团的房地产板块业务造成重创。

2013 年 11 月 18 日，华夏集团开发的宿城区翡翠蓝湾项目举行开工仪式。这是继 2011 年 3 月 18 日开工建设华夏丽景小区（当年 12 月 20 日封顶）和 2013 年 7 月开工建设江南水岸小区之后的第三个规模较大房地产开发项目。

2014 年楼市急速转冷，地方政府纷纷出台限购松绑、调整公积金使用门槛、购房及契税补贴等措施救市措施，刺激市场回暖；同时，金融管理部门对住房信贷政策也进行了微调；中央层面也明确提出"稳定住房消费"，并要求加强保障房建设，放宽提取公积金支付房租条件。面对楼市的迅速变化，2014 年楼市调控也出现了由紧转松的情况。

9 月 30 日，央行、银监会联合出台《关于进一步做好住房金融服务工作的通知》，放松了与自住需求密切相关的房贷政策，其中包括对拥有 1 套住房并已结清相应购房贷款的家庭，为改善居住条件再次申请贷款购买普通商品住房，银行业金融机构执行首套房贷款政策。多套房在非限购城市结清贷款也可以发放贷款；增强金融机构个人住房贷款投放能力；继续支持房地产开发企业的合理融资需求。这个后来被称为"9·30"新政的措施，被市场公认为是当年对楼市影响最大的一个政策。

10 月 9 日，住建部、财政部、央行三部委又联合下发了《关于发展住房公积金个人住房贷款业务的通知》，内容包括放松公积金贷款条件、推进异地贷款、降低中间费用三项内容。

2015年GDP增速创25年新低，跌破了7%的GDP增长目标。在短期经济下行压力和长期人口红利消失的双重压力下，房地产市场迟迟未能复苏，这也反过来拖累了经济增长。

从2015年开始翡翠蓝湾的产品滞销接近两年时间，占据了公司较大的资金。

为了加快房地产项目的资金回笼，夏方军决定不再犹豫不再等待，化被动为主动，争取主动权。

翡翠蓝湾项目绿化率达到40%，不仅位于学区中心，而且距离宿迁中学不到500米。2015年2月，翡翠蓝湾住宅小区荣获亚洲国际住宅人居环境奖。优势非常明显。

无论是对待业务单位，还是亲朋好友，夏方军一贯是大度和大方的，从不斤斤计较。这一次的集团内部员工优惠购房，力度可以说是空前的。不仅是零元首付——公司借款给员工交首付款，帮助员工解决无钱支付首付款的问题，而且还给予购房员工每月2000至3000元不等的工资补助，以此解决每月房贷问题。此项政策刚刚出台，许多有刚性需求的员工纷纷借款购房。而一些已经有了一套房的员工，也是急不可耐地跟进购房。一时间，翡翠蓝湾项目的销售额急速上涨，回笼资金过亿元，成为宿迁房地产的一道靓丽风景。

用夏方军的话说：我有现成的资源优势，就要使用到位，决不能坐以待毙。让利于自己的员工，既解决了员工住房的问题，又解决了公司资金回笼的问题，互助共赢，皆大欢喜，何乐不为！

夏方军充分利用集团公司产业链的资源优势，成功化解了这一次的危机。

2016年房地产市场政策环境由松趋紧，因城施策严控市场风险，全年成交规模创历史新高，经历了从宽松到热点城市持续收紧的过程。2017年，房地产政策坚持"房子是用来住的，不是用来炒的"基调。2018年是全国房地产调控非常频繁的一年，市场继续围绕"房住不炒"主基调，深化调控，调控手段更多更复杂，全年各地调控超 400 次，调控次数为历年之最。

但是房地产市场热度持续升高。

2020 年春节，百年不遇的世界性的新冠疫情爆发。紧接着 8 月，央行、银保监会等机构针对房地产企业提出三道红线，2021 年 1 月 1 日正式执行。疫情叠加"三道红线"，一时间，有的房地产大咖企业纷纷暴雷。

此时，承建的泗阳民康东园项目进入收尾阶段，市区的熙悦上宸楼盘销售刚刚结束，泰和祥府、吾悦和府楼盘刚刚起步销售，而宿迁市楼盘价格最高的君邑湾项目才刚刚建设，市场的萧条如寒风刺骨。项目施工要推进、材料款要支付、分包单位合同费用要支付、税收要上缴、银行利息要支付、员工和农民工工资要支付……时间在以秒为单位，火烧眉毛般逼迫夏方军，夏方军再次陷入了巨大的资金压力之中。常常不按常理出牌的他，再次成为舆论的话题，再次受到众人的关注，一部分人直接肆意唱衰，一部分人冷眼观望，而更多的人希望他能挺过这一难关。

正如夏方军经常说的那样，活下来才是王道！2022 年 7 月份，夏方军决定不再一味地等待，果断决策发动全体员工销售公司楼盘。这次的激励政策相当丰厚，不亚于 2015 年的翡翠蓝湾。员工缺少资金，就从公司借款；为消除员工买房之后拿不出房贷的后顾之忧，公司给予员工三年购房补贴，每月发放；每销售一套，再分别给予不同额度的奖励。可以说激励政策十分诱人。就这样，泰和祥府、吾悦和府和君邑湾三大楼盘，历时140 天，共计销售了近 700 套，回笼资金近 3 亿元，再次化解了危机！

项目合伙人：内部员工投资新项目，带领员工共同致富。

2021 年的中国的房地产市场波谲云诡，在经历了上半年的高热和下半年的深度调整后，全年规模保持在较高水平。自 2020 年 9 月底以来，中央政府和各部委不断发出保持稳定的信号。信贷环境的边际改善和房地产企业的融资环境逐步改善。然而，信贷环境的边际改善仍需时间才能传导到市场，抵押贷款和开发贷款等资金仍需时间到位。银行"两条红线"和房地产企业"三条红线"，使房地产企业资金迅速缩紧。在融资压力下，房地产企业新开工面积负增长；在交付年份，竣工面积保持了高增长。建筑面积的增长率逐月缩小。2021 年的房地产企业新开工面积增速从第二季度迅速下降。

作为四线城市的宿迁，由于市场低迷后的预期变化，购房者开始普遍观望，销售市场一片惨淡。但是对于企业来说，一方面要直面新冠疫情叠加房地产三道红线，一方面要面对每天每月必须的硬性支出。在左支右绌中，夏方军是左冲右挡，应对不暇。

该回笼的大笔资金回不来，该支出的大笔资金一分都不能少，夏方军意识到，再不想办法，再不创新求变，财务水源枯竭，企业是真的要像外界疯传的那样关门破产了。2021 年初，一个大胆的想法在夏方军的手中出笼，成立有限合伙企业（以下简称"投资企业"）作为投资平台，内部员工自愿投资，成为项目合伙人，向投资人员集中开放认缴；确定了投资上限和利润分配；明确合伙人不参与项目经营管理，但是投资公司有监督和审计的权利。

华夏人是倔强的。20 年来，在夏方军的带领下，华夏人一路攻城拔寨，攻坚克难，一往无前，从未退缩。这种文化基因也早已深深融入华夏人的骨髓，形成了华夏人团结一致、永不言败的精神！

此时此刻，当夏方军作出决策，全体员工立即迅速作出反应，有钱的出钱，有力的出力。在短时间内，迅速筹集了近亿元的资金，通过投资公司这个平台，投资到指定的项目。时至年终，投资者已经开始得到可观的利润回报。而项目建设进度在宿迁房地产市场是一骑绝尘。2022 年，华夏集团房地产板块的销售量，位居宿迁市房地产前三名，成为宿迁本土房地产业的中流砥柱。而夏方军的目标不仅仅如此，他的要求是，在市场一片观望和等待中，华夏人必须突破传统思维，要积极打破当前的僵局，迎合市场的需求，从预售主动向现房销售转变，破局而出，破茧重生。

第十四章　家乡情怀：不忘初心报桑梓

为什么奋斗？奋斗为了什么？这是夏方军经常挂在嘴边的一句话。

在这个风云激荡、蓬勃发展的改革开放中，时代改变着一代人的命运。少年时代的夏方军不向命运低头，怀揣着一个梦想外出创业，义无反顾地走出了人生的新天地，勇敢地改写了自己的命运。

夏方军说过，人生必须敢于折腾；不折腾，就永远不会有改变！

作为华夏集团的创始人，20 年来，夏方军带领华夏人在筚路蓝缕中风雨兼程，在跌跌撞撞中大步流星，一手创建了华夏集团，一路发展成为宿迁地区建筑行业的龙头企业。夏方军个人多次荣获"全国住房与城乡建设系统劳动模范""江苏省和宿迁市优秀企业家"及"江苏省优秀总工程师"等荣誉称号，成为宿迁家喻户晓的企业家。

夏方军坚信，天行健，君子以自强不息。10 年艰苦探索，孜孜以求；20 年创业，筚路蓝缕。30 年的辛苦，30 年的思索，30 年的实践，30 年的创造，从当初少年的激情到今天人到中年的稳健，夏方军带领华夏集团实现了从无到有、从小到大、从弱到强、从单一到综合，探索出了一个符合企业发展的经营模式，走出了一条适合自己的发展道路。

从 2003 年的宿迁华夏建筑安装工程公司到 2006 年的华夏集团组建，从 2003 年的施工总承包三级资质到 2006 年的二级资质，再到 2009 年的国家一级资质，三年一大步。从创建初期的几百万产值到大踏步地迈进百亿大关，从名不见经传的施工队到位居江苏建筑业前列的百强企业。通过短短 20 年的艰苦奋斗，华夏集团已经发展成为建筑施工企业的航母。

夏方军对改革开放深怀感恩，对与他一起风雨兼程的团队深怀感激。他经常说，华夏集团这些成就的取得，主要得益于改革开放的好政策，得益于党和政府的积极扶持和正确引导，得益于社会各界的大力帮助，更得益于一支不遗余力、一如既往开拓进取的优秀团队。正是有了大家的鼎力相助，才成就了华夏集团的今天，才让她从一棵幼苗长成了参天大树，才让华夏的事业发展得如此迅速，如此蓬勃，如此充满生机和长盛不衰的活力。

人活着，总要有一点追求、有一点精神。在发展生产提升企业硬实力的同时，夏方军注重企业文化的引领作用，华夏集团在社会主义核心价值观的基础上，构建形成了企业自己的价值观。积极履行社会责任，义不容辞回馈桑梓，成为华夏集团企业文化的重要内容。

多年来，夏方军积极回馈社会，参与光彩事业、资助办学、灾区重建、修桥修路等，为社会各种公益活动捐款捐物数千万元。

1997年，在山东泰安发展多年的夏方军，刚刚小有所成。这一年，他回到家乡，出资重建了王官集大礼堂。

当时的王官集大礼堂是乡政府的文化政治活动中心，日常的功能是电影院，同时每次乡政府、学校等单位的大型会议都在这里召开。

在文化生活并不丰富的农村，那时候的电影院是孩子们的乐园。看着破败不堪的大礼堂，夏方军的心里面很不是滋味，摸摸自己的口袋，思量再三，决定个人出资建设大礼堂。但是，遭到一些亲朋好友的反对，都说那是公家的事情，俺们小老百姓管不着。再说那也不是仨瓜俩枣的事，可是一笔不小的钱呢。有的说夏方军犯傻，图的到底是啥？还有那些站在一边说风凉话的，阴阳怪气地说夏方军烧包，挣几个臭钱就想出风头，等等。蹲在一旁的老父亲默默地抽着烟不作声，只有他最了解夏方军的心里是怎么想的。更多的乡亲们还是期盼夏方军真的能把大礼堂重新盖起来的。

那时候的乡政府财政收入捉襟见肘，听说夏方军要出资建设大剧院的事情，乡政府领导喜上眉梢，立即找到夏方军说："大兄弟，你来出资建设乡政府大礼堂，这可是不小一笔钱，我们乡政府领导也商量了，不能让你太吃亏，就在大礼堂临街处给你一块地皮，你在这里盖几间门面房，补贴补贴自己，少亏一点，全乡人民都记着你的好呢！"夏方军二话不说，爽快地答应了，亲朋好友知道凡是夏方军决定了的事情是谁也阻挡不了的，只好不作声了！

火爆的性格造就了夏方军雷厉风行的干事风格，他的动作很快，施工图纸刚刚到手后，施工队伍也已经到位，所有材料三天之内到场，不到一个月，投资几十万元，面积约1000平方米的大剧院拔地而起，成为王官集乡的地标建筑，直到现在，大礼堂仍然发挥着它的余热，一直为地方政府所用。

要想富先修路。2010年，当时的王官集乡的东西和南北街道路面年久失修，坑坑洼洼。用乡亲们的话说是："天晴一身灰，下雨一身泥。"每每有车辆经过，卷起的灰尘让人睁不开眼；一到下雨时又是泥泞不堪，到处都是小水坑，孩子们上学都是在水坑之间绕着走。夏方军是看在眼里疼在心上。盘算再三，他又决定出资修路。

当时夏方军正深陷宿迁市卫生学校项目的债务危机之中，学校建成都开学2年了，可是工程款却遥遥无期，项目生产资金很困难，整个华夏集团都受到影响，集团的高管们也不赞同夏方军的决定。但是夏方军横下一条心，再一次说服了所有人。

夏方军亲自指挥，一切动起来很快，也就是不到2个月的时间，长约3公里，投资约300余万元的两条崭新的沥青路就铺设完成了。与其配套的地下管网、照明绿化等一应俱全。

其实，在铺设这条路之前的2006年，夏方军就花费了几十万元在自己的万林村铺设了长约1.5公里的水泥路和路牙石，同时在这条名叫林海大道的道路两旁栽上了近千棵苗木。

夏方军不仅关心自己家乡的建设，还关心建设项目周边的困难人群，宿迁市晓店镇峰山村的吴炳全就是其中的代表。

2013年10月22日，集团常务副总经理王占聿带领生产管理部、运河文化城项目部等相关负责人一行驱车前往宿迁市晓店镇峰山村十二组吴炳全家中，实地查看华夏集团扶贫援建的住宅项目。

吴炳全原住房因其家庭经济收入困难，年久失修，房屋坍塌，无能力重建新住宅。夏方军从当地党委政府了解了这一情况后，主动为吴炳全一家无偿援建新住宅。从开始施工到正式交房使用，仅用了 2 个月的时间。吴炳全看着宽敞、美观的新房，感激万分地说："能这么快住上这样的新房，是俺们一家人做梦也想不到的，感谢党和政府对我们的关心，感谢华夏集团为俺们家盖了如此好的新房！"

对于养育自己从小长大的万林村，夏方军总是有着深深的眷念之情。

2013 年，夏方军看到万林村里的幼儿园简陋得无法遮风避雨，他又坐不住了，不声不响地翻盖了幼儿园，并亲自设计装修，同时给孩子们建起了塑胶跑道等他能想到的配套设施。

每每想到孩子们在漂亮的幼儿园里面，像城里的孩子们一样高兴地游戏和学习，再不像自己小时候那样挨冷受冻，他的心里面就乐开了花！

夏方军不仅关心自己家乡的教育事业，还时时关注突遭变故的员工，伸出援助之手，帮助员工走出困境。

公司一名后勤的普通员工，是睢宁县刘圩村人，女儿就读于宿迁青华中学，成绩优秀。2015 年大年初三，女儿突然头疼难忍，呕吐不止。经检查，在其脑部发现一个鸡蛋大的恶性肿瘤，这个噩耗对其家人来说犹如晴天霹雳，雪上加霜。

就在三年前，女孩的父亲得了白血病，花光了家里面的积蓄，生活艰难。夏方军得知情况后，立即亲自登门，送去了救命的钱，同时，原督察办主任王甫生组织倡导集团员工捐款 4.8 万元。然而还是没能挽救下女孩父亲的生命，只留下女孩、姐姐和妈妈三人相依为命。

如今，女孩又身患不治之症，为了照顾孩子，妈妈带着孩子东奔西走、求医问药。医院提出放弃治疗，妈妈含泪说，就是姐姐退学，家里卖房卖地也要救孩子的一条命……

2015 年正是房地产最低谷时期，又恰逢云南中豪事件发生，集团的生产经营是举步维艰。即便如此，夏方军还是挤出一部分资金，同时组织大家捐款。夏方军动情地说，生产可以缓一缓，但是挽救一个孩子的生命是刻不容缓的……他用实际行动再次阐述了为什么奋斗，奋斗为了什么？

时任督察办主任王甫生代表夏方军慰问了女孩一家，送去了来之不易的 13.5 万元捐款。后来，王甫生回忆说，董事长安排我亲自把女孩子送到徐州医院医治。出院后，又安排我带孩子去北京 304 医院复查，可惜都没能救了孩子的命，现在想想还是痛心疾首呀！

还有一名公司的基层员工，体检查出身体有问题，急需一笔钱做手术，当知晓这名员工一时拿不出这笔资金的时候，夏方军当即安排借款 10 万元给员工看病。像这样的事例，还有很多很多。

作为从山东泰安回来后承建的第一个项目，夏方军对宿迁市实验学校有着特殊的感情。当初，建市不久的市财政压力巨大，在工程建设如火如荼的时候，教育局无法按时支付工程款，受到资金的影响，工程陷入半停工状态，夏方军是心如火燎。

中国有句老话，帮人就是帮自己。为了不影响正常的招生计划，学校领导和老师们帮助夏方军筹集资金，用他们的话说，这也是帮助他们自己。

困难时刻见真情。夏方军把这一件事情牢牢记在心里，2004 年 9 月，夏方军亲自挑选了一辆价值 13 万元的黑色普桑送给学校使用，以示感激！那时候，没有哪所学校是配车的，这辆普桑可是为学校出了大力。不但学校自己使用，主管部门和其他单位也是常常借车出差。到了 2010 年初，仅仅五年半的时间，就行驶了 35 万公里，车况严重老化，维修费用大。夏方军了解到情况后，再次慷慨解囊，捐助了一辆大众志俊，并于 4 月 6 日与宿迁市实验学校签订了捐赠协议，一时成为业界的美谈！

夏方军经常说，受人点滴之恩，理应涌泉相报。为报答老师们在他最困难时期伸出援助之手，帮助自己化解燃眉之急，在 2005 年教师节到来之际，夏方军为宿迁市实验学校捐助了 100 余台飞利浦笔记本电脑，这可是当时的学校还没有全面普及的教学器材。在之后的几个教师节，夏方军又先后为老师们共计颁发了 20 余万元慰问金，赠送了 200 多套西服等。

夏方军认为，企业的发展在于人才，国家的发展在于教育。在这一理念的指导下。华夏集团先后为教育事业累计捐款 500 余万元。除此之外，华夏集团先后为癌友协会、福利院、残疾人事业等累计捐款 200 多万元，同时资助地方扶贫资金达 60 余万元，为社会作出了应有的贡献。

2008 年 5 月 12 日下午 14 时 28 分，发生了汶川特大地震，震中位于中国四川省阿坝藏族羌族自治州汶川县境内、四川省省会成都市西北偏西方向 90 千米处。

根据中国地震局的数据，此次地震的面波震级达 8.0Ms、矩震级达 8.3Mw，破坏地区超过 10 万平方公里。地震烈度可能达到 11 级。地震波及大半个中国及多个亚洲国家。北至北京，东至上海，南至中国香港、泰国、中国台湾、越南，西至巴基斯坦均有震感。

此时，夏方军正在宿迁市卫生学校的项目建设现场，整个项目全面铺开，这个公司承建的宿迁市第一个 BT 项目，就是个吞金巨兽，生产资金紧张。但是灾情传来，让夏方军彻夜难眠，每天传来的铺天盖地的消息，让他时时揪心。他在中高层会议上说，一方有难八方支援，是中华民族的优良传统，作为改革开放的受益者，作为一个有良知的中国人，必须作出行动。他立即安排财务组织资金，同时发动全体员工积极捐款，共计为灾区捐款 150 万元。

2011 年 9 月 26 日至 10 月 26 日，第七届江苏省园艺博览会在宿迁举办，主会场园艺博览园设在宿迁市湖滨新城，主题为"精彩园艺·休闲绿洲"，园博会将会按照"生态、节约、休闲、创新"的总体要求，全面展示现代园林园艺发展成果和绿色科技水平，采用现代造园手法，充分挖掘特色滨湖文化，突出休闲功能，营造生态型、节约型城市园林与湿地景观。

本届园博会是宿迁建市以来承办的规模最大的一场园林园艺盛会。举办一届成功、精彩、难忘的园博会，是全体宿迁市民及所有企业共同责任。华夏集团为响应市政府提出的"广泛关注、共同参与、积极支持园博会"的号召，9 月 6 日与宿迁市第七届江苏省园艺博览会展务会务指挥部签署了赞助合作协议书，向园博会捐助价值 100 万元的 3000 册邮册，被组委会授予"钻石级赞助合作伙伴"荣誉称号，为园博会的胜利召开付诸了实际行动。

积极响应"拥军"工作是华夏集团的一大优良传统。

2013 年 7 月 21 日，夏方军亲自带队慰问市消防支队，表达对人民子弟兵的真情厚意，与消防官兵共庆中国人民解放军建军 86 周年。

市消防支队魏政委等主要领导热情接待了夏方军。夏方军向消防支队在关心地方建设发展及在消防工作中表现出来的英勇无畏、防火救灾、保卫人民生命财产安全的精神致以崇高的敬意。他说，广大消防官兵在扑救火灾和抢险救援的战斗中，一往无前、奋勇当先、赴汤蹈火、舍生忘死，拯救人民群众于危难之中，最大限度地减少国家和人民生命财产损失，用鲜血和生命谱写了一曲曲"人民消防为人民"的英雄赞歌。

2014 年 8 月 1 日，集团公司总经理王占聿代表华夏集团慰问市消防支队，感谢消防官兵的无私奉献，为全市经济社会发展做出的积极贡献，为消防官兵送去节日慰问品，并与消防官兵共庆"八一"建军节。

之后的每年，华夏集团都要组织慰问消防官兵，送去浓浓祝福。

宿迁交警是宿迁的一面旗帜，为宿迁的文明创建作出了艰苦卓绝的努力，取得了巨大的成就。基层交警不畏严冬酷暑，坚守在岗位第一线，经受着寒风、烈日、暴雨和尘土的轮番考验，为街道增添了一道亮丽的风景，同时也给市民们心里多加了一道安全的防线，保障着市民的出行安全。

为表达对交警不畏辛苦的敬意，夏方军每年都要组织慰问基层交警，向他们扎根基层，坚守一线，守护人民安宁表示感谢和敬意。

派出所是公安机关面对群众的最"前线"，是打击违法犯罪的最前端。上面千条线，下面一根针。基层派出所作为平安建设的基石和服务百姓的第一线，工作烦琐、细碎，调解矛盾纠纷，处理的警情数不胜数。派出所的民警不分昼夜，几乎全年无休。对此，夏方军不止一次说过，派出所的干警们想群众所想，解群众之难，多元化化解矛盾、全时空守护平安、零距离服务群众。把增强人民群众"安全感、获得感、幸福感"作为派出所的工作目标，千千万万个家庭切切实实感受到平安与幸福，正是派出所的干警们舍小家换来的。要求集团行政部门每年都要组织慰问活动，向干警们表达谢意，共建军民鱼水情。

慰问派出所干警们、消防官兵和基层交警，成为华夏集团一条不成文的规矩，多年来，华夏人持之以恒，延续了这一优良的传统。

2019年，21世纪第二个十年即将迎来收官之年，是华夏集团走出云南中豪公司事件困扰的一年，也是华夏集团大发展的一年。

改善农村住房条件，是全面推进乡村振兴、促进乡村宜居宜业的重要举措，也是加快农业农村现代化的重要抓手。2017年底，习近平总书记视察江苏时提出"让苏北老区人民过上美好生活"。江苏牢记总书记殷殷嘱托，坚持以人民为中心的发展思想，于2018年启动了苏北农房改善工作，并将其作为实施乡村振兴战略、高水平全面建成小康社会的"牛鼻子"工程。全省上下特别是苏北五市和省相关部门主动作为，推动苏北农房改善工作取得重大成效。

2018年9月20日，宿迁召开加快改善农民群众住房条件工作推进会，正式吹响了新一轮农房改善工作的"冲锋号"。市委、市政府制定出台了加快改善农民群众住房条件、推进城乡融合发展的实施意见和三年行动计划以及系列配套文件，提出到2020年全市新增住房改善农户15.4万户。

夏方军在集团中高层会议上说出华夏集团要参加农房改善建设的想法，却遭到了一致的反对。大家反对的理由非常充分，就是合同单价太低。就拿大兴周马项目来说，合同额2.581亿元，每平方米造价只有1939元。经过测算，而实际造价每平方米已经超过了2300元，即使是精打细算，也是肯定亏损。

夏方军激动了，他说："之所以能有华夏集团的今天，之所以能有夏方军的今天，不是我夏方军的功劳，也不是你们有能力，而是我们赶上了好时代，享受到了改革开放的好政策，得到了政府以及各级主管部门的关心和支持，吃水不忘挖井人，华夏集团必须积极响应市委市政府的号召，投入到建设新农村的洪流中去。"

承接农房改善项目，还有更深层次的原因。出身于农村的夏方军，对农村有一种说不出的眷念。那里有他童年和少年的饥寒与困苦，也有他童年和少年的无拘无束的快乐时光。能投入到新农村建设，有机会为桑梓的父老乡亲建设新房子，是一件可遇不可求的事情，必须干，而且干要干好。

虽然农房改善项目的招标合同价格非常低，几乎没有利润可言。但是夏方军把承接农房改善项目上升到华夏集团的一大经营战略。他安慰中高层管理人员说，华夏集团具备两大优势，第一是我们有可以充分利用的周转材，以此降低生产成本；第二是我们依托自己生产的商品混凝土这个产业链，既为商品混凝土公司创造了产值，又压低了建设成本。最主要的是，我们可以借助政府投资的项目，实现集团资金的快速回流。

只要是夏方军认准的事情，他就决不回头。此时，他再次显露了决策坚决的一面。此后，建筑板块紧锣密鼓，相继承建了泗洪朱湖新行圩、宿豫大兴周马、泗阳民康东园三大农房改善项目。

2019 年 2 月 24 日上午，全市改善农民群众住房条件项目集中开工仪式在宿豫区大兴镇周马村举行。宿迁市委书记、市人大常委会主任张爱军，市委副书记、市长王昊出席集中开工仪式。

这次集中开工的 30 个项目，包括城镇安置房项目 12 个、农村新型社区项目 18 个，分别占项目总数的 40% 和 60%。此外，30 个项目中有 13 个是市级示范项目，项目建成后将会给全市农房改善项目建设工作放好样子、树好标杆，发挥典型引路、示范带动的作用。

泗洪朱湖镇是一片红色的热土，这里留下了刘少奇、陈毅、张爱萍、彭雪枫、韦国清等老一辈无产阶级革命家传奇故事。夏方军和他的华夏集团继承和发扬了这种光荣的传统，以社会责任为己任，科学筹划，精心组织，成立了农房指挥部，加强了项目部队伍力量。统筹全局，超前规划，施工过程中重安全、强质量、赶进度。苦干实干，繁星为伴，风雨无阻。2019 年，华夏集团承建的泗洪朱湖镇新行圩项目被列为省级农民住房条件改善示范创建项目，成为周边省市、主管部门和行业领导观摩的主要对象。

泗洪朱湖项目包含住宅 452 套、小镇中心和幼儿园。2020 年 6 月 7 日，宿迁市委书记张爱军、市长王昊、副书记宋乐伟率队检查项目建设，高度肯定了项目建设进度和质量。

紧接着，6 月 8 日，市委副书记、市长王昊率队观摩大兴镇周马村农房改善项目。

周马新型农村社区占地415.2亩，规划建设农民住房889套，配套幼儿园、卫生室、养老中心、商业中心等。王昊要求要真正把这项民生工程办成民心工程。

泗阳县民康东园一期工程是由泗阳县委县政府批准，民康公司投资建设的保障性住房项目。项目占地面积约104亩，建筑面积14.8万平方，总共20栋楼，1004套住宅。

2020年12月20日，泗阳县电视台采访了民康东园项目现场，积极肯定了项目施工进度和工程质量。

项目负责人马辉在接受记者采访时介绍了项目建设进度。他说，针对当下严寒天气，项目部已经做好各项工作的准备和冬季施工方案。确保工程质量达标，让老百姓住进质量好、舒心舒适的房子！

随着苏北农房改善三年计划的落幕，苏北农村四类重点对象危房实现动态"清零"，"三年改善30万户"的目标任务如期高质量完成，不少村庄被命名为省级特色田园乡村，农房改善地区的乡村面貌发生了翻天覆地的变化。

据测算，过去三年苏北地区农房改善项目建设，共拉动内需约710亿元，提供就业岗位约28.5万个，带动农民增收约141亿元。这项工作，既让农民住上了好房子、过上了好日子、增添了钱袋子，还带动了建筑、建材、家装、家具、家电等相关产业发展，是保民生、稳增长、扩内需、促发展的重要手段。华夏人为"美丽乡村"建设贡献了智慧和汗水，践行了华夏人"铸造精品，超越自我，创造价值，服务社会"的核心价值观！

支持围棋事业发展。2021年9月29日，宿迁市围棋协会在市区恒力大酒店举行揭牌仪式。市体育局局长、市体育总会主席钱辉，市体育局副局长祁全，市民政局副局长李家卫，市民政局社会组织管理处处长肖小虎出席会议，大会由市体育总会副秘书长魏昕主持。宿迁市各县区围棋协会和围棋俱乐部负责人及企业家代表和围棋爱好者共近百人参加了协会第一届第一次会议。

会议选举华夏集团总经理张成瑞为第一届市围棋协会理事会会长，李保峰为第一届市围棋协会理事会秘书长。钱辉和张成瑞共同为市围棋协会揭牌。

张成瑞首先感谢代表们的信任和支持，表示将与理事会全体理事一起，尽心尽职，共同把宿迁围棋协会工作做好，不断推进围棋事业向前发展。他强调，华夏集团坚持"文化强企，科技强企"的发展战略，始终热心于公益事业。围棋起源于中国，蕴含着中华文化的丰富内涵，它是中国文化与文明的具体体现，在群众中具有一定的基础。我们成立宿迁市围棋协会的目的，既是为了促进全市围棋运动的普及和提高，更是为了传承和发扬中华文化，这是时代赋予我们的使命和责任。要凝聚宿迁围棋爱好者的力量，积极推进围棋运动的普及发展，为宿迁市体育文化事业做出应有的贡献！

为支持宿迁围棋发展事业，培养青少年队伍，华夏集团设立了专项资金，截至目前，累计捐资达 50 万元。同时，为围棋协会免费提供了面积 100 余平方米的办公地点。

投资重建 500 余米青海湖路段。宿迁市宿城区重点工程吾悦广场 9 月 25 日隆重开业。

为进一步提升吾悦广场的品质，为商业区再赋新动能，华夏集团投资 1600 余万元，重新规划建设了吾悦广场南面的青海湖路段（东到黄海路，西到东海大道），经过 40 余天的紧张施工，一条长 527 米，宽 40 米，高质量、高标准的双向八车道道路呈现眼前。12 月 16 日，夏方军检查了道路改造情况，向付出辛勤劳动的施工人员表示感谢。

青海湖路包括地下管网、窨井、路灯、绿化、路牙、标示、标牌等，夏方军要求从每一道工序抓起，从每一道工艺做起，高标准、严要求、快节奏地推进项目收尾工作，坚决把吾悦广场青海湖路段打造成为标杆项目。

青海湖路段项目建设注重细化设计道路布局，从提升出行的便利性、市民的满意度出发，在原有的基础上扩宽，项目铺设采用 SMA-13 沥青，拥有更好的耐磨、透水等功能。同时，在保障车辆、行人便捷通行的前提下，重新规划了非机动车的停车位置，12 月 24 日青海湖路正式通车，大大提高了车辆的流畅性，让通行更加便利，为广大消费者有一个更好的购物、出行体验。

华夏集团下属企业江苏汇丰混凝土有限公司与宿迁贝斯特建材有限公司位于宿城经济开发区，两个公司仅有一墙之隔，门前是横贯东西的隆锦路。由于开发区周边是数十家企业的生产区域，道路运输繁忙，受损较大，华夏集团积极响应开发区领导的倡议，2022 年下半年和 2023 年上半年，两家混凝土公司免费为隆锦路道路翻修累计提供商品混凝土约 80 万元，力所能及地为经开区的基础建设贡献力量。

2020 年是极不平凡的一年。一场突如其来的新冠疫情成为世界各个国家一次严峻的大考，很少有人意识到，世界面临着百年未有之大变局。

2020 年初，新冠肺炎疫情的爆发紧紧牵动着全国人民的心。危难时刻，举国上下齐心协力共同抗疫，各行各业都在尽心尽力，用实际行动为打赢疫情防控阻击战贡献力量。这对于企业和个人来说，是一场挑战，也是一次考验。

愈是艰难愈向前，这是夏方军的一贯工作作风，这种精神融在每一个华夏人的血液和骨髓。

疫情就是命令，防控就是责任。2020 年 1 月 31 日当晚接到主管部门紧急任务，夏方军立即召开紧急会议，根据市政府关于市传染病医院功能提升工作相关交办要求，周密部署，连夜组织援建计划。2 月 1 日是星期六，大年初八一大早，施工队伍立即赶赴到宿迁市传染病医院，党员带头冲在了最前面。施工队伍在住建局等部门的现场协调和帮助下，克服了原材料短缺、施工人员少、采购及运输受阻等困难，按照施工要求和标准，全力以赴对病区的三栋建筑进行楼房改造和水电维修工程。纳入改造的 4# 病房楼共 42 个病房，2# 宿舍楼和 1# 宿舍楼各 55 个房间。

为加快推进院区照明设施增设修复工程建设，夏方军要求施工班组大力协助住建、市政、电力等部门工作，同时通知华夏混凝土公司立即开动了一条生产线，及时为医院送去了混凝土，满足路灯基础施工早强混凝土需求，有力保证了医院照明设施的修复和增设的安装工作。

病区的隔离防护是重中之重的工作。面对物资短缺，住建局协调开具车辆通行证，华夏集团组织车辆远赴河北，司机师傅马不停蹄驱车来回

1500 公里，及时采购回来 3000 米隔离栅。施工人员顾不得休息，饿了便吃几口冷饭，也顾不得夜间寒气逼人，东方刚刚泛起亮色时，就完成了隔离栅的安装工程。

2 月 6 日下午，市委书记、市人大常委会主任张爱军到市传染病医院调研医疗救治工作。调研组现场检查了 4#病房楼、3#宿舍楼隔离区等，总经理助理王磊代表华夏集团陪同检查。在座谈会上，张爱军听取了疫情防控工作汇报后，充分肯定了市各相关部门和市传染病医院近期工作成效。他说，疫情发生以来，各相关部门不讲条件、没有怨言、没有退缩，全力以赴协助市传染病医院开展改建和救治工作。并代表市委市政府向战斗在一线的医护人员表示慰问，向华夏集团等后勤保障单位表示感谢！

2 月 7 日下午，华夏集团再次接到通知，需要继续援助宿迁市传染病医院，对 1#、2#病房楼房间进行功能改造提升。这意味着疫情的发展形势严峻。接到任务后，夏方军立即要求刚刚完成 4#病房楼、1#和 2#宿舍楼改造的项目班组，继续顽强作战，争分夺秒，夜以继日地施工作业。

2 月 8 日下午，市委副书记、市长、市新冠肺炎疫情防控工作领导小组组长王昊到市传染病医院调研指导医疗救治工作，高度赞扬了华夏集团在危急时刻挺身而出的企业责任和高风亮节。

华夏集团在抗疫最前线奋战了 14 个日日夜夜，夏方军三次到现场指导工作，圆满完成了市委市政府部署的抗疫任务，受到了市委市政府的赞扬。2020 年 4 月份，被中共江苏省住房和城乡建设行业委员会授予"先进基层党组织"荣誉称号，同时宿迁日报报道了华夏集团抗击疫情的先进事迹。

与此同时，集团党支部积极组织全体员工捐款捐物数万元，反响热烈。

市应急联动是有效整合突发公共事件应急处置力量，建立统一完善的突发公共事件应急处置指挥协调体系，密切各部门在各类突发公共事件应急处置中协调配合，保障公众安全的联动机制。

2020 年 8 月 6 日，总经理张成瑞代表华夏集团参加了市应急管理局应急联动战略合作签约仪式，市应急管理局副局长张权代表市应急管理局与华夏集团签订了应急联动处置协议书并授牌。

加强应急救援工作，是政府执政为民的重要体现，是应急救灾的一件大事，更是贯彻落实"保增长、促民生、保稳定"的重要举措。华夏集团总经理张成瑞表示，服务社会，创造价值是华夏集团的企业宗旨，能够成为全市应急管理体系一分子，为宿迁的发展出一份力发一份光，是华夏集团的荣誉和责任，我们深感责任重大，使命光荣。

张成瑞表示，增强救灾抢险力量，发挥行业龙头骨干企业在应急处置中的作用，是我们华夏集团应尽的职责，应有的担当。华夏人要在建设美好家园的同时，更要守护好美丽家园，把大局意识、担当意识、责任意识融入血液、铸入灵魂。继续发扬年初紧急援建市传染病医院的华夏精神，不怕困难，服从指挥、服从调度，一声号令，立即组织精干力量和设备、物资，奔赴抢险救灾现场，为政府分忧，为群众解难，为建设小康社会作出企业应有的贡献！

张权代表市应急管理局表示感谢。他强调，企业充分发挥各自在应急队伍、物资和装备方面的调配优势，协助政府有效处置突发事件，不断提高应对自然灾害、事故灾难能力，保障人民群众的生命财产安全。企业和国家、人民是同呼吸共命运的共同体，回馈社会，承担社会责任，体现了企业家的情怀。

一分耕耘一分收获。伴随着每一个项目的拔地而起，华夏铁军的旗帜飘扬在祖国的大江南北。但是，夏方军始终是清醒的，在他的内心深处，始终有一个声音在问自己：为什么奋斗？奋斗是为了什么？

按照夏方军原来的想法，他外出打工的梦想就是挣点小钱养活自己，能让一大家子过上衣食不愁的日子；后来，他的梦想是做点事情，发点小财，能衣锦还乡，出人头地；再后来，他的梦想变成了为社会做点事情，带领公司的兄弟姐妹们一起奔向幸福的康庄大道。

夏方军说，一个人的价值取决于对社会的贡献。一个人通过努力实现自身对社会的贡献，才是最大的幸福！

多少年来，夏方军一直在想：他们这一代人的使命究竟是什么？

"一花独放不是春，百花齐放春满园。"他经常说：我们的发展目标，就是把华夏建设集团打造成为本地区最受信赖的品牌，带领优秀员工向实现共同富裕的道路不断迈进！为家乡建设作出更大的贡献，希望大家和华夏集团一起坚定不移地走下去！

　　沧海桑田，岁月如歌。从背着一只蛇皮袋外出打工，到如今成为身价数亿的老板；从一台水磨机起步，到如今拥有建筑、混凝土、新型建材和房地产的集团公司；从一个只有十几个人的施工班组，到如今拥有超千人的队伍。短短三十余年的时间，这一切就发生在夏方军的身上，没有人知道他究竟吃了多少苦，也没有人知道他究竟流过多少泪，更没有人能走进他的内心了解他的喜怒哀乐……他传递给大家的永远是激情和梦想，带领全体员工共同致富，是他人生最大的追求！夏方军这梦一般的经历、梦一样的事业，不正是习近平总书记描绘的中国梦的生动体现吗！

第十五章 前景展望：一路欢歌向未来

二十年弹指一挥间，总结华夏集团走过的二十年的发展道路，可以说是历尽千难万险，机遇与风险并存。二十年，仅仅只是华夏集团万里长征的一个里程碑。

华夏集团今后的道路如何走？路在何方？

企业的发展决不能背离实际，必须要紧紧盯住行业发展方向，《住建部十四五建筑业发展规划和 2035 年远景目标纲要》已经为未来的发展指明了道路，在此基础上，夏方军为华夏集团未来 5—10 年的发展指出了方向：

推动华夏集团高质量发展，必须立足新发展阶段、贯彻新发展理念、构建新发展格局。夏方军在中高层管理会议上强调，必须认识和把握发展规律，增强机遇意识和风险意识，保持战略定力，树立底线思维，准确识变、科学应变、主动求变，善于在危机中育先机、于变局中开新局，抓住机遇，应对挑战，奋勇前进。

华夏集团未来发展路线图是努力夯实建筑施工主业，聚力稳健房地产，深入挖潜新型建材，拓展组建大物业公司，大力发展观光农业，积极探索资本运作之路，勇敢参与"一带一路"建设，实现华夏员工的人生价值，实现华夏集团的社会责任，实现以人为本的共同致富。用夏方军一句通俗易懂的话总结："华夏人"要扎自己的根，积自己的德，开自己的花，结自己的果。

努力夯实建筑施工主业。

众所周知，夏方军是靠建筑起家的，他对建筑业和建筑人怀有深切的感情。建筑业的艰辛，建筑人的艰苦，建筑人的酸甜苦辣和百般滋味，他比别人更能体味，更能理解。建筑业是国家支柱产业，也是华夏集团的发展支柱，在华夏集团的发展历程中举足轻重。

关于建筑板块，夏方军的规划是，以建筑工程施工为主业，牢牢守住根据地，资质向建筑工程总承包特级升级，经营模式向项目合伙人转变，紧紧依托科技强企，向绿色建筑、节能建筑、智能建筑等方向发展；大力实施"大建筑"战略，依托房屋建筑优势，积极向勘察设计、装饰装潢、建材生产等产业链上下游延伸，向市政、交通、水利等政府重点投资的基础设施领域拓展，向房地产、服务业等与建筑业联系较为密切的行业发展，努力形成"一业为主、多元并举"的经营格局。

从房建业务来看，按照国家城镇化发展规划，2030 年我国城镇人口将接近 10 亿人，房屋总建筑面积需求为 800—900 亿平方米（包括住宅房屋和公共建筑等），目前尚有较大缺口，房建市场的发展空间仍然较大。尽管房建市场参与竞争的企业较多，竞争比较激烈，但高端房建市场的竞争基本在国有建筑企业之间展开，而优质企业在高端房建领域长期以来拥有较大优势。因此，建筑板块要抓住机遇，充分利用自身的地缘优势和核心竞争力，主动与央企、国企合作，与上市公司合作，牢固树立强强联手合作共赢的新发展理念，打开局面。

从基础设施业务来看，根据国家统计局公布的数据显示，2018 年基础设施投资 14.53 万亿元，比上年增长 3.8%，增速比 1—11 月份提高 0.1 个百分点，比上年回落 15.2 个百分点。但可以预期，今后，基础设施仍将是稳定经济的主要力量。从细分市场看，城轨及新型市政工程（污水及垃圾处理、地下管廊、海绵城市等）有望成为增长最快的领域，公路、铁路市场总量继续维持高位。未来，建筑企业之间的竞争将在开拓公路、城轨与新型市政领域以及铁路尤其是城际铁路项目中展开。因此，建筑板块要积极引进人才，提高市政工程施工资质，进军基础设施业务，增加建筑板块利润点。

为此，夏方军明确提出加快两大运作模式的转型升级。

一是从"资产、资金驱动"向"管理、技术驱动"转型升级。

规模、效益、质量、品牌、运营、服务等,将成为建筑企业的核心竞争力。多元化、轻资产、高质量,将成为提高建筑企业盈利能力的重要途径。轻资产就是要抓住自己的建设核心业务,发挥优势,通过自身优秀的管理能力,运作社会资源达到"使用而不占有"的效果。轻资产更多地体现在项目管理、组织能力的运用,以管理型项目为方向,在保留核心专业能力的同时,调动更多的社会资源参与项目建设,合理优化使用资金,减少自身存货和应收账款。

二是从"粗放式管理"向"精细化管理"转型升级。

夏方军强调,精细化管理是一种理念、一种文化。精细化管理是项目实施过程之中所贯穿的一系列科学规范的精细化管理手段,其本质是通过严谨的策划和每一项工作的标准化、流程化、细节化管理,对常规性施工管理实施在广度与深度上的精细化管理拓展。精细化管理已经成为建筑板块提高利润增长点迫在眉睫的核心工作。

建筑板块要通过建筑信息模型(BIM)、大数据、智能化、移动通信、云计算、物联网等信息技术集成应用能力不断提升,提高建筑效率和建筑品质,实现科技进步和绿色施工,为减少碳排放,逐步实现"双碳"目标贡献力量。

聚力稳健房地产。

眼下,中国房地产市场进入了新阶段。中国的总人口减少、老龄化加深、城市化率已经到了 65%、房屋库存量大,土地价格和房产价格 20 年翻了四番……一系列的数据都在揭示一个现象,房地产行业的拐点已经到来。拐点是指 20 年翻几番这样的房价地价上涨到头了,以后十年可能也会往上涨,但是每年涨幅会低于 GDP 的增长。

2023 年的政府工作报告指出,坚持"房子是用来住的,不是用来炒的"的定位,建立实施房地产长效机制,扩大保障性住房供给,推进长租房市场建设,稳地价、稳房价、稳预期,因城施策促进房地产市场健康发展。

这就意味着以市场为导向,以客户为中心将成为房地产企业的经营理念，持续走向高质量的健康良性发展之路，匹配更适宜的管理能力、更优的技术赋能等多重举措并行。

房地产行业从超常回归正常。

2021 年 10 月 26 日，国务院发布了《2030 年前碳达峰行动方案》。《行动方案》中提出"加强新型胶凝材料、低碳混凝土、木竹建材等低碳建材产品研发应用"。国务院颁发的文件中首次出现"低碳混凝土"的概念。在"双碳"战略目标的时代背景下，混凝土行业作为工程建设领域的重要组成部分，应积极探索实现"双碳"目标的新技术与新路径，加快推动政策出台、技术进步与产业结构的低碳转型。绿色低碳、高质量发展推动行业技术、标准、装备不断升级，倒逼混凝土企业加速绿色低碳生产、信息化、固废利用及产业链延伸全面发展。

江苏正在迈入"数字经济"发展阶段，混凝土行业在大力普及信息化管控的基础上，逐步向数字化、智能化方向发展，这是大势所趋。

夏方军明确提出，在新形势下，混凝土板块要以转变生产经营方式为主线，集环保、节能、信息化或数字化于一体，通过引入智能制造新技术，将混凝土生产、供应、管理等全过程中的各个环节集成为一个完整的体系，用数字化、智能化、推动精细化，实现生产、供应等整个流程的规范化管理，提升市场快速反应、资源配置、生产组织、降本增效的能力，在成本控制、效率、品质等方面充分体现企业的优势。要借助数字化、智能化转型升级的新机遇，通过技术创新、人才创新和组织创新探索适合本行业、本地区特色的混凝土企业管理模式，建立技术进步和管理创新机制，加快新技术、新成果的转化和企业文化建设，提升企业的核心竞争力，进而提高企业的管理水平和产品的附加值。

深入挖潜装配式建材：深耕本土，做精做美。

《江苏省建筑业"十四五"发展规划》明确了"十四五"建筑业发展三大目标。其中，新开工装配式建筑占同期新开工建筑面积比达 50%，成品化住房占新建住宅 70%，装配化装修占成品住房 30%，绿色建筑占新建建筑比例 100%，为装配式建材指出了发展方向。

夏方军对装配式建材板块的发展要求是，以"标准化设计、工厂化生产、装配化施工、一体化装修、信息化管理、智能化应用"为方向的建筑产业现代化，提高技术水平和工程品质，促进建筑产业转型升级、提质增效；要积极探索在装配式建筑中，钢结构和装配式建筑的"强强联合"，结合剪力墙结构中墙体随建筑功能要求布置灵活的优点，充分发挥钢结构制作工业化程度高、施工速度快的特点，满足建筑产业现代化和新型建筑工业化的要求；加强信息化与钢结构建筑装配式装修的深度融合，深入推进 BIM 技术工业化装修领域的应用，使其与工业制造的 MES 信息技术互通，在测量扫描、三维设计、自动选配、一键出图和物价生成等环节提供重要技术支持，形成以装配式墙面、装配式吊顶、装配式集成厨房、装配式内隔墙、装配式地面，以及装配式集成卫浴这六大体系为核心的全套解决方案。

拓展组建大物业公司：延伸产业链条，提升企业战略品牌。

近年来，随着"互联网+"等新技术的发展和社区经济的兴起，物业服务企业不断整合社区物业资源，拓展和丰富社区服务，提升服务质量和价值，在发展社区经济中的价值凸显。物业管理行业已成为潜力巨大的现代服务业之一，物业服务企业正向现代社区综合服务商发展。

截至目前，华夏集团开发建设的住宅项目达到 11 个，物业管理均交付专业的外部公司。但是，通过多年的运行，物业公司逐渐暴露出很多问题，激化了业主与物业的矛盾。业主对物业的服务质量不满意、基础设施维护不满意。大多数物业公司缺乏发现问题、预防问题和解决问题的能力，缺乏协调解决业主之间矛盾的能力。更为突出的是侵犯业主权益，存在严重的收支不透明、不公开，私自接收广告业务赚取费用等一系列问题，造成业主与物业形成对立面。从本质上来说，产生这些问题和矛盾，是物业公司没有认清自身的定位、缺乏明确的经营理念和管理目标造成的。

2021 年，吾悦广场和金街下相里开业，华夏集团内部新组建商业物业公司开始运转，它的经营理念是爱商、亲商、护商，核心任务是规划业态、组织招商、服务商户，不断探索和优化经营管理模式，积累华夏物业的管理经验。

在华夏业务板块的下一步计划中，夏方军提出了组建华夏集团大物业公司战略，延伸华夏集团产业链条，核心使命是用心用情服务业主，实现共建和谐美好家园的理念。目标是积累经验，构成华夏集团大物业公司的管理模式，进行复制和扩张，打造华夏物业的品牌知名度。同时，以华夏物业的品牌美誉度，为华夏集团房地产板块赋能，提升产品的附加值。

华夏物业将通过与互联网络和高端设备管理技术的融合，探索创新服务和管理模式，改造和提升企业组织管理架构，向智慧型的现代服务业转型升级。

大力发展观光农业，打造三大示范园。

《"健康中国2030"规划纲要》把健康摆在优先发展的战略地位，立足国情，将促进健康的理念融入公共政策制定实施的全过程，加快形成有利于健康的生活方式、生态环境和经济社会发展模式，实现健康与经济社会良性协调发展。

康养的基本理念是实现从物质、心灵到精神等各个层面的健康养护，实现生命丰富度的内向扩展。依托美丽乡村国家战略，以"共建共享、全民健康"为发展理念，倡导健康生活，依托科技进步，大力发展高效特色农业，走特色农业、品牌农业、绿色农业、观光农业、生态农业的发展道路，打造绿色蔬菜、康养食品和特种养殖的农业观光产业链条，建立高科技蔬菜农业、康养制造业和特种养殖业三大农业观光示范园，建立农副产品生产基地，打造农业龙头企业，促进健康与养老、旅游、互联网、健身休闲、食品融合，做大品牌，探索健康新产业、新业态、新模式。

积极探索资本运作之路。

当前，华夏集团的重资产存量较大，主要集中在写字楼、商铺、住宅，已经影响到华夏集团的利润和现金流。在资产负债表中体现为固定资产占总资产比重过大，在利润表中表现为盈利能力降低，在现金流量表中则表现为较低的现金流动速度和较少的现金净流量。重资产固化了可控资源，使企业无法"撬动"更多的外部资本以获取更大的经济利益。

资本运作是企业集团加速发展、借力发展的必由之路。华夏集团要充分利用市场法则，通过资本本身的技巧性以及资本自有的规律运作，实现价值增值、效益增长。核心目标是通过"加减"相结合而动态管理现有资产，对现有存量资产进行动态优化配置，通过知识资本撬动并盘活巨额外部资产，通过多种方式改善资产负债表结构。这就要求企业的发展要从内向封闭型发展模式向外向开放型发展模式转变，积极引入外来资本，快速扩大规模，进入新领域，突显发展速度快的整合能力，形成竞争优势。

走出国门：积极参与"一带一路"建设。

我国建筑技术不断成熟和进步，世界顶尖水准项目批量建成。近年来，我国工程方案自主创新和设计水平、建造技术再上新台阶，在超高层建设、高速铁路、公路、桥梁、水利、核电核能、现代通信、应急设施等"高深大难急"工程技术水平位居世界前列。同时，我国建筑施工技术水平再次实现了新跨越，高速、高寒、高原、重载铁路施工和特大桥隧建造技术迈入世界先进行列，离岸深水港建设关键技术、巨型河口航道整治技术、长河段航道系统治理，以及大型机场工程等建设技术达到了世界领先水平。一系列超级工程的接踵落地和建成，成为彰显我国建筑业设计技术和施工实力的醒目标志，"一带一路"建设给建筑业"走出去"创造了重要机遇。

"一带一路"沿线国家大多是新兴经济体和发展中国家，普遍处于经济高增长时期，基建需求庞大，开展互利合作的前景广阔，基础设施互联互通是优先建设领域。同时，"一带一路"将拉动沿线国家区域整体开发建设，也给中国阶段性、结构性供大于求的基础建设产能，包括交通、钢铁、水泥等行业提供了发展机遇，必将超越中国企业传统的在海外修路架桥的简单模式，为中国企业"走出去"提供更广阔的发展空间。

"没有成功的企业，只有时代的企业。"华夏集团将积极响应"十四五规划"关于推动共建"一带一路"高质量发展的要求，顺应时代的潮流，把握机遇，克服困难，敢试敢闯，按照国家"供给侧改革"和"一带一路"战略的思路，大力推进走出去战略，利用自身的优势和核心竞争力，奋力实现华夏集团二次大发展，二次大跨越！

后 记

创作组在写完这本书后，不禁掩书自问，为什么要写这本书？就像是走着走着，我们总不能忘记了来时的路。

此时，我们不禁想起了夏方军常说的一句话：

企业为什么要发展？

发展又是为了什么？

从15岁外出打工到成立宿迁华夏建筑安装工程有限公司，夏方军整整艰苦奋斗了15年，从成立建筑安装公司到建立宿迁华夏建设（集团）工程有限公司，再到2023年的今天，夏方军又是整整奋斗拼搏了20年。

思想因经历与压力而成熟，意志因磨砺与柔韧而坚强。15年的探索与创业，20年的创新与创造，夏方军的思想随着企业的发展发生了不同的变化。他从一开始的只求一家人的温饱、小康，再到简单的出人头地光宗耀祖，在完成了这一阶段的使命后，他的思想又发生了质的变化：做一番事业、回馈社会、实现人生自我价值。这是一个人一段深刻的成长、成熟、成功的心路历程。其间，夏方军完成了三次跨界、化解了三次危机和实现了三次发展，彰显了他开拓进取、大智大勇、一往无前的决心和精神！

在这崎岖的发展历程中，夏方军得到了荣誉，也接受了别人的不理解。他在委屈中平衡、在妥协中前行、在虚怀中充实、在放弃中收获，走过了千山万水，跨过了千难万阻，吃尽了千辛万苦，铸就了华夏的辉煌，成就了员工的梦想，最终也造就了自己。他努力探索并走出了一条适合自己的发展道路，带领全体员工向实现共同富裕的道路不断迈进，体现了新时代一位企业家的价值追求和社会责任的良知！

二十年的风雨，二十年的探索，二十年的拼搏，在夏方军的带领下，华夏人一路筚路蓝缕，不屈不挠，坚定不移拥抱改革开放。一路守正出奇，家国情怀，激情澎湃迎接新时代。

人活着，总是要有一点精神、有一点追求的！在夏方军心中，始终有一个不解的情怀：华夏集团要成为无愧于伟大新时代的优秀企业。从单一的建筑施工，发展到今天集房地产开发、商品混凝土、装配式建材四大板块为一体的多元化发展新格局；从一支十几人的施工班组、七间活动板房办公室，发展到今天具有现代化装备，总资产过百亿，员工超千人的大型企业集团；从年产值几百万元，发展到名列本土同行业前茅的纳税大户。

二十年来，夏方军和他一手创建的宿迁华夏建设集团积极践行新时代企业家精神，担当社会责任，多元化的生产经营和现代化的管理，吸纳了近千名大学生和数万名农民工就业，减轻了政府的负担，维护了社会稳定。

在短短二十载的春秋中，夏方军带领团队的脚步遍布祖国大江南北，华夏人以高质量发展为引领、以人民美好生活为己任，参与并见证了改革开放波澜壮阔的建设与伟大的发展成就，创造了一个又一个奇迹，华夏人秉承工匠情怀铸造的每一部精品力作，承载着城市对繁华、家庭对美好生活向往，筑建了独特的华夏模式和华夏文化，成为宿迁建筑业发展历程的一个缩影和里程碑，代表了一个企业不畏挫折、不惧艰险、自强不息的精神，壮志豪情地描绘着一个企业的伟大追求！

企业的竞争是文化的竞争，但归根结底还是人才的竞争。夏方军尊重人才，求贤若渴，在激烈的市场竞争中，他深深地意识到，科技是第一生产力，创新是第一动力，人才是第一资源。在这种理念的驱动下，华夏集团逐步形成了以人才、技术和信息化为核心的企业发展三大内核驱动力。在长期的生产实践中，华夏人提出并践行了以四大作风、五大精神、七大意识和九大理念为核心的企业文化，创造了一项又一项精品工程，获得了一项又一项沉甸甸的荣誉，用实际行动回馈了家乡和社会。

二十年的上下求索，华夏人创造了"华夏发展"的新模式，树起了

"华夏速度"的旗帜，提升了"华夏品牌"的知名度，践行了"铸造精品，超越自我，创造价值，服务社会"的企业核心价值观。华夏人一路奔跑，一路播种，一路收获，弘扬了华夏集团拼搏、创新、感恩的文化基因。

文化是旗帜，更是灵魂。一路走来，夏方军和他的华夏集团敢闯敢试、敢为人先，勇立潮头，历经坎坷而无畏、遭遇挫折又奋起，这是对改革开放精神最好的诠释，更是对文化凝心聚力攻坚克难最有力的证明。

编写本书的目的，就是客观、真实地还原华夏集团的发展历史，通过一件件实例，反映在改革开放的大潮中，一个少年不向命运低头，无所畏惧地成长为一位优秀民营企业家的自强、自立、自信的精彩人生。

本书在编写过程中，创作组深入采访了夏方军的老师、同学，以及在各个阶段与夏方军一起共事的业务单位、朋友、员工等，在得知要写一本书来呈现夏方军成长和华夏集团的发展历程时，得到了大家一致的赞同和支持，在此表示衷心的感谢！

本书半年结稿，由于时间仓促，写作水平有限，肯定存在这样那样的缺陷和不足，基于此，恳请读者朋友批评指正！

创作组
2023 年 7 月